환상문학 서설

환상문학 서설

츠베탕 토도로프 지음 ▪ 최애영 옮김

P 필로소픽

차례

문학 장르

환상문학의 연구는 문학의 장르란 무엇인가를 알고 있다는 것을 전제로 한다 | 장르에 대한 일반적인 고찰 | 현대의 한 장르 이론: 노스럽 프라이의 이론 | 프라이의 문학 이론 | 프라이의 장르 분류 | 프라이에 대한 비판 | 프라이와 구조주의의 원리 | 경험적 연구 성과들에 대한 결산 | 우울한 최종 평가

'환상문학'이라는 표현은 문학의 한 유형, 혹은 흔히 말하는 것처럼 문학의 한 장르에 관련되어 있다. 문학 작품들을 장르의 관점에서 검토하는 것은 매우 독특한 시도이다. 이 책의 목적은 여러 텍스트들에 두루 통하면서, 우리로 하여금 '환상문학 작품'이라는 이름을 그 텍스트들에 적용하게 하는 하나의 규칙을 발견하는 것이다. 그것은 텍스트 각각이 지니는 특수성의 문제가 아니다. 소설《나귀 가죽La Peau de chagrin》을 환상 장르의 관점에서 연구하는 것은 그 작품 자체를 위해 연구하거나, 혹은 발자크[1] 작품 전체 또는 현대문학 전

---

1   Honoré de Balzac, 1799-1850. 프랑스의 소설가, 극작가. 문학비평가 및 예술비평가이자 저널리스트로도 활약했다. 1829년에서 1852년 사이에 91권의 단편 및 장편 소설을 남겼다. 그의 대표작으로는 '인간 희극'(La Comédie humaine)이라는 제목으로 묶은 일련의 단편 및 장편 소설들이 꼽힌다. 이 소설

체 속에서 연구하는 것과는 전혀 다른 문제이다. 여기서 장르의 개념은 앞으로 전개될 논의를 위한 기본 개념이다. 따라서 우리의 작업이 비록 우선은 환상적인 것 자체에서 멀어지는 것처럼 보일지라도 이 개념을 이해하고 명시하는 것으로 시작해야 한다.

장르라는 개념은 즉시 몇 가지 의문들을 떠올리게 한다. 다행히 그 가운데 어떤 것들은 명료한 방법으로 표현하면 곧 해소되는 것들이다. 첫 번째 질문은 다음과 같다. 해당 작품을 모두 연구하지(적어도 읽지) 않은 상태에서 그 장르에 대해 논의하는 것이 과연 타당한가? 우리에게 이 질문을 던지는 사람이 대학교수라면 수천 개의 작품 제목들이 도서관의 환상문학 목록에 들어 있다는 사실을 덧붙일 수도 있을 것이다. 그로부터 한 걸음 더 나아가, 새로운 텍스트들이 끊임없이 쏟아져 나오는 현실에서 그 모든 책들을 다 소화시키기는 도저히 불가능할 것이라는 생각에 사로잡힌 채, 책 너미에 파묻혀 머리를 싸매고 하루에 세 권씩 읽어치우는 열성적인 연구자의 이미지가 어렵지 않게 떠오른다. 그러나 과학적인 과정의 가장 중요한 특성 중 하나는, 한 현상을 기술하기 위해 모든 개별적인 특수 사례들의 관찰을 요구하지 않는다는 점이다. 그 과정은 오히려 연역을 통해 실행된다. 실제로 우리는 상대적으로 한정된 수의 사례들을 채집하여 그것으로부터 일반적인 가정을 하나 끌어낸 다음, 다른 작품들에 의거하여 그 가정을 정정(혹은 제거)하면서 확인해나간다. 검토된 현상들(여기서는 작품들)의 수가 많다고 해도, 그 속에서 보편적인 법칙을 연역하는 것은 여전히 허용되기 어렵다. 타당성은 관

들은 1815년 나폴레옹의 몰락 이후 프랑스인들의 삶을 폭넓게 전개하고 있다.

찰 대상의 양이 아니라 오직 이론의 논리적 일관성에 달려 있을 뿐이다. 칼 포퍼[2]는 이렇게 썼다. "논리적인 관점에서, 개별적인 명제들의 수가 아무리 많아도 그것들로부터 보편적인 명제들을 추론하는 것은 정당화되지 않는다. 왜냐하면 그러한 방식으로 내려진 모든 결론은 언제든지 잘못된 것으로 밝혀질 수 있기 때문이다. 우리가 얼마나 많은 백조를 관찰할 수 있었는가 하는 것은 중요하지 않다. 그것이 모든 백조는 희다는 결론을 정당화시켜 주지는 않는다"(p. 27).[3] 반면, 제한된 수의 백조들을 관찰한 것에 근거하여 백조의 흰색이 어떤 체질적 특성의 결과라는 가설을 세운다면 그것은 전적으로 정당할 것이다. 백조에서 소설로 돌아와 말하자면, 그러한 일반적인 과학적 진실은 단지 장르 연구에만 국한되지 않고 한 작가의 작품 전체 혹은 한 시대의 작품 전체 등에도 역시 적용될 수 있다. 그러니 빠짐없이 조사하는 일은 그것에 만족감을 느끼는 사람들에게나 맡겨두자.

장르를 일반성의 차원에 위치시키는 것은 두 번째 질문을 유발한다. 장르는 몇 개 정도만(예를 들어 시, 영웅담, 드라마) 있을까, 아

---

2 Karl Popper, 1902-1994. 과학철학자. 20세기의 과학철학자 중 가장 영향력이 큰 인물 중 한 명이다. 과학과 유사과학 사이의 구분 기준으로 '반증 가능성'이라는 개념을 만들었다. 그는 반증과 검증이 불가능한 형이상학을 거부한 다음, 과학의 연구를 '형이상학적 연구 프로그램들'의 토대 위에 구축할 필요성을 인정하고, 자신의 작업을 진화론적 인식론의 틀 속에서 진행한다.
3 [저자 주] 인용된 저서들의 완전한 출처는 이 책 말미에 알파벳 순서로 정렬되어 있다. 한 저자의 여러 책을 인용했을 경우, 때로는 인용된 책의 간략한 정보가 텍스트 안에 주어질 것이다.

니면 훨씬 더 많이 있을까? 장르의 수는 한정되어 있을까, 아니면 무한할까? 러시아 형식주의자들[4]은 상대주의적인 해답으로 기울었다. 토마셰프스키[5]는 이렇게 썼다. "작품들은 광범위한 범주들로 나뉘어 있고, 그 범주들은 다시 유형들과 종들로 구분된다. 그런 식으로 장르들의 단계를 차례로 밟아 내려가면, 추상적인 범주들에서 구체적인 역사적 구분들(바이런의 시, 체호프의 단편소설, 발자크의 소설, 구도적인(혹은 종교적인) 서정 단시, 프롤레타리아 시), 더 나아가 개별 작품들에 이르게 된다"(p. 306-307). 솔직히 이 인용문은 문제를 해결하기보다 제기하는 측면이 더 큰데, 이에 대해서는 조금 뒤에 다시 거론할 기회가 있을 것이다. 어쨌든, 장르의 구분은 일반성 차원에서의 차이가 관건이며, 장르라는 개념의 핵심은 선택된 관점에 의해 정의된다는 의견까지는 받아들일 수 있겠다. 세 번째

---

4 러시아 형식주의는 1914년에서 1930년 러시아의 문학이론가들과 언어학자들로 구성된 한 학파를 일컫는다. 이들은 언어학 분야에서 로만 야콥슨이 이끈 모스크바 그룹과, 시학 분야에서 마야코프스키 등 미래파의 지지를 받으며 쉬클로프스키, 예이헨바움 등이 이끈 상트페테르부르크의 '오포야즈'(ОПОЯЗ, 시적 언어 연구회) 그룹으로 구성되어 있다. '형식주의'는 그들에 반대하는 그룹들이 붙인 이름으로, 정작 당사자들은 그 명칭을 명백히 거부했다. 그들의 근본입장은 문학적 재료의 내재적인 특징들에 대한 관심 속에서, 작품에 영향을 끼치는 작품 외적(역사적, 사회적) 요소나 상징 연구에 집착하는 비평 방법에 반대하고, 작품의 구조를 세부적으로 연구함으로써 하나의 작품을 문학 작품으로 만드는 것, 즉 문학 작품의 '문학성'을 연구하자는 것이다. 이들은 특히 구조주의를 통해 기호학과 20세기 언어학에 많은 영향을 끼쳤고, 문학비평의 영역에 혁신적인 틀과 방법론을 제공했다.
5 Boris Viktorovitch Tomachevski, 1890-1957. 러시아의 문학비평가. 러시아 형식주의 '오포야즈'의 창설자 중 한 명이다. 특히 운율학의 전문가이자 텍스트 간행의 전문가로서, 독특한 텍스트구조학의 창시자이기도 하다.

문제는 전적으로 미학에 속하는 문제이다. 사람들은 이렇게 말하기도 한다. 즉, 한 작품은 본질적으로 유일무이하고 독특하며, 다른 모든 작품들과 유사한 점 때문이 아니라 그것들과 다른 모방이 불가능한 점 때문에 가치를 지니므로, 장르(비극, 희극 등)에 대해 말하는 것은 무의미하다는 것이다. 내가 《파르마의 수도원La Chartreuse de Parme》을 좋아한다면, 그것은 그 작품이 소설(장르)이기 때문이 아니라, 여타 모든 소설들과는 다른 하나의 소설(개별 작품)이기 때문이다. 이 반박은 관찰 대상에 대한 낭만적인 태도를 내포한다. 엄밀히 말해 그러한 입장이 틀린 것은 아니다. 단순히 논점이 빗나갔을 뿐이다. 우리는 어떤 작품을 얼마든지 이러저러한 이유로 좋아할 수 있다. 그렇다고 그 사실이 연구 대상으로서 그 작품의 특성을 규정하지는 않는다. 하나의 지적 활동을 기획하도록 욕구를 불러일으키는 동기가, 그 기획이 특정 형태를 띠도록 강요해서는 안 된다. 다른 한편으로 제기되는 미학 일반의 문제에 관해서는 여기서 논의를 전개하지 않으려 한다. 그것이 존재하지 않기 때문이 아니라, 매우 복합적이어서 현 시점에서의 우리 능력을 훨씬 넘어서기 때문이다.

하지만 위에서 언급한 이러한 반론을 다른 용어들로 기술함으로써, 그에 대한 반박을 훨씬 더 어렵게 만들 수는 있을 것이다. 장르(혹은 종)라는 개념은 자연과학에서 차용되었다. 이야기 구조 분석의 선구자인 블라디미르 프로프[6]가 식물학이나 동물학과의 유사성

---

6 Vladimir Propp, 1895-1970. 러시아 형식주의 그룹의 일원이었던 학자로, 러시아의 옛날이야기들의 구조를 분석했다. 환원 불가능한 최소단위의 서사요소들을 정립하는 데 기여했고, 이를 토대로 서사구조의 연구를 확장하고자 했다. 그의 연구 성과는 1950년대에 영어로 번역되면서 알려지기 시작했다. 그

을 이용한 것은 우연이 아니다. 그런데 '장르'와 '표본'이라는 두 용어의 의미에는, 그것들이 자연적 존재에 적용되느냐 혹은 정신적 행위의 산물에 적용되느냐에 따라 질적인 차이가 존재한다. 전자의 경우, 한 새로운 개체의 출현이 종의 특성을 수정하는 것은 당위적이지 않다. 따라서 그 개체의 속성들은 전적으로 종의 존재공식에서 연역될 수 있다. 우리는 호랑이라는 종이 무엇인지 알고 있으므로, 그것에서 개별 호랑이 각각의 속성들을 연역해낼 수 있다. 한 마리 새로운 호랑이의 탄생은 그 종의 정의를 수정하지 않는다. 종의 진화에 대한 개별 유기체의 작용이 아주 완만하게 진행되기 때문에 실천적 측면에서는 그것을 생략하고서 생각할 수 있다는 말이다. 한 언어의 언표言表들의 경우도(비록 그 정도는 덜하지만) 마찬가지이다. 개별 문장은 문법을 수정하지 않는다. 오히려 문법이 개별 문장의 속성들을 연역할 수 있는 근거가 되어야 한다.

그러나 예술이나 과학의 영역은 다르다. 여기서 진화는 전적으로 다른 리듬에 따라 이루어진다. 즉, **각각의 모든** 작품이 총체적 가능성을 변경시키고, 하나의 예가 새롭게 등장할 때마다 그로 인해 종이 변화를 겪는 것이다. 그 언어의 모든 언표들이, 발화되는 순간에는 비문법적인 성질을 띠는 어떤 언어에 우리가 직면해 있는 셈이다. 더 정확히 말하자면, 하나의 텍스트는 해당 분야에 대해 그때까지 통용되던 관념에 변화를 가져오는 경우에 한해서만 문학사나 과학사에 등장할 권리를 인정받게 된다. 이 조건을 충족하지 않는

가 했던, 옛날이야기들의 형태학 연구는 프랑스의 대표적인 구조주의자 레비스트로스에게 많은 영향을 끼쳤다.

텍스트는 자동으로 다른 어떤 범주, 즉 '대량'으로 유통되는 이른바 '대중' 문학의 범주나 학교 교재의 범주에 들어가게 된다(이를 비유하자면 장인이 만든 단 하나의 수공예품과 기계로 찍어내는 대량 생산품을 들 수 있겠다). 우리의 주제로 돌아오자면, 그렇다면 결국 장르라는 개념은 오직 대중문학(추리소설, 연재소설, 공상과학소설 등)에만 해당하는 것이며, 엄밀한 의미에서의 문학 텍스트에는 적용할 수 없다는 말이 되고 말 것이다.

여기서 그러한 입장에 대한 우리 자신의 이론적 토대를 명확히 밝혀야겠다. '문학'에 속하는 모든 텍스트를 다룰 때, 우리는 이중적인 요구를 고려해야 한다. 첫째, 문학 텍스트라면 어떤 것이든, 문학 텍스트들의 총체 혹은 (정확히 장르라고 불리는)문학의 하위집합 중 하나와 공통되는 속성들을 드러낸다는 사실을 무시해서는 안 된다. 오늘날, 작품 속의 모든 것은 개별적이며 과거의 작품들과는 아무런 관련 없이 전적으로 새롭게 만들어진 개인적인 영감의 산물이라는 명제가 옹호되리라고는 거의 상상하기 어렵다. 둘째, 하나의 텍스트는 단순히 어떤 기존 조합(잠재적인 문학 속성들에 의해 구성된 조합)의 산물이 아니다. 그것은 또한 그 조합의 변형이기도 하다.

따라서 모든 문학 연구는 원하든 원치 않든 다음과 같은 이중적 움직임을 띤다는 것까지는 우선 말할 수 있겠다. 문학(혹은 장르)을 향한 작품 연구와, 작품을 향한 문학(혹은 장르) 연구가 그것이다. 이 둘 중 어느 한 방향, 즉 차이성 혹은 유사성을 일시적으로 우선하는 것은 전적으로 정당한 절차이다. 그러나 일은 그것으로 끝나지 않는다. 더구나 추상적 개념과 '총칭적인 것' 속에서 움직이는 것은 언어의 본질 자체에 속한다. 개별적인 것은 언어 속에 존재할 수 없다. 한 텍스트의 특수성에 대한 진술은 자동적으로 한 장르의 기술記述이 되며, 그 장르의 유일한 특수성은 문제의 작품이 해당 장르 최초의 유일무이한 표본일 것이라는 점이다. 하나의 텍스트에 대한 모든 기술은, 말의 도움으로 이루어진다는 사실 자체로 인해, 장르에 대한 기술이라고 할 수 있다. 하지만 그것은 순전히 이론적이기만 한 단정이 아니다. 선구자에게서 발견되는 바로 그 특유의 면모를 추종자들이 모방하는 순간부터, 그것의 표본은 문학사를 통해 끊임없이 제공된다.

이렇게 볼 때, 예컨대 크로체[7]가 요구한 것처럼, '장르라는 개념을 거부하기'란 생각할 수 없는 일이다. 그러한 거부는 언어의 포기를 전제로 하며, 당연히 표명될 수도 없을 것이다. 반면, 우리가 받아들이는 추상화의 정도와, 그렇게 추상화된 관념이 실제 진화와 마주하여 차지하는 위치를 아는 것은 중요하다. 왜냐하면 추상적 관념의 근거이자 그 관념에 종속된 범주 체계 속에 그 실제 진화가 기입되어 있기 때문이다.

어쨌든 요즘 문학이 장르 구분을 저버리는 것처럼 보이는 것은 사실이다. 모리스 블랑쇼[8]는 벌써 십 년 전에 이렇게 썼다. "장르와

---

7   Benedetto Croce, 1866-1952. 이탈리아의 이상주의 철학자, 역사가, 비평가. 이탈리아 자유주의 정당의 창설자이기도 하다.

8   Maurice Blanchot, 1907-2003. 프랑스의 소설가이자 문학비평가. 갈리마르 출판사는 그의 일대기를 재구성하며 "문학과 그것의 고유한 침묵에 자신의 삶을 온전히 바친" 인물로 소개한다. 그에게 문학의 근원은 일상적인 경험과는 구분된 문학 언어에 대한 관념을 표현하고자 했던 프랑스 상징주의 시인 스테판 말라르메였다. 블랑쇼에게 문학이 시작되는 것은 하나의 질문이 생성되는 순간부터이며, 문학은 글쓰기의 순간에 마주치는 낯선 심오한 경험에 대한 질문

는 거리가 먼, 있는 모습 그대로의 책만이 중요할 뿐이다. 그것은 산문, 시, 소설, 목격담 등의 항목 속에 정리되기를 거부하며, 자신의 자리를 고착시키고 자신의 형태를 규정하는 권위를 인정하지 않는다. 책은 더 이상 하나의 장르에 속하지 않으며, 모든 책은 오직 문학에만 속할 따름이다. 마치 글로 쓰이는 것에 책이라는 리얼리티를 부여할 수 있게 해주는 유일한 방식들과 비결들을 문학은 사전事前에 대략 알고 있는 것 같다"(《도래할 책Le Livre à venir》, p. 243-244). 그렇다면 이처럼 기한이 지나버린 문제들을 우리가 들추어내는 이유는 무엇인가? 제라르 주네트⁹는 이 질문에 적절하게 대답해주었다. "문학 담론은 어떤 구조들에 따라 생산되고 전개되는데, 그 구조의 위반은 문학 담론이 오늘날에도 여전히 자신의 언어와 글쓰기의 장場 속에서 그 구조들을 발견할 때에만 가능하다"(《문채Figures Ⅱ》, p. 15).

위반이 있기 위해서는 그 규범이 지각될 수 있어야 한다. 다른 한편으로 현대문학이 **총칭적인 구분**에서 완전히 면제되었을 것이라

과 해석이다. 역설과 불가능의 언어에 기초한 그의 문학세계는 대표적인 후기 구조주의자인 자크 데리다에게 영향을 끼쳤다. 평론집《문학의 공간L'Espace littéraire》(1955)과 소설《죽음의 선고L'Arrêt de mort》(1948) 등이 한국어로 번역되어 있다.

9 Gérard Genette, 1930-2018. 프랑스의 문학비평가이자 문학이론가. 구조주의에서 출발하여 서사학, 수사학, 장르 이론을 아우르며 자기 자신의 시학을 구축했다. 클로드 레비스트로스에게서 (조각들을 모아 조립하는) '공작'(工作, bricolage)의 개념을 끌어와 문학비평 작업을 정의했다. 특히 그의 책《팔랭프세스트Palimpsestes》에 전개된 '트랜스텍스트성'(la transtextualité)이라는 개념은 "하나의 텍스트를, 명백한 것이든 숨어 있는 것이든, 다른 한 텍스트와의 관계 속에 놓는 모든 것"으로 정의된다. 저서로《문채Figures》(전 5권) 등이 있다.

는 생각을 받아들이기는 어렵다. 단지 그러한 구분이 과거의 문학 이론들이 남긴 개념들과 더 이상 부합하지 않을 뿐이다. 지금 우리에겐 그것들을 추종할 의무가 당연히 없을 뿐더러, 요즘에는 작품들에 적용될 수 있는 추상적인 범주들을 만들어야 할 필요성이 대두되기까지 했다. 좀 더 포괄적으로 말하자면, 장르의 존재를 인정하지 않는 것은 문학 작품이 기존의 작품들과 아무런 관련이 없다고 주장하는 것이나 다를 바가 없다. 그러나 장르는 바로 작품과 문학의 세계를 연결해주는 이정표이다.

우리의 주제와 거리가 있는 언급은 여기서 중단하기로 하자. 그리고 한 걸음 앞으로 나아가기 위해, 현대의 장르 이론을 하나 선택하여 좀 더 밀도 있게 검토해보자. 그렇게 하나의 예에서 출발하여 들여다보면, 우리의 작업에 길잡이가 되어야 할 긍정적인 원칙들은 무엇인지, 또 피해야 할 위험은 어떤 것이 있는지 더 잘 알 수 있을 것이다. 그렇다고 진행 중인 우리의 담론 자체에서 새로운 원칙이 솟아나지 않을 것이라거나, 예상 밖의 암초들이 다양한 지점에서 나타나지 않을 것이라는 말은 아니다.

우리가 세부적으로 다루게 될 장르 이론은 노스럽 프라이[10]의 이론, 특히 《비평의 해부Anatomy of Criticism》에서 표명된 이론이다.

---

10 Northrop Frye, 1912-1991. 캐나다의 문학비평가이자 문학이론가. 20세기 문학비평에서 가장 두드러진 업적을 남긴 문학이론가 중 한 명으로, 에드먼드 카펜터, 마셜 매클루언 등과 함께 토론토 학파를 주도하기도 했다. 문학비평에 대한 그의 근본적인 입장은 그것이 문학과는 분리된 독립적인 논의의 장이라는 것이며, 그의 이론체계의 핵심어는 관습적인 신화와 메타포들을 지칭하는 '원형'이라 하겠다.

이 선택에는 근거가 없지 않다. 프라이는 오늘날 영미 비평가들 사이에서 아주 중요한 자리를 차지하고 있으며, 그의 저작이 2차 세계 대전 이후의 비평사에서 가장 주목할 만한 것들 가운데 하나로 꼽힌다는 데는 의심의 여지가 없다.

《비평의 해부》는 문학(따라서 장르) 이론인 동시에 비평 이론이다. 더 정확히 말해서 이 책은 두 가지 형식, 즉 이론적인 형식(서론, 결론 그리고 두 번째 에세이 〈윤리비평: 상징의 이론Ethical Criticism:Theory of Symbols〉)과 좀 더 기술적記述的인 형식의 텍스트로 구성되어 있는데, 바로 여기에 프라이 고유의 장르 체계가 기술되어 있다. 그러나 이 체계는 전체와 분리된 상태에서는 이해가 불가능하다. 그러므로 우리는 이론적인 부분에서 출발해야 할 것이다.

먼저 중요한 특성들을 살펴보자.

1. 문학 연구는 다른 과학 분야에서 요구되는 것과 똑같은 신중함, 똑같은 엄격함으로 실천해야 한다. "만일 비평이라는 것이 존재한다면, 그것은 문학의 장에 대한 귀납적 연구에서 도출된 하나의 개념적 틀의 용어들로 이루어지는 문학 검토여야 한다. (…) 비평은 한편으로는 문학에 기생하는 존재 방식과 구별되는, 그리고 다른 한편으로는 설명적인 환언을 하는 비평 태도와 구별되는 과학적 요소를 포함한다."(《비평의 해부》, p. 7) 등.

2. 이 첫 번째 공리는 작품에 대한 모든 가치판단을 문학 연구에서 배제해야 한다는 필요성으로 이어진다. 이 점에 대한 프라이의 입장은 꽤 단정적이다. 우리는 그의 판결문식의 어조를 미세하게 조정하여, 평가의 측면은 시학의 장에서 할 일이며 당장 그것에 관여하는 것은 쓸데없이 일을 복잡하게만 만들 뿐이라고 말할 수 있을

것 같다.

3. 일반적으로 문학이 그렇듯, 문학 작품은 하나의 체계를 형성하고 있으며, 그 속에 우연에 의한 것이라곤 아무것도 없다. 달리 말해, 프라이에 따르면 "[그가 우리에게 하자고 제안하는] 이 귀납적 비약에 전제되는 첫 번째 공리는, 모든 과학에 적용되는 것과 동일한 것, 즉 총체적 일관성이라는 공리이다"(p. 16).

4. 공시성을 통시성과 구별해야 한다. 문학 분석은 역사 속에서 공시적인 절단을 실시하도록 요구하며, 우리는 바로 그 단면 내부에서 체계를 찾는 것부터 **시작해야** 한다. "비평가가 하나의 문학 작품을 다룰 때, 그가 할 수 있는 가장 자연스러운 일은 작품을 '동결시키고[to freeze it]'[11], 시간 속에서 벌어지는 작품의 움직임을 무시하며, 모든 부분이 동시에 존재하는 하나의 단어 결합체처럼 작품을 간주하는 것이다"라고, 프라이는 다른 책에서 말했다(《농일성의 우화Fables of Identity》, p. 21).

5. 문학 텍스트는 우리의 일상적 담론의 문장들이 종종 그렇게 하는 것과는 달리, '세상'을 참조의 대상으로 삼지 않는다. 즉, 그것은 그 자신 외의 다른 것을 '표상'하지[12] 않는다. 그러한 점에서 문학은 통상적인 언어보다는 오히려 수학과 더 유사하다. 문학적 담론은 진실이나 거짓이 될 수 없으며, 오직 그것 자신의 전제들과의 관계에 따라 타당성을 지닐 수 있을 뿐이다. "시인은, 순수 수학자처럼,

---

11 본문에서 가끔씩 등장하는 영문 인용문은 토도로프에 의한 것이다.

12 여기서 'représenter'는 어떤 것을 '대표하다'라는 뜻과, 어떤 것을 이미지로써 '나타내다'라는 의미를 동시에 갖는다.

기술적記述的 진실이 아니라 자신의 가정적 공리들과의 부합에 의존한다"(p. 76). "문학은 수학처럼 하나의 언어이다. 그리고 언어는 무한정 많은 진실들을 표현할 수단을 제공할 수 있음에도 불구하고, 그것 자체로는 어떤 진실도 표상하지 않는다"(p. 354). 그러므로 문학 텍스트는 동어반복tautology의 성질을 띤다. 즉 그것은 그 자신을 의미한다. "시적 상징은 본질적으로 그 시 작품과의 관계 속에 있는 자기 자신을 의미한다"(p. 80). 자기 작품의 이러저러한 요소가 무엇을 의미하는가를 묻는 질문에 대한 시인의 대답은 언제나 다음과 같은 식이 될 수밖에 없다. "그것의 의미는 그것이 그 작품의 한 요소라는 것입니다[I meant it to form a part of the play]"(p. 86).

6. 문학은 현실세계(물질적인 것이든 정신적인 것이든)가 아니라 문학에서 출발하여 창작된다. 모든 문학 작품은 관습적이다. "우리는 오직 다른 시들 혹은 다른 소설들로부터 출발하여 시나 소설을 쓸 수 있을 따름이다"(p. 97). 그리고 프라이는 또 다른 책《문학의 원형The Educated Imagination》[13]에서 이렇게 쓰고 있다. "작가의 글쓰기 욕망은 오직 문학에 대한 사전事前 경험에서만 생길 수 있다. (…) 문학은 오직 자기 자신으로부터 자신의 형태들을 끌어낸다"(p. 15-16). "문학에서 새로운 것은 모두 다시 벼린 옛것이다. (…) 문학에서의 자기표현이야말로 이전에는 결코 존재하지 않았던 것이다"(p. 28-29).

---

13 The Educated Imagination은《신화문학론》(을유문화사, 1978),《문학의 구조와 상상력》(집문당, 1992),《문학의 원형》(명지대학교출판부, 1998)으로 세 번 번역 및 출판되었다. 여기서는 가장 최근의 것을 제목으로 택했다.

이런 생각들은 (프라이가 출처를 명확히 인용하고 있지는 않지만)
어떤 것도 전적으로 독창적이지 않다. 그러한 것들은 한편으로는 말
라르메[14]나 발레리[15]에게서, 그리고 이들의 전통을 잇는 현대 프랑

14 Stéphane Mallarmé, 1842-1898. 프랑스의 시인. 프랑스 현대시 혁신의 선구
   자로서, 이브 본푸아에 이르기까지 현대 시인들에게 많은 영향을 끼쳤다. 헤
   겔의 영향으로 말라르메는 아름다움과 이상세계로 이끄는 출발점은 바로 '허
   무'라는 사실을 깨닫는다. 그러한 철학적 명상에서 출발하여, 그는 말의 신성
   한 힘을 전달하기 위한 새로운 시학을 세운다. 시는 어휘와 통사와 리듬에 의
   한 공명을 통해 의미를 만들어내는, 자기 자신을 향해 '닫힌' 세계가 된다. 그
   의 작품은 의미의 부재를 통해 더 많은 것을 의미하기를 추구한다. 말라르메의
   시적 언어에 대한 성찰과 '암시'라는 개념은 반(反)사실주의적 시학의 토대가
   되었다. 한국어로는 〈목신의 오후 L'Après-midi d'un faune〉(1876)를 비롯한
   시 작품들이 번역되어 있으며, 미완의 상태로 남은 〈주사위 던지기는 결코 우
   연을 폐기하지 않을 것이다 Un coup de dés jamais n'abolira le hasard〉(1897),
   그의 유고인 극시(劇時) 〈이지튀르 Igitur〉는 그의 시 창작의 근본적인 고뇌를
   드러내고 있다.
15 Paul Valéry, 1871-1945. 프랑스의 시인, 사상가, 평론가. 프랑스 남부의 세
   트에서 출생하여 몽펠리에 대학에서 법률을 공부하였으나, 건축, 미술, 문학
   에 뜻을 두었다. 강렬한 지적 나르시시즘과, 인간의 가능성들에 대한 계측으
   로 얻은 초연함 사이의 긴장으로 인한 격렬한 위기를 보내며, 발레리는 초창기
   의 '우상들', 즉 시와 사랑을 버리고 탐미주의와 쾌락 추구에서 멀어진다. 그리
   고 추상적인 추론으로 정신적 상승을 추구하는 한편, 그렇게 얻은 추상적 관념
   에 감각의 차원을 부여하고자 했다. 말라르메, 에드거 앨런 포, 레오나르도 다
   빈치에게 깊은 지적 영향을 받은 그는 엄격함과 명철함으로 자신의 작품에 단
   일성을 부여하고자 했다. 512개의 12음절 시행으로 이루어진 〈젊은 파르크
   La Jeune Parque〉(1917)로 시인으로서 주목받기 시작하여, 〈해변의 묘지 Le
   Cimetière marin〉(1920), 〈매혹 Charmes〉(1922)을 발표함으로써 20세기 최
   고의 시인 중 한 명으로 꼽히게 되었고, 1925년에 아카데미 프랑세즈 회원이
   되었다. 이후 그는 시를 거의 쓰지 않았고, 산문과 평론에 집중하여 20세기 전
   반기의 유럽을 대표하는 최고의 지성이 되었다. 그는 산문으로 《정신의 위기

스 비평의 경향(블랑쇼, 바르트[16], 주네트)에서 볼 수 있고, 다른 한 편으로는 러시아 형식주의자들에게서 아주 풍부하게 찾아볼 수 있으며, T. S. 엘리엇과 같은 작가들에게서도 발견된다. 이 모든 공리들은 문학 자체만큼이나 문학 연구에 유효하며, 우리 논의의 출발점을 이루는 것들이기도 하다. 하지만 이 모든 것은 우리를 장르에서 꽤 멀리 떼어놓았다. 이제 프라이의 책에서 우리의 논의와 가장 직접적으로 관련되는 부분으로 넘어가자. 그는 문제의 저서에서 줄곧

Crise de l'esprit》등과, 평론집《바리에테Variété》(전 5권) 외, 시극《나의 파우스트Mon Faust》등, 방대한 분량의 작품과 저서를 남겼다.

16 Roland Barthes, 1915-1980. 프랑스의 비평가이자 기호학자. 구조주의의 모험을 주도한 대표적인 인물 중 한 명. 1953년《글쓰기의 영도Le Degré zéro de l'écriture》에서 일상 언어와는 분리된 문학 언어에 대한 고찰을 시도했고, 일상생활의 이데올로기를 비판한 기고문을 모아 엮은《신화론Mythologies》(1957)이 뒤따랐다. 그에게 신화란 이데올로기의 도구이자 하나의 기호, 즉 이데올로기의 기본 단위로서의 시니피에와 언제든 아무것으로나 대체될 수 있는 시니피앙의 조합이며, 기존의 하나의 기호 사슬에서 출발하여 첫 번째 사슬의 기호가 그다음 것의 시니피앙이 되는 방식으로 구성된다. 이처럼 1960년대의 그는 기호학과 구조주의에 전념했지만(《기호학원론Éléments de sémiologie》(1964),《유행의 체계Système de la mode》(1967)), 1970년대에 들어서면서《S/Z》(1970),《텍스트의 즐거움Le Plaisir du texte》(1973)에서 볼 수 있듯 구조주의와 거리를 두기 시작한다. 의미는 저자에게서 오는 것이 아니라는 주장을 펼치며, 텍스트의 면밀한 분석을 통한 창조적 독서의 중요성을 부각시키게 된 것이다. 푸코의 "저자란 무엇인가Qu'est-ce qu'un auteur?"(1969)라는 강연에 반향을 일으키는 그의 글, 〈저자의 죽음La Mort de l'auteur〉(1968)은 독자의 창조적 공간을 갈망하던 젊은 문학 세대에 폭발적인 반응을 일으켰지만, 그의 구조주의적 입장은 장차 정신분석 문학비평의 새로운 방법론을 정립하게 될 장 벨맹노엘 등의 후학들에 의해 극복되며, 그의 기호학적 접근 방식은 해체철학의 대명사 자크 데리다에 의해 반박되었다.

(이 책이 앞서 개별적으로 출판되었던 텍스트들로 구성되었다는 사실을 기억해야 한다) 세부적인 장르 분할이 모두 가능한 여러 계열의 범주들을 제안한다(그럼에도 그는 그 계열들 중 오직 하나에만 '장르'라는 용어를 허용한다). 하지만 그것들을 일일이 요점 정리할 생각은 없다. 여기서는 오로지 방법론적 논의만을 전개하면서, 세부적인 예를 제공하지 않고 그 분류의 논리적 구성만을 취하는 것으로 만족할 것이다.

1. 첫 번째 분류는 '서사양식'에 관한 정의이다. 이것은 책의 주인공과 우리 자신, 혹은 자연법칙 사이의 관계에서 출발하여 구성되는데, 다음의 다섯 종류가 있다. (1) 주인공이 독자와 자연법칙에 대해 (본성의)우월성을 갖고 있다. 이 장르는 **신화**라고 부른다. (2) 주인공이 독자와 자연법칙에 대해 (정도의)우월성을 갖고 있다. **전설**이나 **요정이야기**[17]가 이 장르에 속한다. (3) 주인공이 독자에 비해 (정도의)우월성을 갖고 있지만 자연법칙에 대해서는 그렇지 않다. 이것은 **상위모방** 장르이다. (4) 주인공이 독자나 자연법칙과 동등하다. 이것은 **하위모방** 장르이다. (5) 주인공이 독자보다 열등하다. 이것이 **아이러니** 장르이다(p. 33-34).

2. 또 하나의 기본적인 범주는 있음직함의 범주이다. 문학의 양극은 있음직한 이야기와 모든 것이 허용된 이야기로 구성되어 있다(p. 51-52).

---

17 conte de fées. 흔히 '옛날이야기'라고 번역하기도 하지만, 이 표현이 '요정'이 나오는 '경이 이야기' 부류를 지칭하기에는 프랑스어를 글자 그대로 번역하는 것이 더 나을 것이라 판단하여 '요정이야기'로 번역했다.

3. 세 번째 범주는 문학의 주된 두 경향에 강조점을 찍는다. 즉, 주인공이 사회와 타협하는 희극적 범주와 주인공을 사회에서 격리시키는 비극적 범주가 있다(p. 54).

4. 프라이에게 가장 중요한 것으로 보이는 분류는 원형archétype들의 정의이다. 이것들은 네 개의 미토스[18], 즉 이야기 테마로 되어 있으며, 실제적인 것과 관념적인 것의 대립에 근거를 둔다. 즉 로망스[19](관념적인 것), 아이러니(실제적인 것), 희극(실제적인 것에서 관념적인 것으로의 이동), 비극(관념적인 것에서 실제적인 것으로의 이동)으로 특징지어져 있다(p. 158-162).

5. 그다음에는 엄밀히 말하는 장르 구분이 나오는데, 이것은 작품들이 갖도록 예정된 독자층의 유형에 근거한다. 그 장르들은 드라마(상연되는 작품), 서정시(노래되는 작품), 서사시(암송되는 작품), 산문(읽히는 작품)이다(p. 246-250). 여기에 다음의 사항을 명시적으로 덧붙인다. "가장 중요한 구분은 서사시가 삽화적인 반면, 산문은 연속적이라는 사실에 결부되어 있다"(p. 249).

6. 마지막 분류가 308쪽에 등장한다. 그것은 지적/개인적, 내향적/외향적 대립쌍을 중심으로 연결되어 있는데, 아래와 같은 도식으로 나타낼 수 있을 것이다.

---

18 mythos/mythoï. 애초 고대 그리스문학에서는 이야기, 특히 그들의 전통에 속하는 신화 이야기의 테마를 가리켰다. 이로부터 상상적 담론, 즉 허구라는 일반적인 의미를 부여받게 되었고, 철학자들은 이 단어를 이성 담론으로서의 로고스에 대립시킨다.

19 12세기부터 13세기에 걸쳐 중세 유럽에서 발생한 통속소설. 애정담, 무용담을 중심으로 하면서 전기적(傳奇的)이고 공상적인 요소가 많은 것이 특징이다.

	지적	개인적
내향적	고백	로망스
외향적	아나토미	소설

이상이 프라이가 제안한 범주(우리로서는 장르라고도 부를 수 있겠다)들의 일부이다. 그의 대담성은 이론의 여지가 없으며 높이 살 만하다. 이 대담성이 우리에게 가져다주는 것이 무엇인지 살펴보자.

Ⅰ. 제일 먼저 지적할 사항은 가장 쉬운 것들인데, 이것들은 양식良識이라고까지는 하지 않겠지만, 어쨌든 논리에 근거하고는 있다(이것들이 앞으로 환상 장르의 연구를 위해 효용성이 있을 것으로 기대해보자). 프라이의 분류는 그것들 사이에서뿐만 아니라, 각각의 분류 내부에서조차 논리적으로 일관되지 않는다. 윔새트William Kurtz Wimsatt는 이미 프라이에 대한 비판에서, 우리가 1과 4에서 요약한 두 가지 주요 분류 간의 조직적 연결이 불가능하다는 정당한 지적을 했다. 내부의 비일관성들로 말하자면, 그것을 드러내는 데는 분류 1을 대략적으로 분석하는 것만으로도 충분할 것이다.

여기서 주인공이란 단위는 다른 두 단위, 즉 (a)독자('우리 자신') 그리고 (b)자연법칙과 비교되고 있다. 게다가 관계(우월성)는 질적(본성)이거나 양적(정도)일 수 있다. 하지만 그러한 분류를 도식화하면서, 우리는 많은 수의 가능한 조합이 프라이의 열거에 결여되어 있다는 사실을 알게 된다. 즉시, 거기에는 불균형이 있다고 말하자. 주인공의 우월성에 관련된 범주는 세 가지인 데 반해, 열등성의 범주는 오직 한 가지만 그것들에 대응한다. 다른 한편으로, '본성 – 정도'라는 구분의 경우 오직 한 번만 적용되었지만, 우리는 각각의 범주에 관해 그러한 구분을 매번 적용할 수 있을 것이다. 가능성의 수를 한정하는 제한사항들을 보충적으로 전제함으로써 일관성의 결여에 대한 비난에 대비할 수도 있을 것이다. 가령 자연법칙에 대한 주인공의 관계의 경우, 그 관계는 두 요소 사이가 아니라 전체와 요소 사이에 작용하는 문제라는 점을 공리로 내세우는 것이다. 즉, 주인공이 자연법칙에 순종한다면 질과 양 사이의 차이는 더 이상 문제될 수 없다. 마찬가지로, 주인공은 자연법칙보다 열등하더라도 독자에 대해서는 우월할 수 있지만 그 역은 성립될 수 없다는 점을 명시할 수 있다. 이러한 보충적인 제한은 일관되지 못한 경우를 피할 수 있게 해줄 것이다. 어쨌든 그것들을 명료하게 제시하는 것은 단연코 필수적이다. 명확하지 않은 체계를 그러한 과정 없이 다룬다면, 우리는 미신의 영역은 아니더라도 어쨌든 믿음의 영역 속에 머물러 있게 된다.

우리의 반박에 대해 이런 재반박이 가능할 것이다. 프라이는 이론적으로 표명할 수 있는 열세 가지 가능성 중에 다섯 장르(양식)만 열거하고 있는데, 그 이유는 그 다섯 개의 장르가 실재하고 있는 데 반해 나머지 여덟 개는 그렇지 않기 때문이라고 말이다. 이러한 지적은 장르라는 단어의 의미를 둘로 구분하도록 유도한다. 모든 애매함을 모면하려면, 한편으로는 **역사적 장르**를, 다른 한편으로는 **이론적 장르**를 내걸어야만 할 것이다. 전자는 문학 현실의 관찰 결과로 나올 것이고, 후자는 이론적 차원의 추론 결과로 나올 것이다. 장르에 관해 우리가 학교에서 배운 것은 언제나 역사적 장르들과 관련이 있다. 사람들이 고전 비극에 대해 말한다면, 그 문학 형식에 속한다는 사실을 공개적으로 내건 작품들이 프랑스에 있었기 때문이다. 반면, 우리는 고대 시학자詩學子들의 저서 속에서 이론적 장르의 예들을 발견한다. 플라톤에 이어, 4세기의 디오메데스[20]는 모든 작품을 세 개의 범주로 나눈다. 즉, 오직 화자만이 말하는 작품, 오직 등장인물만이 말하는 작품, 이 두 요소가 모두 말하는 작품이 그것이다. 이러한 분류는 역사를 통한(역사적 장르들의 경우처럼) 작품들의 비교에 근거하지 않고, 발화 주체가 문학 작품의 가장 중요한 요소이며, 그 주체의 성격에 따라 논리적으로 예측 가능한 수의 장르들을 이론적으로 구분할 수 있다는 사실을 전제로 하는 추상적인 가정에 근거한다.

그런데 프라이의 체계는 이 고대 시학자의 체계처럼, 역사적인 장르들이 아니라 **이론적인** 장르들로 구성되어 있다. 장르의 수가 그만큼 있다면, 그것은 더 많은 장르를 관찰하지 못했기 때문이 아니라 체계의 원칙이 그만큼을 인정하기 때문이다. 그러므로 선택된 범주들에서 출발하여 가능한 모든 조합을 연역해낼 필요가 있다. 그 조합들 중 어떤 것이 한 번도 실제로 나타나지 않았다면, 더더욱 그것을 기술해야 한다고까지 말할 수 있을 것이다. 아직 발견하지 않은 요소들의 속성까지도 기술할 수 있는 멘델레예프[21]의 체계처럼,

---

20 일명 Diomedes Grammaticus. 4세기 후반의 라틴어 문법학자.
21 Dmitri Ivanovich Mendeleev, 1834-1907. 러시아의 화학자. 주기율표를 최초로 작성한 학자들 중 한 명으로 알려져 있다. 1869년 3월 6일, 러시아화학회에서 주기율표에 관한 논문을 발표하면서, 그는 원소를 일정한 규칙에 따라 나열하여 발견되지 않은 원소의 성질까지도 예측할 수 있다고 공식적으로 주장했다. 주기율표 101번째 방사능 원소는 그에 대한 경의의 표시로 '멘델레튬'이라 명명되었다.

여기서 우리는 미래 장르들의 속성 — 따라서 미래 작품들의 속성 또한 — 기술할 수 있을 것이다.

이와 같은 첫 번째 논평에서 출발하여 우리는 다른 두 가지 사항을 지적할 수 있다. 우선, 장르에 대한 모든 이론은 작품에 대한 어떤 관념, 달리 말해 그것에 대한 어떤 이미지에 근거한다. 이때 그 이미지는 한편으로 몇몇 추상적인 속성을, 다른 한편으로 그 속성들 사이의 관계 양상을 지배하는 법칙을 포함한다. 만약 디오메데스가 장르들을 세 개의 범주로 나누었다면, 그것은 그가 작품의 내부에서 발화 주체의 존재라는 하나의 특성을 전제로 했기 때문이다. 게다가 그는 분류를 발화 주체의 특성에 근거함으로써 그것에 최고의 중요성을 부여하고 있음을 보여주고 있다. 마찬가지로 프라이가 분류를 위해 주인공과 우리 사이에 상정된 우월성이나 열등성의 관계에 근거한다면, 그것은 그가 그 관계를 작품의 한 요소로, 더 나아가 작품의 근본적 요소들 중 하나로 간주하기 때문이다.

다른 한편으로, 우리는 이론적 장르들 내부에 부가적인 구분을 도입함으로써, **기본장르** 혹은 **복합장르**에 대해 말할 수 있다. 전자는 디오메데스의 이론에서처럼 단 하나의 특성 유무에 따라 정의될 것이며, 후자는 여러 특성의 공존에 따라 정의될 것이다. 예를 들어 '소네트'[22]라는 복합장르는 다음의 속성들을 결합하는 것으로 정의할 것이다. 즉, (1) 각운에 관한 이러 저러한 규율, (2) 운율 구성에 관한 이러저러한 규율, (3) 테마에 관한 이러저러한 규율. 이와 같은

---

22 두 개의 각운이 포용운(a-b-b-a)의 형식을 띠는 4행시 2연과, 3행시 2연으로 구성된 총 14행의 프랑스 정형시를 일컫는다.

정의는 각운 이론, 운율 구성 이론, 테마 이론(달리 말해 문학에 관한 총체적인 이론)을 전제로 한다. 이렇게 역사적 장르들은 이론적 복합장르들의 한 부분을 이룬다는 사실이 명백해졌다.

Ⅱ. 프라이의 분류에 형식상의 비일관성을 들추어내는 과정에서 어느새 우리는, 그의 범주들의 논리적 형식과는 더 이상 관련이 없지만 내용과는 관련이 있는 고찰로 들어섰다. 프라이는 작품에 대한 자신의 개념을 결코 명확하게 밝히지 않는다(앞서 보았듯이 그것은 원하든 원치 않든 장르 구분의 출발점이 된다). 그리고 그는 자신의 범주들에 대한 이론적 논의에 있어 아주 적은 지면만을 할애했을 뿐이다. 이제 우리가 그를 대신하여 그 일을 떠맡기로 하자.

그의 범주들 중 몇몇을 떠올리면 다음과 같다. 우월성 – 열등성, 있음직함 – 있음직하지 않음, 타협 – 배제(사회와 관련하여), 실제적 – 관념적, 내향적 – 외향적, 지적 – 개인적. 이 목록을 접하는 순간 즉시 우리의 뇌리를 스치는 생각은 그의 기준이 자의적이라는 것이다. 하나의 문학 텍스트를 기술하기 위해 오직 그 범주들만 유효하고 다른 것들은 그렇지 않은 이유는 무엇일까? 우리는 이 중요성을 증명해줄 밑도 있는 논거 제시를 기대하지만, 그의 책에서 그런 흔적은 전혀 발견할 수 없다. 게다가 우리는 이 범주들에 공통된 특성을 한 가지 지적하지 않을 수 없는데, 그것은 바로 그 범주들의 비문학적 성질이다. 보다시피 그것들은 모두 철학, 심리학, 혹은 사회윤리에서 차용된 것들인 데다, 그렇다고 어떤 구체적인 심리학이나 철학에서 차용한 것도 아니다. 그 용어들은 우리가 글자 그대로 문학적인 어떤 특별한 의미로 받아들여야 할 것들이거나, 혹은 — 그의 책이 이에 대해 아무것도 말해주지 않는 이상 우리에게는 오직 하나의 가능성만 제공될 뿐이므로 — 우리를 문학 바깥으로 데려가거나 둘 중 하나이다. 그리고 이 순간부터 문학은 철학적인 범주들을 표현하기 위한 수단이 될 뿐이다. 문학 범주들에 대한 그의 해부에 이의가 심각하게 제기되었다. 이렇듯, 우리는 바로 프라이가 기술한 이론적 원칙들 중 하나와 다시 한번 반대 입장에 놓이게 되었다.

설사 이 범주들이 문학에만 통용된다 하더라도, 그것들은 좀 더 진전된 설명을 필요로 한다. 우리는 주인공héros에 대해, 마치 이 개념이 자명한 것처럼 말할 수 있을까? 이 단어의 정확한 의미는 무엇일까? 있음직함이란 무엇일까? 이것의 반대말은 단지 등장인물들이 "아무것이나 할 수 있다"(p. 51)는 이야기 특성만 가리킬까? 프라이는 다른 곳에서 이 단어의 원뜻을 재검토하는 다른 해석을 제시한다("독창적인 화가는 대중이 실재에 대한[to an object] 충실성을 그에게 요구할 때 대개의 경우는 정반대를, 즉 그들에게 친숙한 회화 관습들에 충실할 것을 그에게 요구한다는 사실을 물론 잘 알고 있다", p. 132).

Ⅲ. 프라이의 분석을 좀 더 가까이 밀착해서 들여다보면, 그의 체계 속에 표명되지는 않았지만 아주 중요한 역할을 수행하는 다른 공리를 하나 발견하게 된다. 지금까지 우리가 비판한 점들은 그 체계를 변경시키지 않으면서도 쉽게 조정할 수 있는 것이었다. 즉, 논리적 비일관성을 피하면서 범주 선택에 어떤 이론적 토대를 찾아줄 수 있을 것이라는 말이다. 그러나 새로 발견된 공리에서 도출된 결론은 훨씬 심각하다. 왜냐하면 거기에는 근본적인 취사선택이 문제

되기 때문이다. 바로 그 배타적 선택을 통해, 프라이는 구조주의적 태도에 대해 자신을 선명하게 대립시키고, 융[23]이나 바슐라르[24] 혹은 질베르 뒤랑[25]과 같은 이름들을 (그들의 저서들이 아무리 서로 다를지라도) 한 부류에 넣을 수 있게 하는 어떤 전통에 오히려 자신을 결부시킨다.

그 공리는 다음과 같다. 문학 현상들에 의해 구성된 **구조들은 바로 그 현상들 자체를 통해 드러난다.** 달리 말해 그 구조들은 직접적으

23 Carl Gustav Jung, 1875-1961. 스위스의 정신의학자이자 분석심리학의 창시자이며, 영혼의 구조와 그것의 문화적 발현 사이의 관계를 강조하는 심층심리학의 선구자이다. 초기에는 프로이트의 정신분석에 합류했으나, 개인적인 이유와 이론적인 차이로 그와 결별한다. 프로이트가 개인의 무의식에 점점 더 집중하는 반면, 융은 인류학, 연금술, 꿈, 신화, 종교 등의 다양한 지식 영역에서 끌어온 인문학의 개념들을 자신의 분석방법에 도입하여 영혼의 리얼리티를 파악하려 했다. 이처럼 융은 임상적 실천뿐만 아니라 심리학 이론, 더 나아가 인류의 여러 활동 영역을 두루 섭렵하고 '원형', '집단무의식' 등의 개념을 남겼다. 나치에 심각하게 협력한 사실은 그의 생애의 오점이지만, 20세기 인문과학에 깊은 흔적을 남긴 것 또한 분명하다.

24 Gaston Bachelard, 1884-1962. 프랑스 과학과 시 영역에 커다란 업적을 남긴 철학자. 인식과 과학 연구에 관련된 의미 있는 성찰들을 남긴 인식론자이다. 그는 융의 작업에서 영감을 얻어, 현상 인식의 진보를 가로막는 장애물들을 연구했다. 물, 불, 공기, 대지의 4원소를 기반으로 하는 물질적 상상력의 토대 위에서의 인식에 대한 정신분석이라 할 일련의 연구를 통해, 시인과 소설가들 혹은 상징체계나 연금술 등에 관심을 기울이며, 상상력에 대한 철학적, 문학적 접근을 새롭게 했다. 그가 하고자 한 것은 문학과 과학 사이의 관계에 대해 질문을 던지는 것이었다. 그의 관점은 상상력이 과학적 모델들을 구축하는 데 도움이 된다는 것이다.

25 Gilbert Durand, 1921-2012. 상상계와 신화학에 관한 업적으로 명성을 얻은 프랑스의 문학 교수. 바슐라르와 융의 영향을 받았고, 상상계 연구의 국제적인 네트워크의 중심에 선 인물이다.

로 관찰 가능하다. 그러나 레비스트로스[26]는 정반대의 말을 했다. "근본 원칙은 사회구조라는 개념이 경험적 현실이 아니라 그러한 현실에 따라 구축된 모델들과 관련되어 있다는 것이다"(p. 295). 이 것을 아주 단순화하여 이렇게 말할 수 있을 것이다. 즉, 프라이가 보기에 숲과 바다는 하나의 기본 구조를 형성하는 반면, 구조주의자에게 이 두 현상은 어떤 가공에 의해 생산된, 그리고 정적인 것과 역동적인 것 사이에, 말하자면 유기적으로 연결된 하나의 추상적인 구조를 드러낸다고 말이다. 사계절이나 하루의 네 부분 혹은 4원소 따위의 이미지들이 프라이에게서 그토록 중요한 역할을 수행하는 이유를 이 기회에 알 수 있게 되었다. 그 자신이 단언하고 있듯이(한 바슐라르 번역서에 붙인 그의 서문에서), "대지, 공기, 물 그리고 불은 상상계의 네 가지 경험 요소이며, 언제나 그렇게 남아 있을 것이다"(p. VII). 구조주의자들의 '구조'가 무엇보다 추상적인 규칙이라면, 프라이의 '구조'는 공간 속의 배치로 축소된다. 이에 대한 그의 입장은 명확하다. "아주 종종, 사유의 '구조' 혹은 '체계'는 다이어그램 도표로 단순화할 수 있다. 실제로 이 두 단어는 어느 정도는 다이어그램의 동의어들이다"(p. 335).

공리는 증명을 필요로 하지 않는다. 그러나 그 유효성은 그 공리를 받아들임으로써 이르게 되는 결과들을 통해 가늠할 수 있다. 형태적인 구성은 우리가 보기에 이미지 자체의 수준에서 파악될 수 있는 것이 아니므로, 그 이미지들에 대해 우리가 말할 수 있는 모든

---

26 Claude Lévi-Strauss, 1908-2009. 프랑스의 인류학자이자 민속학자. 구조주의적 사유의 흐름의 토대를 세운 대표적 학자들 중 한 사람으로 꼽힌다. 20세기 후반의 인문과학에 결정적인 영향을 끼쳤다.

것은 근사치에 머물러 있을 것이다. 우리는 확실성과 불가능성을 취급하는 대신, 개연성에 만족해야만 할 것이다. 앞서 제시한 가장 간단한 예를 다시 끌어오자면, 숲과 바다가 종종 대립관계에 놓이는 일이 **일어날 수 있고**, 그러면 하나의 '구조'가 형성된다. 그러나 **반드시** 그렇지는 않다. 다시 말해 정적인 것과 역동적인 것이 대립하는 것은 필연적이지만 숲과 바다 사이에 그러한 대립이 나타나는 것은 하나의 가능성일 뿐이다. 문학적인 구조들은 그것이 어떤 것이든 모두 엄격한 체계와 규칙들인 반면, 그것들이 구체적으로 발현되는 양상들은 개연성에 따라 결정된다. 관찰 가능한 이미지들의 수준에서 구조를 찾는 자는 어떤 확실한 인식도 스스로에게 금지한다.

바로 그런 일이 프라이에게 벌어지고 있다. 그의 책에서 가장 자주 쓰이는 단어들 중 하나가 **종종**이라는 것은 영락없는 사실이다. 몇 개의 예를 원문으로 읽어보자. "이 신화는 **종종** 한 주기의 시작과 끝을 암시하는 단골 상징인 홍수와 연관된다. 젖먹이 영웅은 **종종** 표류하는 방주나 상자 속에 들어 있다(…). 마른 땅 위에서 젖먹이는 동물로부터 구조되**거나, 혹은** 동물에 의해 구조될 **수도 있다**(…)."(p. 198), "그것의 **가장 흔한** 배경은 산꼭대기, 섬, 탑, 등대, 그리고 사다리 혹은 계단이다."(p. 203), "그는 햄릿의 아버지처럼 또한 유령일 **수도 있다. 혹은** 그것은 전혀 사람이 아니라 단지 그것의 효과를 통해서만 알 수 있는 어떤 보이지 않는 힘일지도 **모른다**(…). **종종**, 복수-비극에서처럼, 그것은 비극을 빚어낸 행위에 앞서 벌어진 하나의 사건이다."(p. 216), 등등(강조는 필자).[27]

---

27 "This myth is *often* associated with a flood, the regular symbol of the beginning

구조들의 직접적인 표출이라는 공리는 여러 다른 방향에서 생산성을 빈곤하게 만드는 효과를 낳는다. 먼저, 프라이의 가정은 하나의 분류학, (자신의 명확한 진술들에 의거하는) 하나의 분류법을 넘어서지 못한다는 사실을 지적해야겠다. 그러나 하나의 총체를 구성하는 요소들이 분류 가능하다고 말하는 것은 가장 취약한 가설을 그 요소들에 의거하여 세우는 것이다.

프라이의 책은 수많은 문학적 이미지의 목록으로 작성된 하나의 카탈로그를 줄곧 생각나게 한다. 그런데 카탈로그는 과학의 도구들 중 하나일 뿐, 과학 자체는 아니다. 게다가 오로지 분류만 하는 자는 분류를 제대로 할 줄 모른다고 말할 수 있을 것이다. 그의 분류는 하나의 명백한 이론에 근거하지 못한 탓에 자의적이며, 약간은 린네[28] 이전에 행해졌던 생물 세계의 분류처럼 보인다 — 그 시대 사람들은 자신들의 몸을 긁는 모든 동물들을 하나의 범주로 구성하기를 주저

---

and the end of a cycle. The infant hero is *often* placed in an ark or chest floating on the sea... On dry land the infant *may* be rescued either from or by an animal..."(p. 198), "Its *most common* settings are the mountain-top, the island, the tower, the lighthouse, and the ladder or staircase."(p. 203), "He *may* also be a ghost, like Hamlet's father; *or* it *may* not be a person at all, but simply an invisible force known only by its effects... *Often*, as in the revenge-tragedy, it is an event previous to the action of which the tragedy itself is the consequence."(p. 216)

28 Carl von Linné, 1707-1778. 스웨덴의 박물학자. 학명 분류의 현대적 체계의 토대를 세운 사람으로서 현대 분류학의 아버지로 알려져 있으며 또한 현대 생태학의 선구자로 간주된다. 그의 관점을 다음의 인용문으로 간략히 요약할 수 있다. "사물의 이름을 모르면, 그것에 대한 지식 또한 상실한다(Nomina si nescis, perit et cognitio rerum)."

하지 않았다…….

만약 프라이의 말대로 문학이 하나의 언어체계라는 사실을 인정한다면, 당연히 우리는 비평가의 활동이 언어학자의 것과 웬만큼 비슷하리라는 기대를 갖게 된다. 그러나 《비평의 해부》의 저자는 오히려 희귀한 단어들이나 알려지지 않은 단어들을 찾아 이 마을 저 마을 돌아다니던, 19세기의 방언학자-사전 편집자들을 떠올리게 만든다. 수천 개의 단어를 수집해봤자, 우리는 한 언어의 작동에 내재된 가장 초보적인 원칙조차 알아내지 못한다. 방언학자들의 작업이 소용없지는 않았지만 실효를 거두지는 못했다. 왜냐하면 언어는 단어들을 쌓아놓은 창고가 아니라 하나의 메커니즘이기 때문이다. 이 메커니즘을 이해하기 위해서는 가장 일상적인 단어들, 가장 단순한 문장들에서 출발하는 것으로 충분하다. 비평도 마찬가지이다. 우리는 노스럽 프라이의 눈부신 박식함을 갖지 않고서도 문학 이론의 본질적인 문제들에 접근할 수 있다.

이제 이 기나긴 우회를 마칠 시간이 되었다. 우리의 주제 이탈이 환상 장르의 연구를 위해 얼마나 유용한 것인지 의심스러워 보일 수도 있었다. 하지만 그것은 우리로 하여금 몇 가지 명확한 결론에 이르도록 해주었다. 그것들을 다음과 같이 요약해보고자 한다.

1. 모든 장르 이론은 문학 작품의 기술記述에 근거한다. 따라서 앞으로 진행될 작업 과정에서 포기하는 한이 있더라도 우리는 독자적인 출발점을 제시하는 것으로 시작해야 한다. 간략하게 말해, 우리는 언어표현적 양상, 통사적 양상, 의미작용적 양상, 이렇게 작품의 세 측면을 구분할 것이다.

언어표현적 양상은 텍스트를 구성하는 구체적인 문장 속에 있다. 여기서는 두 그룹의 문제를 지적할 수 있다. 먼저, 언표의 속성과 결부된 것이 있다(이에 관해 나는 다른 곳에서 '파롤의 어투들'에 대해 말한 적이 있는데, 좁은 의미로는 '문체'라는 용어를 사용할 수 있겠다). 다른 한편의 문제는 텍스트를 내보내는 자와 그것을 받아들이는 자(실제 작자[29]나 실제 독자의 문제가 아니라, 이 두 경우 각각의 텍스트에 암묵적으로 내포된 하나의 이미지가 문제된다), 즉 발화행위와 결부되어 있는데, 지금까지 사람들은 이 문제들을 '비전visions' 혹은 '관점'이란 이름으로 검토해왔다.

통사적 양상을 통해서는, 작품의 부분들 사이에 맺어진 관계들을 이해할 수 있다(이 주제에 관해서는 최근까지 '구성'으로 논했었다). 이 관계들에는 세 가지 유형, 즉 논리적, 시간적 그리고 공간적 유형이 있을 수 있다.[30]

나머지 의미작용적 양상은 기꺼이 책의 '테마' 문제라고 말할 수 있을 것이다. 이 영역에서, 우리는 어떤 포괄적인 가정도 미리 세우지 않으려 한다. 우리는 문학의 테마들이 어떻게 유기적으로 연결되는지 알지 못한다. 하지만 문학에는 의미작용 차원의 몇몇 보편 개념이, 다시 말해 언제 어디서든 만나게 되는 소수의 테마들이 존재

---

29 프랑스어 단어 'auteur'가 특히 문학 작품의 저자를 의미할 때 그 번역어로 통상적으로 쓰이는 '작가' 대신, 이 책에서는 대부분의 경우 '작자'(作者)로 번역했다. '작자'와 '작가'의 구분에 대한 자세한 내용은 9장의 주 10번 참고.

30 [저자 주] 이 두 측면, 즉 문학 작품의 언어표현적 양상과 통사적 양상은, 나의 저서《시학Poétique》(Paris: Éd. du Seuil, coll. « Points », 1968)에 좀 더 길게 서술되어 있다.

하며, 그것들의 변형과 조합이 표면적으로 많은 문학 테마를 생산한다는 사실을 아무런 위험부담 없이 상정할 수 있다.

물론, 작품의 이런 세 양상은 복합적인 상호관계 속에 나타나며, 오직 우리의 분석 속에서만 분리되어 있을 뿐이다.

2. 문학 구조를 어디에 위치시켜야 하느냐에 앞서, 선행되어야 할 선택이 하나 있다. 우리는 문학 세계에서 즉각적으로 관찰 가능한 모든 요소를 가공의 산물로, 다시 말해 정상적인 위치를 약간 벗어난 추상적인 구조의 발현으로 간주하고, 오직 그 차원에서 구성을 찾아 나서기로 결정했다. 이 과정에서 하나의 근본적인 분할이 실현될 것이다.

3. 장르의 개념은 신중하게 규정되어야 한다. 우리는 우선 역사적인 장르와 이론적인 장르를 대립시켰다. 전자는 문학적 사실에 대한 관찰의 결실이고, 후자는 문학 이론에서 연역해낸 것이다. 우리는 또 이론적 장르 안에서 기본장르와 복합장르를 구분했다. 전자는 단 한 가지, 구조적인 특성의 유무에 따라 특징지어지며, 후자는 그 특성의 결합 유무에 따라 특징지어진다. 그리고 명백히, 역사적 장르는 이론적인 복합장르의 총체에 속하는 하나의 하위집합이다.

이제 우리의 논의를 여기까지 이끌어온 프라이의 분석을 접고, 그 분석 결과에 기대어 모든 장르 연구의 의도와 한계에 대해 더 일반적이고 신중한 관점을 하나 표명해야 할 때가 되었다. 그러한 연구는 두 종류의 요구, 즉 이론적/실천적 차원, 그리고 경험적/추상적 차원의 요구를 지속적으로 충족시켜야 한다. 이론으로부터 연역된 장르는 텍스트에 의거하여 검증되어야 한다. 우리의 연역이 어떤 작품과도 상응하지 않는다면, 그것은 우리가 잘못된 길을 걷고 있음을 의미한다. 다른 한편으로, 문학사에 등장하는 장르들은 하나의 일관된 이론에 의해 설명될 수 있어야 한다. 그렇게 하지 않으면 우리는 수세기에 걸쳐 전해져온 선입관 속에 갇히게 될 것이다. 만약 그 선입관을 따른다면, (이것은 가상의 예이지만) 희극과 같은 장르가 실제로는 순전히 착각일 때도 그 장르는 존재하는 것이 될 것이다. 그렇듯, 장르의 정의는 사실들의 기술記述과 그 기술을 추상화한 이론 사이의 지속적인 왕복이라 할 것이다.

우리가 겨냥하는 목표가 바로 그런 것들이다. 그러나 그것들을 가까이 들여다볼 때 우리는 이런 시도가 성공할지 어떨지 하는 의구심을 지울 수 없다. 첫 번째 요구, 즉 이론이 사실에 부합해야 한다는 요구를 살펴보자. 우리는 앞서 문학의 구조가, 따라서 장르 자체가, 실제의 작품 차원에서 벗어난 추상적인 차원에 위치한다는 가설을 내세웠다. 그렇다면 작품이 그러한 장르를 드러내는 것이지, 장르가 작품에 내재해 있는 것이 아니라고 말해야 할 터이다. 그러나 추상적인 것과 구체적인 것 사이의 이와 같은 발현의 관계는 개연적인 것이다. 달리 말해, 하나의 작품이 자신의 장르를 충실하게 구현하는 것은 전혀 필연이 아니다. 다만 그럴 개연성이 있을 뿐이다. 작품들에 대한 어떤 고찰도 하나의 장르 이론을 전적으로 확증하거나 무효화할 수는 없다. 만약 누군가가, 이러저러한 작품은 당신이 내세우는 범주들 중 어느 것에도 들어가지 않으며, 따라서 당신의 범주들은 올바르지 않다고 내게 말한다면, 나는 그의 **따라서**는 필요 없는 말이라고 반박할 수 있을 것이다. 왜냐하면 가설적으로만 존재하는 범주와 작품이 일치할 리는 없으며, 하나의 작품은 예컨대 하나의 범주, 하나의 장르 이상을 드러낼 수도 있기 때문이다. 이렇게 우리는 전형적인 방법론적 궁지에 몰리게 되었다. 그 이론이 어떤 것이든 간에, 장르에 관한 하나의 이론이 부딪치는 기술記述상의 실패를 어떻게 증명해 보일 것인가?

이제, 이미 알려진 장르들이 이론에 부합되어야 한다는 요구의 다른 측면을 살펴보자. 하나의 범주에 오류 없이 기입하는 것은 그 범주를 기술하는 것보다 더 쉽지 않은 일이다. 그럼에도 위험의 성질은 다르다. 즉 그 위험이란, 우리가 사용하게 될 범주들이 언제나 문학 바깥으로 우리를 데려가는 경향을 띨 것이라는 사실이다. 예를 들어 문학 테마들에 대한 모든 이론은 (어쨌든 지금까지는) 심리학이나 철학 혹은 사회학에서 차용한 범주들의 복합적 총체로 그 테마들을 환원시키는 경향이 있다(프라이가 우리에게 한 예를 보여주었다). 그 범주들이 언어학에서 차용되더라도 상황은 질적으로 다르지 않을 것이다. 우리의 논지를 좀 더 밀고 나가자. 문학에 대해 말하기 위해 우리가 실제 삶에서 통용되는 일상적인 언어의 단어들을 사용해야 한다는 사실 자체로 인해, 우리는 다른 수단들에 의해 여전히 지시되고 있는 어떤 관념적인 현실을 문학이 다룬다는 사실을 전제로 한다. 그런데 알다시피, 문학은 일상적 언어로는 말하지 않고 말할 수 없는 것을 말하려는, 정확히 바로 그 노력으로서 존재한다. 그 이유로 비평은 (최상의 것은) 그 자체로 문학이 되려는 경향이 늘 있다. 우리는 오직 문학을 함으로써만 문학이 하는 것에 대해 말할 수 있다. 오직 일상 언어와의 그 차이를 출발점으로 했을 때에만 문학은 구성되고 존속할 수 있다. 문학은 오로지 자신만이 표명할 수 있는 것을 표명한다. 비평가가 한 문학 텍스트에 대해 모든 것을 말했을 때조차, 그 비평가는 아직 아무것도 말하지 않는 셈이 될 것이다. 왜냐하면 문학의 정의 자체가 우리는 그것에 대해 말할 수 없다는 사실을 내포하기 때문이다.

이런 회의적인 성찰 때문에 우리가 논의를 멈출 수는 없다. 이를 통해 우리는 우리가 넘어설 수 없는 한계를 명백하게 깨달았을 뿐이다. 앎의 작업은 절대적 진리가 아니라 대략적 진리를 겨냥한다. 기술記述과학이 **완벽한** 진리를 말한다고 주장한다면 그것은 스스로의 존재 이유와 모순되는 것이다. 자연 지리학의 어떤 형태는 모든 대륙이 정확하게 기술된 이래 더 이상 존재조차 하지 않는다. 불완전함은 역설적으로 생존을 보장해준다.[31]

---

31 [저자 주] "의사소통과 교제의 게임은 삶이 하는 일이자 삶의 힘이다. 절대적인
    완전함은 오직 죽음 속에만 있다."(프리드리히 슐레겔, 〈시문학에 관한 대화
    Gespräch über die Poesie〉, *Critische Ausgabe*, II, p. 286)

02

환상적인
것의 정의

카조트[1]의 소설《사랑에 빠진 악마Le Diable amoureuse》의 중심인물 알
바로는 수개월 전부터 한 여성적 존재와 함께 살고 있는데, 그는 그
존재가 사악한 정령, 다시 말해 **아마** 악마이거나 그 부하일 것이라
고 믿고 있다. 그 존재가 등장하는 방식은 저세상에서 온 자임을 명
확하게 보여준다. 하지만 인간의(더 나아가 여성의) 전형적인 모습
을 보여주는 그 존재의 행동이나 실제로 몸에 입은 상처를 보면, 정
반대로 그 존재는 한 여성, 그것도 사랑에 빠진 한 여성일 뿐이라는

---

1   Jacques Cazotte, 1719~1792. 프랑스의 소설가. 환상문학의 장을 연《사랑에
    빠진 악마》(1772)가 그의 대표작이다. 신비주의적 사상의 흐름에 심취해 말
    년을 보낸 그는 프랑스 혁명에서 거대한 사탄의 화신을 보았다. 반혁명적인 그
    의 태도는 결국 그를 기요틴으로 데려갔다. 그의 마지막 말은 이것이었다. "나
    는 생전에 그랬듯이 나의 신과 나의 왕에게 충성하며 죽는다."

사실을 증명해주는 것 같다. 알바로가 비온데타에게 어디서 왔는지 묻자, 그녀는 이렇게 대답한다. "나는 원래 공기요정이랍니다. 그중에서도 가장 중요한 요정들에 속하였지요"(p. 198). 하지만 공기요정이 존재하긴 하는 걸까? 알바로는 회고한다. "나는 그 말들을 하나도 이해할 수 없었다. 그러나 나의 모험 중에 이해할 수 있는 것이 뭐라도 있긴 하였던가? 나는 이렇게 생각하곤 했다. 이 모든 것이 내겐 꿈만 같다. 하지만 인간의 삶이 과연 이와 다른 것일까? 난 다른 사람보다 좀 더 특별한 꿈을 꾸고 있을 뿐이다. (…) 가능은 어디에 있으며 불가능은 또 어디에 있는가?"(p. 200-201).

이처럼 알바로는 자신에게 일어난 일이 사실인지, 자신을 둘러싸고 있는 것이 정말 현실인지(그러므로 공기요정이 존재하는지), 아니면 단순히 망상 — 여기서는 꿈의 형태를 띠고 있다 — 에 지나지 않는지 망설이며, 또(그와 함께 독자들 역시) 의심스러워한다. 그 뒤 알바로는 어쩌면 악마일지도 모를 바로 그 여인과 잠자리에 들게 된다. 그리고 악마에 대한 생각으로 두려움에 떨며, 다시 자문한다. "내가 정말 잠을 잤을까? 이 모든 것이 한낱 꿈이었다면 내가 차라리 행복할까?"(p. 274). 그의 어머니도 마찬가지로 생각한다. "그 농가와 주민들 모두 그대가 꾼 꿈이었어요"(p. 281). 현실일까? 꿈일까? 진실일까? 망상일까? 이런 애매함은 모험이 끝날 때까지 지속될 것이다.

이렇게 우리는 환상적인 것의 핵심에 이르렀다. 우리의 세계, 악마도 공기요정도 흡혈귀도 없는, 우리가 알고 있는 바로 이 세계에, 이 친숙한 세계의 법칙들로는 설명할 수 없는 한 사건이 발생한다. 그 사건을 알아차리는 자는 가능한 두 해결책 중 하나를 선택해야만 한다. 즉 그 사건이 감각들의 착오, 상상력의 산물일 뿐 세계의 법칙들은 그대로 남아 있다고 생각하거나, 아니면 사건이 실제로 일어났고 그것이 현실의 일부분이지만 그때 그 현실은 우리가 모르는 법칙들에 의해 지배된다고 생각하는 것이다. 혹은 악마는 망상이자 상상적인 존재라거나, 아니면 악마는 다른 생명체들처럼 실제로 존재하지만 아주 드물게 만날 수 있을 뿐이라고 생각하는 것이다.

환상적인 것은 불확실성의 시간을 차지한다. 그러므로 위의 두 가지 대답 중에 하나를 선택하는 순간, 우리는 환상 장르를 떠나 인접한 기이 장르나 경이 장르로 들어가게 된다. 환상적이라고 하는 것은 자연법칙만을 알고 있는 한 존재가 겉보기에 초자연적인 사건에 직면하여 경험하는 망설임이다.

따라서 환상적인 것이라는 개념은 실제적인 것과 상상적인 것이라는 개념과 관련하여 정의된다. 이 두 대립 개념은 좀 더 심도 있게 언급할 가치가 있다. 이에 관해서는 이 연구의 마지막 장에서 논의하게 될 것이다.

이러한 정의가 적어도 독창적이긴 한 것일까? 다르게 표명되긴 했지만, 19세기에 이미 그런 것이 있었다.

우선, 러시아 철학자이면서 신비주의적 성향을 보였던 블라디미르 솔로비요프[2]는 이렇게 말했다. "그야말로 환상적인 것 속에서도 현상들에 대한 소박한 설명을 내릴 수 있는 외적, 형식적 가능성은

2   Vladimir Solovyov, 1853-1900. 러시아 철학자, 시인, 문학비평가. 19세기 말 러시아 철학과 시 발전과 20세기 초 러시아의 정신적 재탄생에 중요한 역할을 했다.

여전히 찾을 수 있다. 그러나 동시에 그 설명에는 내적 개연성이 완전히 제거되어 있다"(토마셰프스키, 재인용, p. 288). 자연적 원인과 초자연적 원인이라는 두 유형의 설명이 모두 가능한 어떤 기이한 현상이 있는데, 그 둘 사이에서 어떤 것을 취할 것인가 하는 망설임의 가능성이 환상의 효과를 만들어내는 것이다.

몇 년 뒤, 유령이야기를 주로 쓰던 한 영국 소설가 몬터규 로즈 제임스[3]에 의해 거의 같은 표현이 다시 사용된다. "자연적 이치에 따른 설명을 내리기 위한 출구를 준비해 놓는 것이 때로는 필요하다. 하지만 이렇게 덧붙여야 할 것 같다. 그 문은 너무 좁아서 사용할 수가 없어야 한다고"(p. Ⅵ). 여기서도 두 가지 해결책이 가능하다.

좀 더 최근에는 독일의 예도 있다. "주인공은 현실세계와 환상세계 사이의 모순을 지속적이고 분명하게 느낀다. 그리고 자신을 둘러싼 기이한 사건들 앞에서 그 자신이 놀란다"(올가 라이만Olga Reimann). 이런 발언들은 무한정 늘어놓을 수 있을 것이다. 하지만 좀 더 새로운 시각이 여기에서 관찰되는데, 그것은 이 두 가능성 사이에서 망설이는 쪽이 앞에서는 독자였던 반면, 이번에는 등장인물이라는 점이다. 앞선 두 정의와 이 세 번째 정의 사이의 차이에 주목하자. 잠시 후에 이 문제로 돌아올 것이다.

최근 프랑스의 저작에서 만나게 되는 환상적인 것의 정의들은

---

3 Montague Rhodes James, 1862-1936. 영국의 중세문학을 전공한 대학교수이
   자 소설가. 그는 특히 유령소설들로 잘 알려져 있으며, 앞선 소설가들의 고딕
   소설 유형을 폐기하고 현대의 더욱 사실적인 요소들을 사용함으로써 유령소
   설을 새롭게 정의한 한편으로, 그의 중심인물들과 플롯은 여전히 그의 고고학
   적 관심을 잘 보여줌으로써 새로운 유령소설의 유형을 만들어냈다.

우리의 정의와 동일하지는 않지만 그렇다고 모순되는 것도 아니다. 거두절미하고 즉시 '정전正典'이라 불리는 몇몇 텍스트 속에서 뽑은 예들을 간단히 살펴보자. 카스텍스Pierre-Georges Castex는 그의 저서《프랑스의 환상적 이야기Le Conte fantastique en France》에서 "환상적인 것이란 실제 삶의 틀 속에 일어난, 신비의 급작스러운 침입으로 특징지을 수 있다"(p. 8)라고 정의한다. 루이 박스Louis Vax는《환상적 예술과 문학L'Art et la Littérature fantastiques》에서 이렇게 쓴다. "환상적인 이야기는 우리와 다를 바 없는 사람들이 우리가 몸담고 있는 이 현실세계에 거주하면서 설명할 수 없는 상황에 별안간 놓이게 된 사건을 즐겨 소개한다"(p. 5). 로제 카유아[4]는《환상적인 것 한가운데에서Au cœur du fantastique》에서, "환상적인 것이란 불변의 일상적인 합법성 한가운데에서 벌어지는, 주지하던 질서의 파기, 받아들일 수 없는 일의 급작스러운 출현을 가리킨다"(p. 161)라고 쓰고 있다. 보다시피 이 세 정의는 의도적이든 의도적이지 않든 서로를 설명해주고 있다. 어느 경우이든 '실제 삶'이나 '현실세계' 혹은 '불변의 일상적인 합법성' 속에 '신비', '설명할 수 없는 것', '받아들일 수 없는 일'이 침입해 들어오는 것이다.

이 정의들은 앞서 인용된 저자들의 정의 속에도 대체로 포함되어 있는데, 이미 거기에 두 범주의 사건들, 즉 자연계와 초자연계에 속하는 사건들이 존재한다는 내용이 함축되어 있었다. 그러나 솔로

---

4   Roger Caillois, 1913-1978. 프랑스 소설가, 사회학자, 문학비평가. 광물세계의 복합적인 형태들과 인간의 상상계의 형상들 사이에 흐르는 공감대에 관해 관심을 기울였다.

비요프나 제임스 등의 정의는 이에 더하여 초자연적 사건에 두 가지 설명이 가능하다는 것, 따라서 **누군가**가 그 두 가지 설명 중에 하나를 선택하지 않으면 안 된다는 사실을 일깨워주고 있다. 그러므로 이들의 정의가 더욱 암시적이고 풍부하며, 우리가 내린 정의 또한 여기에서 끌어온 것이다. 게다가 이 정의는 (카스텍스, 카유아 등이 그런 것처럼) 환상적인 것을 하나의 실체로 만드는 대신, 환상 장르의 변별적 특징을 (기이와 경이 사이의 분할선으로서) 부각시킨다. 좀 더 일반적으로 말하면, 하나의 장르는 언제나 이웃하는 장르들과의 관계를 통해 정의내릴 수 있어야 한다.

그러나 그 정의에는 아직 선명성이 결여되어 있다. 우리가 앞선 사람들보다 더 나아가야 하는 것도 바로 이 지점에서이다. 망설이는 자가 독자인지 등장인물인지, 또 망설임의 뉘앙스가 어떤 것인지 명확하게 말해지지 않았다는 사실은 이미 지적한 바 있다. 분석을 더욱 진전시키기 위해서는 《사랑에 빠진 악마》만으로 재료가 충분하지 않다. 이 소설에서 망설임, 의심과 관련하여 우리의 관심을 사로잡는 것은 겨우 한순간뿐이다. 따라서 우리는 이 작품보다 20년 후에 쓰인, 환상소설의 시대를 훌륭하게 열어준 다른 소설을 한 권 떠올리려 한다. 이 소설은 우리에게 더 많은 질문을 던질 수 있게 해줄 것이다. 바로 얀 포토츠키[5]의 《사라고사에서 발견된 원고Manuscrit trouvé à Saragosse》이다.

---

5   Jan Potocki, 1761-1815. 폴란드 태생의 귀족으로 프랑스어로 글을 썼다. 그는 민속학에 흥미가 있어 이집트 문명에 관심을 기울였고, 여행가이자 모험가로도 잘 알려져 있다.

이 소설에는 일련의 사건들이 먼저 이야기되고 있는데, 그 가운데 발췌된 어떤 개별적인 사건도 우리가 경험을 통해 알게 된 자연법칙들과 모순되지 않는다. 하지만 그것들이 축적되는 순간부터 문제는 달라진다. 이 소설의 주인공이자 화자인 알퐁스 반 보르덴은 시에라 모레나 산맥을 넘는다. 갑자기 그의 '마부'인 모스키토가 사라지고, 몇 시간 뒤에는 그의 몸종인 로페즈도 사라진다. 그 고장 주민들은 최근에 교수형을 당한 산적 두 명의 유령이 일대를 떠돌아다닌다고 주장한다. 알퐁스는 폐가가 된 한 여인숙에 도착하여 그곳에서 잠을 자기로 결정한다. 자정을 알리는 첫 번째 종소리가 울리자마자 "반라의 아름다운 흑인 여인이 양손에 횃불을 들고"(p. 56) 그의 방에 들어와 자신을 따라오라고 권한다. 그녀는 은밀한 지하방으로 그를 데려간다. 그곳에는, 하늘거리는 옷을 입은 젊고 아리따운 두 자매가 그를 맞아들인다. 그리고 그에게 음식을 대접한다. 알퐁스는 기묘한 기분을 느끼게 되고, 의심이 그의 뇌리에 싹 튼다. "나는 내가 여인들과 함께 있는지, 속임수를 쓰는 음몽마녀淫夢魔女들과 함께 있는지 알 수 없었다"(p. 58). 이어서, 두 여자는 자신들이 살아온 이야기를 그에게 들려주고는 자신들이 그의 사촌이라며 정체를 밝힌다. 그러나 첫닭이 울자 이야기는 중단되고, 알퐁스는 "모두가 알고 있는 것처럼, 유령들은 자정부터 첫닭이 울기까지만 힘을 쓸 수 있다"는 것을 상기한다(p. 55).

물론 이 모든 것은 우리가 알고 있는 그대로의 자연법칙들에서 정말로 벗어나지는 않는다. 기껏해야 그것은 기이한 사건들, 괴이쩍은 우연의 일치라고 말할 수 있을 뿐이다. 하지만 그 다음 단계는 결정적이다. 이성으로는 더 이상 설명할 수 없는 사건이 발생하는 것이다. 알퐁스가 침대에 눕자, 두 자매가 그 옆에 나란히 눕는다(아니, 어쩌면 그가 단순히 꿈을 꾼 것에 지나지 않을지도 모른다). 하지만 한 가지 사실만은 분명하다. 그가 잠에서 깨어났을 때 그는 더 이상 침대에 있지 않았고, 지하 방에 있지도 않았다. "눈을 뜨자 하늘이 눈에 들어왔다. 나는 내가 야외에 있다는 사실을 깨달았다. (…) 나는 로스 헤르마노스 계곡의 교수대 아래 누워 있었다. 조토 형제의 시체가 매달려 있지 않고, 내 양옆에 나란히 누워 있었다"(p. 68). 아름다운 두 젊은 여인이 악취를 풍기는 시체로 변한 것이다. 이것이 첫 번째 초자연적 사건이다.

그렇다고 알퐁스가 초자연적인 힘의 존재에게 아직 설득된 것은 아니다. 그랬더라면 모든 망설임은 제거되었을 것이다(그리고 환상적인 특징에도 종지부를 찍었을 것이다). 그는 하룻밤을 묵을 장소를 찾다가, 어느 은자의 오두막에 이른다. 그곳에서 그는 악마에 사로잡힌 파체코를 만나 그의 이야기를 듣게 되는데, 기이하게도 그것은 알퐁스의 이야기와 비슷하다. 어느 날 밤 파체코 역시 그 여인숙에 묵었다. 그는 지하 방까지 내려가서 두 자매와 침대에서 밤을 보냈고, 다음 날 아침에 잠에서 깨어나 보니 교수대 아래 두 시체 사이에 누워 있더라는 것이다. 그 유사함은 알퐁스에게 경각심을 불러일으킨다. 이에 따라, 그는 자신은 유령을 믿지 않는다는 사실을 은자에게 밝히며, 파체코의 불행에 대해 자연적인 이치에 따른 설명을 제시한다. 그는 자기 자신이 겪은 일들에 대해서도 마찬가지로 이렇게 해명한다. "나는 내 사촌들이 살과 뼈로 된 실제 여인들이라는 사실을 의심하지 않았다. 뭔지 모를 어떤 감정, 악마의 위력에 대해 사람들이 내게 말해주었던 그 모든 것보다 더 강렬한 어떤 감정이 그런 확신이 들게 했다. 하지만 교수대 아래에 나를 옮겨놓으며 나를 골려먹은 장난에 대해서는, 나는 정말 분개했다"(p. 98-99).

그렇다고 치자. 하지만 새로운 사건들이 일어나 알퐁스의 의심이 되살아나게 한다. 그는 사촌들을 어떤 동굴에서 다시 만난다. 그리고 어느 날 저녁에는 그녀들이 그의 침대에 찾아오기까지 한다. 그녀들은 정조대까지 벗을 준비가 되어 있다. 그러나 그러기 위해서는 알퐁스 자신이 목에 걸고 다니던 소중한 성십자가 목걸이를 벗어던져야만 한다. 그녀들 중 한 명이 그의 목에서 성유물을 벗겨내고 자신의 머리카락을 땋아 만든 줄 장식을 걸어준다. 그리고 처음으로 경험한 사랑의 흥분이 막 진정되려는 순간, 자정을 알리는 종소리가 들려오기 시작한다……. 한 남자가 방으로 들어오더니, 두 자매를 내쫓고는 알퐁스를 죽이겠다고 위협한다. 그다음, 그는 알퐁스에게 어떤 물약을 마시라고 강요한다. 다음 날 아침, 우리가 짐작하듯 알퐁스는 교수대 아래, 시체들 사이에 누워 있다. 그의 목에는 땋은 머리카락이 아니라 죄수를 교수대에 매달 때 쓰는 밧줄이 걸려 있다. 첫날 저녁에 묵었던 여인숙에 다시 들른 그는 느닷없이 마루 틈에서, 동굴에서 사촌들이 그의 목에서 벗겨냈던 성유물을 발견한다. "나는 내가 무얼 하고 있는지 더 이상 알 수가 없었다……. 내가 실제로는 그 빌어먹을 여인숙 밖으로 나가지 않았으며, 은자와 종교재판관[다음 페이지 참고]과 조토 형제는 마술에 의한 현혹으로 생겨난 환영들이었다고 나는 상상하기 시작했다"(p. 142-143). 마치 이러한 판단에 무게를 실어주기라도 하듯 곧이어 그는 간밤의 모험 중에 언뜻 보았던 파체코를 만나는데, 이자는 간밤의 장면에 대해 완전히 다른 버전을 그에게 들려준다. "그 두 젊은 여인은 그 남자에게 가볍게 애무를 해준 다음, 그의 목에서 성유물을 벗겼어요. 그 순간 그 여인들은 내 눈앞에서 아름다움을 상실해 버리더군요. 그 여인들에게서, 나는 로스 헤르마노스 계곡의 교수대에서 처형당한 두 악당의 모습을 보았답니다. 하지만 그 젊은 기사騎士는 그들을 여전히 매력적인 여인들로 생각하여 그들에게 더없이 감미로운 온갖 이름들을 마구 붙여주더군요. 그때 처형당한 죄수들 중 한 명이 자신의 목에 걸고 있던 밧줄을 벗어, 그 기사의 목에 걸어주었지요. 그가 다시 애무를 하며 감사의 뜻을 표하더군요. 마침내 그들이 침대의 장막을 내렸어요. 난 그들이 그러고는 뭘 했는지 알지 못해요. 하지만 그건 흉측한 죄악이었다고 생각해요"(p. 145).

무엇을 믿을 것인가? 알퐁스는 자신이 사랑으로 충만한 두 여인과 함께 밤을 보냈다는 사실을 잘 알고 있다. 하지만 교수대 아래에서 잠을 깬 것, 자신의 목에 걸린 그 밧줄, 여인숙에서 발견한 목걸이, 파체코의 이야기, 이 모든 것들을 어떻게 보아야 할 것인가? 불확실성과 망설임은 주변의 인물들이 알퐁스가 겪은 모험에 대해 초자연적인 해석을 암시했다는 사실로 더욱 고조되어 절정에 이른다. 이를테면, 종교재판관이 갑자기 알퐁스를 체포하고는 그에게 고문을 하겠다고 위협하며 캐물을 것이다. "너는 튀니스의 두 공주를 알지? 아니지, 공주라기보다는 파렴치한 두 마녀, 끔찍한 흡혈귀들, 인간으로 변신한 악마들을 알고 있지?"(p. 100). 그리고 나중에 알퐁스를 맞이한 여인숙의 안주인 레베카는 그에게 이렇게 말할 것이다. "우리는 그들이 여자 악마이고, 그들의 이름이 에미나와 지베데라는 사실을 알고 있답니다"(p. 159). 며칠 동안 혼자 있으면서 알퐁스는 다시 한번 이성의 힘이 그에게 되돌아오는 것을 느낀다. 그는 일련의 사건들에 대해 '사실적인' 설명을 찾아내려고 한다. "그때 그 도시의 총독인 돈 엠마누엘 데 사가 무심결에 내뱉은 몇 마디 말이 기억났다. 그 말로 미루어보아 나는 그가 고멜레즈家의 불가사의한 존재와 결코 무관하지 않다는 생각을 하게 되었다. 두 하인 로페즈와 모스키토를 내게 붙여준 자도 다름 아닌 그였다. 나는 두 하인이 로스 헤르마노스 계곡의 불길한 입구에서 나를 떠난 것도 바로 그에게 사주를 받았기 때문이라고 확신했다. 내 사촌들이나 레베카 역시, 사람들이 나를 시험하고 싶어 한다는 사실을 종종 얘기하곤 했었다. 아마도 여인숙에서 누군가가 나를 잠재우기 위해 물약을 주었을 것이고, 그런 다음 곯아떨어진 나를 그 예정된 교수대 아래로 어김없이 운반하는 것은 식은 죽 먹기였겠지. 파체코가 한쪽 눈을 잃었다는 것만 해도 그 처형당한 두 죄수들과의 연애하곤 전혀 상관없는 이유로 그랬을지도 모른다. 그리고 그의 무시무시한 이야기는 지어낸 이야기일 수 있다. 늘 내 비밀을 알아내려고 애쓰던 그 은자는 필시 고멜레즈가의 끄나풀일 것이다. 그는 나의 신중함을 시험해보고 싶어 했어. 마지막으로 레베카도 그녀의 오빠도 조토와 집시들의 우두머리도 모두 아마 내 용기를 시험하기 위해 서로 한패가 된 것이야"(p. 227).

그렇다고 갈등이 해결된 것은 아니다. 자그마한 사건들이 일어나 알퐁스로 하여금 다시 초자연적인 설명 쪽으로 출구를 선택하게 할 것이다. 창밖으로, 그는 문제의 두 자매와 비슷해 보이는 두 여인을 목격하게 된다. 하지만 그녀들에게 다가갔을 때, 그는 처음 보는 얼굴들을 보았을 뿐이다. 뒤이어 그는 자신의 이야기와 너무도 비슷한 악마 이야기를 읽고는 이렇게 고백한다. "나는 악마들이 나를 속이기 위해 교수형을 당한 죄수들의 몸에 생명을 불어넣었다고 거의 믿게 되었다"(p. 173).

"나는 거의 믿게 되었다." 이것이야말로 환상적인 것의 정신을 요약하는 표현이다. 전적인 불신과 마찬가지로 절대적인 믿음도 우리를 환상 장르 밖으로 인도한다. 환상 장르에 생명을 부여하는 것은 망설임이다.

이 이야기에서 망설이는 자는 누구인가? 우리는 즉시 말할 수 있다. 알퐁스, 다시 말해 주인공, 즉 등장인물이다. 이야기가 전개되는 내내, 두 해석 사이에서 선택해야 하는 자는 바로 그이다. 하지만 '진실'이 독자에게 미리 예고되었다면, 독자가 어느 방향으로 결정해야 하는지 알고 있다면, 상황은 완전히 달라질 것이다. 따라서 환상적인 것은 등장인물들의 세계에 독자가 동화되어 있다는 사실을 전제로 한다. 환상적인 것은 이야기되고 있는 사건들에 대해 독자 자신이 경험하는 애매한 지각 현상으로 정의된다. 이렇게 말하면서 우리가 염두에 두고 있는 것은 특정의 개별적이고 현실적인 독자가 아니라, 텍스트에 암묵적으로 내포된 독자의 '기능'이라는 사실을 (화자의 기능이 텍스트에 암묵적으로 내포된 것처럼) 지체 없이 명시해야 하겠다. 이러한 내포된 독자의 지각은 등장인물의 움직임과 똑같은 정도의 정확성으로 텍스트에 기입되어 있다.

따라서 **독자의 망설임**은 환상 장르의 제1 조건이다. 그러나 《사랑에 빠진 악마》와 《사라고사에서 발견된 원고》에서처럼, 독자가 특별한 한 사람의 등장인물에 자신을 동일시할 필요가 있을까? 달리 말해, 망설임을 작품 내부에 **환기시킬** 필요가 있을까? 제1 조건을 충족시키는 작품들의 대부분은 동시에 이 제2 조건도 만족시킨다. 하지만 예외도 있다. 빌리에 드 릴아당⁶의 단편소설 〈베라Véra〉가 그런 경우이다. 여기서 독자는 백작부인의 환생에 대해 의문을 제기한다. 이 사건은 자연법칙과는 모순되지만 일련의 부차적 징후들에 의해 확실성을 보장받는 기현상이다. 그런데 베라의 두 번째 삶을 확고히 믿는 아톨 백작이나 그의 늙은 하인 레몽 중 어느 누구도 망설임을 독자와 함께 나누지 않는다. 그러니까 독자는 어떤 등장인물과도 자신을 동일시하지 않으며, 망설임은 텍스트 속에 **환기되어** 있지 않다. 동일시의 규칙과 관련하여 말하자면, 이것은 환상 장르의 선택적 조건이다. 이 조건을 충족시키지 않고도 이 장르가 성립할 수 있다는 말이다. 그러나 대부분의 환상 작품들은 이 조건에 순응한다.

독자가 등장인물의 세계에서 벗어나 본연의 작업(즉 한 사람의 독자로서의 작업)으로 돌아올 때, 환상적인 것은 새로운 위험에 직면하게 된다. 그것은 텍스트의 **해석** 수준에 위치한 위험이다.

초자연적인 요소를 포함하는 이야기들 중에는, 독자가 그 요소들을 액면 그대로 받아들여서는 안 된다는 사실을 알고 있기에 그 요소들의 본성에 대해 의심을 품지 않는 경우들이 있다. 예를 들면

---

6 빌리에 드 릴아당Villiers de L'Isle-Adam, 1838-1889. 프랑스의 소설가로, 프랑스 상징주의의 탄생에 영향을 끼친 인물이다. 지금까지 가장 널리 알려진 그의 작품은 단편 〈베라〉가 수록된 《잔혹한 이야기Contes cruels》(1883)〔고혜선 옮김, 《잔혹한 이야기》, 물레, 2009〕이며, 인조인간을 둘러싼 이야기인 《미래의 이브L'Ève future》(1886)〔고혜선 옮김, 《미래의 이브》, 시공사, 2012〕는 최초의 공상과학소설들 중 하나로 알려져 있다.

어느 이야기에서는 동물들이 말을 한다고 하더라도 우리는 아무런 의심을 품지 않는다. 이때 우리는 그 텍스트의 단어들을 다른 의미로 해석해야 한다는 것을 잘 알고 있으며, 우리는 그 의미를 '알레고리적'이라고 말한다.

우리는 뒤바뀐 상황을 시에서 관찰할 수 있다. 시가 그저 표상적이기만을 요구한다면, 시 텍스트는 종종 환상적이라고 여길 수 있다. 그러나 그와 같은 것은 문제가 되지 않는다. 예를 들어, '시적인 나$_{je}$'가 '하늘로 날아가 버린다'고 했을 때, 그것은 단어들이 표현하는 것 너머로 나아가려는 노력 없이 단어들을 순서대로 읽은 언어적 배열일 뿐이다.

따라서 환상적이라는 것은 독자와 주인공에게 망설임을 부추기는 어떤 기이한 사건을 전제로 하는 것에서 그쳐서는 안 되며, 더 나아가 읽는 방식까지도 전제로 해야 한다. 그 방식을 우리는 당분간 부정의 방식으로 정의할 수 있겠다. 즉, 그것은 환상 텍스트를 '시'나 '알레고리'로 읽어서는 안 된다는 것이다. 《사라고사에서 발견된 원고》로 되돌아오면, 이상의 요구가 여기서도 마찬가지로 충족되고 있음을 알 수 있다. 한편으로 이 소설의 어느 것도 우리로 하여금 이야기 속의 초자연적 사건들에 알레고리적인 해석을 즉각적으로 내릴 수 있게 해주지 않는다. 다른 한편으로 우리는 그 사건들을 지시하는 단어들을 단지 언어학적 단위들의 조합으로만 간주할 게 아니라 그 사건들을 주어진 모습 그대로 머릿속에 그려야 한다. 로제 카유아의 다음 문장은 환상 텍스트의 이러한 속성에 관해 한 가지 사항을 지적해준다. "내가 무제한적 이미지라 부른 것과 제한적 이미지 사이의 중간 지점에 있는 이 이미지들의 부류가 바로 환상적인 것의 핵심에 위치해 있다……. 무제한적 이미지들은 원칙적으로 비일관성을 추구하며, 모든 의미작용을 단호히 거부한다. 제한적 이미지들은 특정 텍스트들을 상징들로 번역하며, 또 적절한 상징 사전이 있으면 상응하는 담론들로 표현 대 표현의 전환이 가능하다"(p. 172).

이제 우리는 환상적인 것에 대한 우리의 정의를 분명하게 함으로써 완성하는 단계에 있다. 환상적인 것은 세 가지 조건의 충족을 요구한다. 첫째로, 텍스트는 독자들로 하여금 등장인물들의 세계를 살아 있는 사람들의 세계처럼 생각하고, 이야기된 사건들에 대하여 자연적인 해석과 초자연적인 해석 사이에서 망설이도록 강요한다. 둘째로, 그러한 망설임은 등장인물도 마찬가지로 느낄 수 있다. 그리하여 독자의 역할은 말하자면 한 등장인물에게 위임된 것이며, 동시에 그 망설임은 작품에 표현되어 그 작품의 테마들 중 하나가 된다. 순진한 독서의 경우, 실제 독자는 그 등장인물과 자신을 동일시하는 것이다. 마지막 세 번째로, 독자가 텍스트에 대하여 모종의 태도를 채택하는 것이 중요하다. 즉 독자는 '시적' 해석만큼이나 알레고리적 해석을 거부해야 할 것이다. 이 세 가지 요구사항이 동등한 가치를 갖는 것은 아니다. 첫 번째 것과 세 번째 것은 장르를 구성하는 진정한 조건들이다. 반면 두 번째 조건은 충족되지 않을 수도 있다. 그럼에도 불구하고 대부분의 경우, 이 세 가지 조건이 모두 충족되고 있다.

이 세 가지 특징들이, 앞 장에서 간략하게 살펴보았던 부류의 표본 작품 속에는 어떻게 기입될까? 첫 번째 조건에 대해, 우리는 텍스트의 **언어표현적** 양상, 더 정확히 말해 사람들이 '비전vision'이라 부르는 것을 참조하게 된다. 환상적인 것이란 '애매한 비전'이라는 한층 일반적인 범주의 한 독특한 경우이다. 두 번째 조건은 좀 더 복합적이다. 이 조건은, 한편으로는 소설의 사건들에 대해서 등장인물이 내리는 평가에 관련된 단위들의 형식적인 유형이 있음을 전제로하는 만큼, **통사적** 양상과 결부되어 있다. 그리고 이러한 단위들은 일반적으로 이야기의 짜임을 구성하는 '플롯actions'에 대한 대립 개념으로, '반응réactions'이라고 부를 수 있을 것이다.[7] 다른 한편으로이 두 번째 조건은 이미지로 그려진 테마, 즉 지각과 지각한 것에 대한 묘사의 테마가 문제되므로 **의미작용적** 양상과 결부되어 있다. 마지막으로, 세 번째 조건은 좀 더 일반적인 특징을 갖고 있으며, 여러국면으로의 구분을 초월한다. 여기서 문제되는 것은 여러 독서 방식 (그리고 수준) 사이의 선택이다.

이제 우리의 정의는 충분히 명료한 것으로 간주할 수 있게 되었다. 이 정의를 온전히 정당화하기 위해 몇몇 다른 정의와 비교해보자. 이번에는 우리의 정의가 다른 것들과 어떤 점에서 비슷하며, 어떤 점에서 차이가 있는지 살펴볼 것이다. 이를 위해 하나의 체계적인 관점에서 '환상적'이라는 단어의 여러 의미를 검토하는 일에서부터 출발할 수 있겠다.

먼저 드물게 사용되긴 하지만, 가장 먼저 생각나는 의미 (이것이 사전적 의미이다)를 살펴보자. 무엇이 일어날 수 있는 일이고, 무엇

---

7   여기서 '작용-반작용'이라는 대립쌍을 이용한 토도로프의 표현상의 유희는 흥미롭다. 'action'은 드라마나 서사 작품을 구성하는 사건이나 행위(acte)들의 연속, 즉 이야기의 구성을 의미하지만, 무엇보다 먼저 '행위', '작용'을 의미한다.

이 일어날 수 없는 일인지에 대한 각 시대의 공통된 인식들에 한정했을 때, 환상적인 텍스트 속에서 작자는 현실에서 일어날 가능성이 없는 사건들을 이야기한다. 바로 이 관점에서 《라루스 소사전Petit Larousse》 또한 "초자연적 존재들이 나타나는 이야기: **환상적인 이야기**"라고 정의한다. 실제로 우리는 그런 사건들을 **초자연적**이라 특징지을 수 있다. 그러나 초자연적인 것이 하나의 문학 범주이긴 하지만, 여기서는 적절한 기준이 되지 못한다. 초자연적인 것이 개입되는 모든 작품을 하나로 뭉뚱그려서, 그로 인해 호메로스에서 셰익스피어, 세르반테스, 괴테까지도 모두 받아들일 수 있는 하나의 장르를 상정할 수는 없는 노릇이다. 초자연적인 것은 작품을 특징짓기 위한 근거로 충분히 엄밀하지 못하고, 그 확장 범위가 지나치게 넓다.

이론가들 사이에 훨씬 더 널리 퍼져 있는 다른 하나의 해결책이 있는데, 그것은 환상적인 것의 좌표를 설정하기 위해 그들 자신을 독자 속에 위치시키는 것이다. 여기서의 독자는 텍스트에 암묵적으로 내포된 독자가 아니라 현실의 실제 독자가 문제된다. 이러한 경향의 대표자로 H. P. 러브크래프트[8]를 들 수 있다. 그는 환상소설을 직접 쓴 작가이면서, 문학에서의 초자연적인 것에 대한 이론서도 한 권 남겼다. 러브크래프트에게 환상적인 것의 근거는 작품이 아니라

8　Howard Phillips Lovecraft, 1890-1937. 미국의 소설가. 공포소설과 공상과학 소설로 잘 알려져 있다. 그의 소설은 우주적인 공포에 관련된 상상에서 영감을 얻었다. 그에 따르면 인간은 삶을 이해할 수 없으며 우주는 인간에게 극도로 이질적이다. 에드거 앨런 포와 함께, 그는 후세대 공포소설가들에게 지대한 영향을 끼쳤다. 한국어 번역본으로 《러브크래프트 전집》(전 5권, 황금가지, 2009-2015)이 있다.

독자의 독특한 경험에 있으며, 그 경험은 공포여야 한다. "가장 중요한 요소는 분위기이다. 왜냐하면 [환상적인 것의] 진정성의 결정적인 근거는 플롯의 구조가 아니라 어떤 특징적인 느낌의 창조이기 때문이다. (…) 우리가 작자의 의도와 플롯의 메커니즘보다는 이야기가 유발하는 감정의 강도에 따라 환상적인 이야기를 평가해야 하는 이유가 바로 여기에 있다. (…) 하나의 이야기가 환상적인 것은 오직 독자가 두려움과 공포의 감정을, 기이한 세계와 그 힘의 존재를 강렬하게 느낄 때이다"(p. 16). 이 공포와 당혹감은 환상적인 것을 다룬 이론가들이 종종 내세운 것들이다. 비록 그들이 보기에도 이중적 해석의 가능성이 환상 장르의 필수적인 조건이라는 데는 변함이 없지만 말이다. 그러한 관점에서, 피터 펜졸트Peter Penzoldt는 이렇게 쓴다. "요정이야기를 제외한 모든 초자연적 이야기들은 공포 이야기이며, 순수 상상이라고 믿고 있는 것이 결국은 현실이 아닐지 우리로 하여금 의심하지 않을 수 없게 만든다"(p. 9). 카유아 역시 "환원 불가능한 기이함의 느낌"을 "환상적인 것의 시금석"(p. 30)으로 제안한다.

아직까지도 이러한 의견들이 진지한 비평가들의 펜 끝에서 발견된다는 것은 놀라운 일이다. 우리가 그들의 진술을 글자 뜻 그대로 받아들여서 공포의 감정이 독자에게 일어나야 한다면, 우리는 한 작품의 장르는 독자의 냉정함 여부에 달려 있다고 추론해야 할 것이다(하지만 그것이 과연 저자들의 생각일까?). 그렇다고 해서 등장인물들에게서 공포의 감정을 찾는다 하더라도 장르의 윤곽을 더 명확하게 할 수 있는 것은 아니다. 먼저, 요정 이야기는 공포 이야기일 수도 있다. 페로의 이야기들이 (펜졸트가 말한 바와는 반대로) 그렇다. 다른 한편으로, 공포가 전혀 없는 환상적인 이야기들도 있다 —
호프만[9]의 동화《브람빌라 공주Prinzessin Brambilla》와 빌리에 드 릴아
당의 〈베라〉처럼 다양한 텍스트들이 떠오른다. 공포가 환상적인 것
과 결합된 경우는 종종 있다. 하지만 그것이 환상적인 것의 필수 조
건은 아니다.

아주 이상하게 보일 수도 있겠지만, 일부에서는 환상적인 것의
근거를 이야기의 작자 자신에게 두려고 하는 시도도 있어 왔다. 그
런 예들은 다시 카유아에게서 발견되는데, 정말이지 그는 모순을 겁
내지 않는 것 같다. 그가 영감을 받은 시인의 낭만적 이미지를 어떻
게 되살리는지 보자. "환상적인 것에는 마지못해 할 수밖에 없는, 의
도되지 않은 무언가가 필요하다. 어딘지 알 수 없는 암흑지대에서
예기치 않게 솟아나는, 불안감을 불러일으키는 동시에 스스로도 불
안감에 사로잡힌 어떤 의문 같은 것이 필요하다. 이것은 작자가 자
신에게 다가오는 대로 받아들일 수밖에 없는 것이었다……"(p. 46).
혹은 "다시 한번 더, 환상적인 것은 사람들을 당황하게 만들려는 심
사숙고된 어떤 의도의 산물이 아니다. 그것은 작자의 의지와 상관없
이, 아니면 작자 자신도 모르게 솟아나 가장 설득력 있는 시험을 통
해 모습을 드러낸다"(p. 169). '의도적 오류'에 반한 이런 논의들은
이젠 너무나 잘 알려져서 새삼 명시할 필요가 없다.

더욱이 전혀 환상적이지 않은 텍스트에까지 종종 적용시키는 다

9 Ernst Theodor Amadeus Hoffmann, 1776-1822. 독일의 낭만주의 작가. 작곡
   이자 풍자만화가, 법률가로도 알려져 있다. 비판정신과 풍자의 취향으로 인해
   종종 곤란한 처지에 놓이기도 했다. 그가 오늘날까지 명성을 얻게 된 것은 특
   히 'E.T.A. Hoffmann'이란 이름으로 발표한 문학 작품들 덕분이다.

른 정의에 관한 시도들은 주의를 기울일 가치조차 없다. 이렇듯 환상적인 것을 현실의 충실한 재현에 대립된 것으로, 달리 말해 자연주의에 대립된 것으로 정의할 수는 없다. 《프랑스의 환상문학La Littérature fantastique en France》에서 마르셀 슈네이데르Marcel Schneider 가 "환상적인 것은 내면의 공간을 탐험한다. 그것은 부분적으로 상상, 삶의 불안 그리고 구원의 희망과 결합되어 있다"(p. 148-149)라고 한 것처럼 정의해서도 안 된다.

《사라고사에서 발견된 원고》는 실재하는 것과 (이렇게 말하자)**망상적인 것** 사이의 망설임의 한 예를 우리에게 보여주었다. 우리는 우리 눈앞에 펼쳐져 보이는 것이 속임수나 지각의 오류가 아닌지 물어보았다. 달리 말해, 우리는 지각할 수 있는 사건들에 부여하는 해석에 대해 의심했다. 환상적인 것의 또 다른 유형이 있는데, 여기에는 망설임이 실제적인 것과 **상상적인 것** 사이에 위치된다. 진자의 경우는 사건이 실제로 일어났는가에 대한 의심이 아니라 그 사건에 대한 우리의 이해가 정확했는가에 대한 의심이 문제된다. 후자의 경우는 우리가 지각한다고 믿고 있는 것이 실은 상상의 산물이 아닌가 하는 의문이 관건이다. "나는 나의 상상력이 보는 대상과 내가 눈으로 직접 보는 현실을 간신히 분간할 수 있다"(p. 222)라고 아힘 폰 아르님[10]의 한 등장인물이 말했다. 그 '착오'는 여러 이유로 생겨날 수 있는데, 이에 대해서는 나중에 검토할 기회가 있을 것이다. 여기서는 착오가 광기의 탓으로 돌려지는 특징적인 한 예만 들어보기로

---

10 Achim von Arnim, 1781-1831. 독일의 낭만주의 소설가이자 극작가, 시인. 크로이처, 클레멘스 등과 함께 하이델베르크 낭만주의 세나클의 구성원이었다.

하자. 바로 호프만의 《브람빌라 공주》의 예이다.

로마에서 카니발이 벌어지는 동안, 기이하고 이해할 수 없는 사건들이 돌연 이 불운한 배우, 지글리오 파바의 삶에 닥친다. 그는 자신이 왕자가 되어 한 공주와 사랑에 빠진다고 상상한다. 그리고 믿기지 않는 모험들을 겪게 된다. 그런데 주변 사람들은 대부분 그것은 전혀 사실이 아니며 지글리오가 미친 것이라고 본인에게 확인시켜 준다. 파스쿠알레 경卿은 이렇게 주장한다. "지글리오 경, 나는 그대에게 어떤 일이 벌어졌는지 알고 있어요. 로마 전체가 그 사실을 알고 있지요. 그대는 머리가 이상해져서 극장을 떠나야만 했답니다……"(《환상적인 이야기Contes fantastiques》 제3권, p. 27). 지글리오 역시 때때로 자신의 이성을 의심한다. "그는 파스쿠알레 경과 베스카피 선생이 그를 살짝 돈 사람으로 믿는 게 옳았다고 생각할 용의조차 있었다"(p. 42). 그래서 지글리오는 (그리고 내포된 독자 또한) 자신을 둘러싼 일들이 자신의 상상의 산물인지 아닌지 알 수 없어 의심을 떨쳐버리지 못한다.

이런 기법은 단순하고 매우 빈번하게 사용되는 것인데, 이것에 다른 기법을 대립시킬 수 있다. 이 기법은 훨씬 드물게 사용되는 것으로 보이는데, 역시 필수적인 요소인 애매함을 만들어 내기 위해 새롭게 — 다른 방법으로 — 광기를 사용하고 있다. 네르발[11]의 《오렐리아Aurélia》가 그 예이다. 알다시피, 이 소설은 한 등장인물이 광

---

11 Gérard de Nerval, 1808-1855. 프랑스의 소설가이자 시인. 시간의 애매성과 꿈의 의미에 대한 그의 강렬한 확신은 앙드레 브르통을 위시한 초현실주의자들에게 큰 영향을 끼쳤다. 대표작으로 《불의 딸들Les filles du feu》, 《실비 Sylvie》, 《오렐리아》 등을 꼽을 수 있다.

기에 빠져 있던 기간 동안 겪은 환영幻影에 관한 이야기이다. 이야기는 일인칭이 주도하지만, 이 **나**는 미지의 세계를 지각하는 작중인물과(그는 과거를 살고 있다) 이 인물의 인상을 옮겨 적는(그리고 현재를 살고 있는) 화자, 이렇게 별개의 두 사람을 포함하고 있는 것 같다. 언뜻 보기에 이 작품에는 환상적인 것이란 존재하지 않는다. 즉, 자신의 환영은 광기의 탓이 아니라 세계에 대한 더욱 명철한 이미지라고 여기는 등장인물에게도(따라서 그는 경이의 영역 속에 있다), 그 환영들이 꿈이 아니라 광기의 영역에 속한다는 것을 알고 있는 화자에게도(그의 관점에서, 이야기는 단순히 기이의 영역에 결부되어 있다) 환상적인 것이 존재하지 않는다는 말이다. 그러나 텍스트는 그렇게 기능하지 않는다. 네르발은 다른 차원, 즉 우리가 기대하지 않던 곳에서 애매함을 새로 만들어내고 있다. 그리하여《오렐리아》는 여전히 환상적인 이야기로 남아 있다.

첫째로, 등장인물부터가 사건에 어떠한 해석을 내려야 하는지에 대해 입장이 확고하지 않다. 때때로 그 역시 광기를 믿지만 결코 확신에까지 이르지는 못한다. "정신병자들 사이에 있는 나 자신을 보면서 나는 지금까지의 모든 것이 환영에 지나지 않다는 것을 깨달았다. 그럼에도 불구하고 내가 이지스 여신의 것으로 여기고 있던 약속들이 내게 운명지어진 일련의 시련들을 통해 실현되고 있는 것 같았다"(p. 301). 그와 동시에 화자도 이 등장인물이 겪은 모든 것이 환영이라고 확신하지 못한다. 그는 자신이 말한 몇몇 일들의 진실성을 강조하기까지 한다. "나는 바깥에 나가 무슨 일이 일어났는지 알아보려 했지만, 소리를 들은 사람은 아무도 없었다. 하지만 나는 그 외침이 사실이었고 살아 있는 자들의 대기에 그 소리가 울려 퍼졌었다고 여전히 확신한다……"(p. 281).

애매함은 또한 이 텍스트 전체를 파고드는 두 가지 글쓰기 기법에도 기인한다. 이 두 기법은 반과거[12]와 양태부여인데, 평소에도 네르발은 이 두 가지 방법을 동시에 곧잘 사용한다. 후자는 문장의 의미를 변화시키지 않으면서 발화 주체와 발화 내용과의 관계를 수정하는 몇몇 문장의 도입 어법 사용을 말한다. 예를 들어 두 문장, '밖에 비가 내리고 있다'와 '아마 밖에는 비가 내리고 있을 것이다'는 동일한 사실에 관련되어 있다. 하지만 두 번째 문장은 발화의 주체가 자신이 말하고 있는 문장의 진실성에 확신을 가질 수 없음을 표시한다. 반과거 또한 이와 유사한 의미를 지닌다. 가령 내가 '나는 오렐리아를 사랑하고 있었다'라고 말했다면, 내가 지금도 여전히 그녀를 사랑하는지의 여부는 명시되어 있지 않은 것이다. 지속할 가능성이 있긴 하다. 그러나 대개의 경우 그럴 개연성은 거의 없다.

그런데 이 두 기법은 《오렐리아》의 텍스트 전체에 골고루 퍼져 있다. 우리의 주장을 뒷받침하기 위해 많은 페이지들을 통째로 인용할 수도 있을 것이다. 다음은 무작위로 발췌한 몇몇 예이다. "나는 어떤 낯익은 저택으로 들어가는 것 **같았다**. (…) 늙은 하녀가 한 명 있었다. 나는 그녀를 마르그리트라고 불렀다. 그녀를 어린 시절부터 알고 있는 것 **같았다**. 그녀가 내게 말했다. (…) 그리고 나는 내 조상의 영혼이 그 새 안에 들어 있다는 **생각이 들었다**. (…) 나는 지구를 가로지르는 어떤 심연 속으로 내가 빠져들고 있다고 **믿었다**. 나 자

---

12 현재 시점과는 아무런 상관이 없는 어떤 과거 시점에서의 상태를 표시하는 미완료시제를 말한다.

신이 용해된 금속의 강물에 실려 고통 없이 떠내려가는 듯 **느껴졌다**. (⋯) 그 흐름들이 미립자 상태의 살아 있는 영혼들로 구성되어 있다는 **느낌이 들었다**. (⋯) 대지 위로 우리를 방문하기 위해 조상들이 몇몇 짐승들의 형태를 띠고 있다는 사실이 내게 **명백해지고 있었다**⋯⋯"(p. 259-260. 강조는 필자).[13] 강조 표시를 한 어법들이 없다면, 우리는 평소의 일상적인 현실과 아무 관련도 없는 경이의 세계 속으로 **빠져버릴** 것이다. 그러나 이러한 어법들을 통해 우리는 동시에 두 세계 속에 지속적으로 남아 있게 된다. 게다가 반과거시제로 인해 등장인물과 화자 사이에 거리가 발생하게 되고, 그로 인해 우리는 화자의 위치를 알 수 없게 된다.

일련의 삽입구들을 통해 화자는 다른 사람들, 즉 '정상적인 인간'에 대해서, 혹은 더 정확히 말하면 몇몇 단어들의 일상적 용법에 대해서 일정한 거리를 취하게 된다(어떤 의미에서 《오렐리아》의 주된 테마는 어법이다). 이 화자는 어디선가 "사람들이 이성이라 부르는 것을 회복하면서"라고 쓰고 있다. 또 다른 곳에선 "하지만 그것은 내 눈에 비친 환영이었던 듯하다"(p. 265). 혹은, "나의 행위들이 겉으로는 비상식적으로 보였겠지만, 인간의 이성에 따라 사람들이 환

---

13 *"Il me semblait* que je rentrais dans une demeure connue... Une vieille servante que j'appelais Marguerite et *qu'il me semblait* connaître depuis l'enfance me dit... *Et j'avais l'idée que* l'âme de mon aïeul était dans cet oiseau... *Je crus* tomber dans un abîme qui traversait le globe. *Je me sentais* emporté sans souffrance par un courant de métal fondu... *J'eus le sentiment* que ces courants étaient composés d'âmes vivantes, à l'état moléculaire... *Il devenait clair pour moi* que les aïeux prenaient la forme de certains animaux pour nous visiter sur la terre..."

영이라 부르는 것에 순종했다"(p. 256)라고 쓰고 있다. 이 문장은 감탄스럽다. 나의 행위들은 '비상식적'이다(자연에 준거하여). 하지만 그것은 단지 '겉보기에' 그럴 뿐이다(초자연에 준거하여). 나의 행동들은 환영에 순종한 것이다(자연에 준거하여). 아니, 그보다는 오히려 "사람들이 환영이라고 부르는 것"에 순종한 것이다(초자연에 준거하여). 게다가 반과거시제는, 그렇게 생각하는 자는 현재의 화자가 아니라 과거의 등장인물이라는 것을 나타낸다. 그리고 다음의 문장은《오렐리아》의 모든 애매함을 요약해준다. "비상식적인 일련의 환영들. 아마도"(p. 257). 이렇게 화자는 '정상적인' 인간에 대해 거리를 두고 등장인물에 다가간다. 그 결과 모든 것에 광기가 문제되고 있다는 확신이 물러나고, 그 자리에는 의심이 들어선다.

그런데 화자는 더 멀리 나아갈 것이다. 그는 등장인물의 견해, 즉 광기와 꿈은 우월한 이성일 뿐이라는 등장인물의 생각을 공개적으로 이어받을 것이다. 이에 관한 등장인물의 말은 이렇다. "나에게는 일련의 논리적인 사건들을 구성하는 것인데도 사람들이 그것의 여러 양상과 일치하는 움직임이나 말을 정신착란 탓으로 돌리는 것을 볼 때, 그런 내 모습을 보았던 사람들의 이야기들은 내게 일종의 노여움을 일으켰다"(p. 266. 이 문장은 에드거 앨런 포[14]의 다음 문장

---

14 Edgar Allan Poe, 1809-1849. 미국의 시인, 소설가, 문학비평가, 극작가. 미국 낭만주의의 주요 작가들 중 하나로 꼽힌다. 특히 그의 단편소설들은 텍스트의 모든 요소들이 하나의 유일한 효과를 만드는 데 기여해야 한다는 그의 효과이론의 가치를 잘 보여준다. 기이하고 섬뜩한 세계가 그 작품세계의 특징이다. 그의 작품들은 추리소설의 시조이며, 때로는 공상과학 장르의 징후를 보여주기도 한다. 글쓰기를 생업으로 삼은 미국 최초의 직업 작가로도 잘 알려져 있지만, 그로 인해 그의 삶과 작가 생활은 재정적으로 매우 빈난했다.

과 부합한다. "과학은 광기가 지성의 숭고함인지 아닌지를 아직 우리에게 가르쳐주지 않았다." H. G. S., p. 95), 또 이런 문장도 있다. "꿈은 인간에게 영혼들의 세계와 소통하게 하는 문이며 바로 그러한 꿈에 의거하여 내가 만들어졌다는 그 생각과 함께, 나는 (…) 희망하고 있었다……"(p. 290). 하지만 화자가 어떻게 말하고 있는지 살펴보자. "나는 신비로운 내 정신 안에서 일어난 긴 병의 인상을 옮겨 적기 위해 애쓰려 한다. 그런데 내가 왜 병이라는 말을 사용하는지 모르겠다. 왜냐하면 나 자신의 상태에 대해, 나는 그때만큼 건강하다고 느껴본 적이 결코 없기 때문이다. 때때로 나는 내 힘과 활동성이 배가된 느낌이 들곤 했다. 상상력은 내게 무한한 희열을 가져다주었다"(p. 251-252). 혹은 "아무튼 나는 이 세상에서나 다른 세상에서나 인간의 상상력이 만들어낸 것 중에 진실하지 않은 것은 아무것도 없다고 믿는다.[15] 그리고 나는 내가 그토록 분명하게 **보았던** 것을 의심할 수가 <u>없었다</u>"(p. 276).

이 두 발췌문에서, 화자는 스스로 광기에 빠졌었다고 주장하는 그 기간 동안 자신이 본 것이 현실의 일부분일 뿐이라고 공개적으로 선언하는 것 같다. 그러니까 그는 결코 환자였던 적이 없다는 말이다. 그러나 각각의 발췌문은 현재시제로 시작해서, 마지막 부분은 〔위 인용문에 옮긴이가 밑줄로 표시한 것처럼〕 다시 반과거시제로 되어 있다. 이 부분은 독자의 지각에 애매함을 다시 도입시킨다. 반대

---

15 [저자 주] 아마 에드거 앨런 포가 남긴, 다음의 문장에 대한 메아리일 것이다. "인간 정신은 실제로 존재하지 않는 것에 대해서는 아무것도 상상할 수 없다." ("Fancy and Imagination", *Poems and Essays*, p. 282)

의 예도《오렐리아》의 맨 마지막 몇 문장에서 발견된다. "나는 나 자신이 얼마 동안 살았던 그 환영의 세계를 더욱 올바르게 판단할 수 있었다. 그럼에도 불구하고 나는 내가 얻어낸 신념에 대해 행복을 느낀다……"(p. 315). 첫 문장은 앞선 모든 것을 광기의 세계로 되돌려버리는 것 같다. 하지만 그럴 경우, 얻어낸 신념에 대해 느끼는 그 행복감은 무엇 때문일까?

《오렐리아》는 환상적 애매함의 독창적이고 완벽한 한 예를 보여준다. 이 애매함은 광기를 중심으로 맴돌고 있다. 그러나 호프만의 작품에서 우리가 등장인물이 광인인가 아닌가를 묻곤 했다면, 여기 네르발의 《오렐리아》에서는 우리가 등장인물의 행동이 광기라고 불린다는 사실을 미리 알고 있다. 여기서 알아야 할 것은 광기가 실은 우월한 이성이 아닐까 하는 점이다(그리고 망설임이 걸려 있는 것도 바로 이 지점이다). 망설임은 앞의 경우 지각에 관련된 것이었지만, 여기서는 어법에 관련되어 있다. 호프만을 읽을 때 우리는 몇몇 사건에 부여해야 할 명칭에 대해 망설임이 있었지만, 네르발을 읽을 때 망설임은 이 명칭 내부에, 즉 그것의 의미에 관련된다.

03

기이 장르와
경이 장르

지금까지 보았듯이, 환상적인 것은 망설임의 시간만큼만 지속된다. 이때 망설임은 독자와 등장인물에게 공통된 것이며, 이 둘은 자신이 지각하는 것이 통상적으로 인식되는 모습 그대로의 '현실' 영역에 속하는지 아닌지 판단해야 한다. 이야기가 끝났을 때, 등장인물은 아니더라도 어쨌든 독자는 한 가지 결정을 내려야 한다. 그는 두 가지 해결책 중 하나를 선택하고, 바로 그것을 통해 환상적인 차원에서 빠져나온다. 만약 독자가 현실의 법칙에 타격을 입히지 않고도 묘사된 현상을 그 법칙으로 설명할 수 있다고 판단하면 그 작품은 다른 장르, 즉 기이 장르에 속한다. 그와 반대로, 만약 독자가 그 현상을 설명해줄 수 있는 새로운 자연법칙을 가정해야 한다고 판단하면, 그 작품은 경이 장르 속으로 들어간다.

따라서 환상 장르는 많은 위험에 둘러싸여 있어서, 언제든지 그 생명이 소멸될 수 있다. 그것은 하나의 독립적인 장르로 존재한다기보다는 기이와 경이의 경계에 위치하는 듯 보이는데, 초자연적 문학이 번성했던 시대 중에서도 특히 흑색소설(고딕 소설)의 시대가 이 사실을 확인시켜주는 것 같다. 실제로, 흑색 소설은 대체로 두 가지 경향으로 구분된다. 하나는 클라라 리브스[1]와 앤 래드클리프[2]의 소설들이 보여주는 것과 같은, 설명된 초자연적(혹은 '기이') 경향이다. 다른 하나는 호러스 월폴[3], 매슈 그레고리 루이스[4], 매튜린[5]의 작품들에서 보듯, 수용된 초자연적(혹은 '경이') 경향이다. 여기에는 엄밀한 의미의 환상 장르는 없고, 그것에 인접한 장르들만 있다. 더 정확히 말하자면, 환상적인 효과는 생겨나지만 그것은 오로지 독서

---

1 Clara Reeves, 1729-1807. 영국의 소설가. 특히 고딕 소설《늙은 영국인 남작 The Old English Baron》(1777)의 작가로 유명하다.

2 Ann Radcliffe, 1764-1823. 영국의 소설가. 비록 고딕 소설을 발표한 최초의 작가는 아니지만, 고딕 소설의 선구자로 간주되고 있다. 그녀의 문체는 생생한 경치 묘사와 긴 여행 장면들로 인해 낭만적인 색채를 띠지만, 고딕적 요소가 초자연적 요소를 통해 명백하게 나타난다. 그녀는 초자연적으로 여겨지던 요소에 최종적으로 설명을 부여하는 테크닉을 구사함으로써 1790년대 영국 고딕 소설의 지위를 굳혔다.

3 Horace (혹은 Horacio) Walpole, 1717-1797. 영국의 정치인이자 소설가, 미학자. 영국 최초의 고딕 소설《오트란토 성The Castle of Otranto》을 썼다. 뜻밖의 행복한 발견, 혹은 그런 발견을 하는 천부적 재능을 뜻하는 '세렌디피티'(serendipity)의 개념이 그에게서 나왔다.

4 Matthew Gregory Lewis, 1775-1818. 영국의 소설가이자 극작가. 소설《몽크 The Monk》(1796)의 성공으로 인해, 그를 종종 '몽크 루이스'라고 부르기도 한다. 루이스는 매튜린 등과 함께 호러-고딕 장르 작가로 분류되는 경향이 있다.

5 Charles Robert Maturin, 1782-1824. 아일랜드의 고딕 소설가, 극작가. 프로테스탄트 성직자이기도 했다.《방랑자 멜모스Melmoth, the Wanderer》(1820)로써 고딕 장르의 대표적인 작가 중 한 명으로 꼽힌다.

의 일부에 국한될 뿐이다. 즉, 앤 래드클리프의 작품에서는 일어난 모든 일이 합리적인 설명의 대상이 될 수 있다고 우리가 확신하기 전까지만, 그리고 루이스의 작품에서는 초자연적 사건들에 어떤 설명도 붙일 수 없다고 확신하기 전까지만, 환상적인 효과가 발휘되는 것이다. 이 두 경우 모두 이야기가 마무리되었을 때 우리는 환상적인 것은 없었다는 사실을 깨닫게 된다.

우리는 이런 의문을 가질 수 있다. "그 순간, 그는 잠에서 깨어났다. 방의 벽들이 눈에 들어왔다……"와 같은 단순한 문장 하나로 인해 작품의 '장르 바뀜'이 가능해지는, 그런 장르 정의가 과연 어느 정도로 효력이 있을까? 하지만 먼저, 환상적인 것은 늘 순식간에 소멸되어 버리는 장르라고 간주하지 못할 이유는 아무것도 없다. 게다가 그러한 범주는 전혀 예외적이지도 않다. 예를 들어 **현재**에 대한 고전적인 정의는 과거와 미래 사이의 순수 경계로서 그것을 묘사한다. 이 비교에는 근거가 없지 않다. 경이는 아직 한 번도 보지 못한 미지의 현상에 상응한다. 그것은 앞으로 다가올 현상, 따라서 미래에 해당한다. 반면, 기이 장르에서 설명이 불가능한 것은 이미 알고 있는 사실로, 말하자면 사전事前의 경험으로 환원되고, 그로 인해 과거로 환원된다. 환상 장르 그 자체로 말하자면, 그것을 특징짓는 망설임은 명백히 현재에만 위치될 수 있다.

여기에 작품의 단일성이라는 문제 역시 제기된다. 우리는 이 단일성을 자명한 것으로 취급하고, 한 작품을 이리저리 재단하는(《리더스 다이제스트Reader's Digest》식으로) 순간부터 신성 모독을 외친다. 하지만 실제 사정은 훨씬 더 복합적인 것으로 보인다. 대개의 경우 문학을 처음 경험하게 되는 곳은 학교인데, 여기서 가장 두드러진 현상 가운데 하나는 교실에서 오직 작품들의 "단장斷章" 혹은 "발췌문"만 읽는다는 것이다. 오늘날에도 책에 대한 모종의 페티시즘은 여전히 살아 있다. 문학 작품이 확고부동한 값진 대상으로 변모되고 완전함의 상징이 되면서, 작품에 대한 마름질은 거세와 동등한 의미를 띠게 되는 것이다. 이와 비교하면 자신이 쓴 시 작품들의 조각으로 시작時作을 하거나, 편집자 혹은 인쇄업자를 부추겨 자신의 작품을 수정하게 한 흘레브니코프[6]라는 작가의 태도는 얼마나 자유로웠던가! 절단의 공포는 오직 책을 주체에 동일시하는 것으로만 설명될 수 있을 뿐이다.

작품의 일부분을 따로 분리시켜 검토하는 순간부터 우리는 이야기의 결말을 일시적으로 괄호 속에 넣어둘 수 있으며, 그렇게 함으로써 훨씬 더 많은 텍스트들을 환상 장르와 관련지을 수 있을 것이다. 현재 서점가에 나와 있는 《사라고사에서 발견된 원고》의 판본이 그 좋은 증거가 된다. 망설임에 종지부를 찍는 끝부분이 없어짐으로써, 이 책[7]은 전적으로 환상 장르에 속하게 되는 것이다. 프랑스 환

---

6 Victor Vladimirovich Khlebnikov, 1885-1922. 벨리미르(Velimir)라는 가명을 쓴 러시아 시인. 마야코프스키와 함께 러시아 미래파 그룹의 가장 중요한 인물로 꼽힌다. 동시대인들에 의해 '시인 중의 시인'이자 '창작자들을 위한 시인'으로 불린, 관습에 순응하지 않는 개성이 강한 천재적인 인물이었다.

7 《사라고사에서 발견된 원고》는 프랑스어로 쓰였지만, 작자인 얀 포토츠키(2장의 주 5번 참고) 생전에 프랑스에서 출판된 것은 《아바도로, 스페인 이야기Avadoro, histoire espagnole》(1813)와 《알퐁스 반 보르덴의 열흘간의 삶Dix Journée de la Vie d'Alphonse van Worden》(1814)으로 일부분만 출판된 게 전부인데, 특히 후자는 검열을 거치지 않았다는 이유로 당국에 의해 즉시 압류되었다. 알퐁스가 겪은 총 66일간의 이야기 모음 가운데 처음 13일간의 모험이 페테르부르크에서 1804년과 1805년에 인쇄된 적은 있지만, 판매된 적은 없

상문학의 선구자 중 한 사람인 샤를 노디에[8]는 이 점을 완전히 인식하고, 단편소설 〈이네스 드 라스 시에라스Inès de Las Sierras〉에 적용하고 있다. 이 텍스트는 명백히 똑같은 두 부분으로 구성되어 있다. 전반부의 끝은 우리를 완전히 당혹감 속에 빠뜨려놓는데, 우리는 급작스럽게 벌어진 기이한 현상들을 어떻게 설명해야 할지 알 수 없다. 그렇다고 우리가 초자연적 현상을 자연적 현상만큼 쉽게 받아들일 준비가 되어 있는 것도 아니다. 화자는 자신의 이야기를 거기에서 중단하느냐(따라서 환상 장르에 머무르느냐) 아니면 계속하느냐(따라서 환상 장르를 떠나느냐), 이 두 가지 행동 사이에서 망설인다. 그는 이야기를 멈추는 게 더 낫겠다고 청중들에게 고백하며, 자신의 그런 생각을 이렇게 정당화한다. "완전히 다른 결말은 내 이야기를

다. 이 판본은 독일어로 번역되어 《모레나 산맥에서의 모험들Abenteuer in der Sierra Morena》으로 1809년 라이프치히에서 출판되었다. 그리고 1847년에는 포토츠키의 유족이 간직하고 있던 원고가 라이프치히에서 폴란드어로 번역, 출판되었으나 출판인 자신이 없애버린 것으로 알려져 있다. 프랑스에서는 노디에 덕분에 처음 열흘간의 이야기가 알려지게 되면서, 몇몇 문인들에게 영감이나 표절 대상이 되기도 했다. 그러나 잊혔던 이 작품은 1958년, 로제 카유아에 의해 재발견되었고, 신뢰할 수 있는 4분의 1 정도의 분량만 현대 프랑스 독자에게 우선 소개되었다. 이후 토도로프의 이 저서가 1970년 발표됨을 계기로 환상문학 장르에 대한 문학 연구자들의 관심이 고조되면서, 유품으로 남아 있던 세 가지 원고를 바탕으로 완본이 정립되어 1989년에야 비로소 초판 발행되었다.

8 Charles Nodier, 1780-1844. 프랑스의 소설가. 젊은 낭만주의 세대에 환상소설, 고딕 문학, 흡혈귀 이야기를 소개하고, 꿈을 문학 창작의 중요한 요소로 꼽으며 프랑스 낭만주의 운동에 크게 공헌했다. 대표작으로 단편 〈스마라 혹은 밤의 정령들Smarra ou Les Démons de la nuit〉, 장편 《빵 부스러기 요정La Fée aux miettes》 등의 환상소설을 꼽을 수 있다.

74

그르치게 될 것입니다. 왜냐하면 그러면 이야기의 성격이 바뀌어버릴 테니까요"(p. 697).

그러나 환상 장르가 오로지 작품의 일부에만 존재할 수 있다고 말하는 것은 잘못된 주장일 것이다. 물론 애매함을 끝까지, 즉 독서 후에도 유지하는 텍스트들도 있다. 책을 덮었을 때에도 애매함이 여전히 남는 것이다. 헨리 제임스의 소설 《나사의 회전The Turn of the Screw》이 주목할 만한 좋은 예가 되겠다. 유령들이 그 낡은 대저택에 정말 출몰하는지, 혹은 불안한 기운이 감도는 주변 분위기의 희생물인 가정교사의 환각이 문제인지, 이 텍스트는 그에 대한 어떤 판단도 우리에게 허락하지 않을 것이다. 프랑스 문학에서는 프로스페르 메리메[9]의 단편소설 〈일르의 비너스La Vénus d'Ille〉가 그러한 애매함의 완벽한 예를 보여준다. 어떤 청동 비너스상이 살아 움직이며 한 새신랑을 죽이는 것처럼 보인다. 하지만 우리는 "……것처럼 보인다"에 머무를 뿐, 결코 확신에 이르지는 못한다.

아무튼 환상 장르를 검토하면서, 그것과 겹치는 경이 장르와 기이 장르를 배제할 수는 없다. 그러나 루이 박스가 말하듯, "이상적인 환상 예술은 이도저도 아닌 불분명한 상태를 유지할 줄 안다"(p. 98)는 사실 또한 잊지 말자.

그런 만큼 이 두 이웃 장르들을 좀 더 가까이 들여다보자. 그리고 한편으로 환상 장르와 기이 장르 사이에, 다른 한편으로 환상 장

---

9 Prosper Mérimée, 1803-1870. 프랑스 극작가이자 역사가, 고고학자이며 단편소설 작가이기도 했다. 그의 대표작으로는 환상 장르의 〈일르의 비너스〉, 〈푸른 방La Chambre bleue〉외에도, 중편으로 《콜롱바Colomba》, 비제의 오페라 작품의 골격이 된 《카르멘Carmen》을 꼽을 수 있다.

르와 경이 장르 사이에, 각각 하나의 하위 장르가 일시적으로 출현하는 현상에 주목하자. 이 하위 장르에 속하는 작품들은 환상적 망설임을 오랫동안 유지하더라도 결국은 기이 장르나 경이 장르의 틀 안에서 끝맺어진다. 우리는 아래의 도표를 통해 그러한 하위 구분을 시각적으로 나타낼 수 있을 것이다.

순수 기이	환상적-기이	환상적-경이	순수 경이

이 도표에서, 순수 환상 장르는 환상적-기이 장르와 환상적-경이 장르를 분리하는 중앙선으로 표시될 수 있을 텐데, 이 선은 두 이웃 영역들 사이의 경계라는, 환상 장르의 본질에 상응한다.

환상적-기이 장르부터 시작하자. 여기서는, 이야기가 진행되는 내내 초자연적인 것처럼 보이는 사건들이 마지막에 합리적인 설명을 받게 된다. 그 사건들이 초자연적인 요소의 개입을 믿게끔 등장인물과 독자를 오랜 시간 유도했다면 그것은 그 사건들이 기묘한 특징을 지니고 있었기 때문이다. 비평은 이 유형을 '설명된 초자연적 사건'이라는 이름으로 기술했다(그리고 종종 비난했다). 환상적-기이 장르의 예로 《사라고사에서 발견된 원고》가 있다. 여기서 불가사의한 일들은 이야기의 결말에서 모두 합리적으로 설명된다. 알퐁스는 이야기 도입부에서 그를 맞아주었던 은자를 어떤 동굴에서 만난다. 이자는 고멜레즈 일족의 족장인데, 그때까지 일어난 사건들의 경위를 그에게 알려준다. "카디즈의 총독인 돈 엠마누엘 데 사는 심오한 교리를 전수받은 인물이라네. 바로 그가 로페즈와 모스키토를 그대에게 보냈지. 이들이 알코르노크 샘가에 자네를 내버린 거라네. (…) 사람들이 자네에게 수면제를 먹여 그 다음 날 조토 형제가 처형당한 교수대 아래에서 깨어나도록 했지. 그곳에서 자네는 내 은둔처에 왔고 악마에 사로잡힌 그 지독한 파체코를 만났지. 실은 그는 바스크의 무용수야. (…) 그 다음 날, 우린 자네를 훨씬 더 가혹한 시험에 빠뜨렸어. 하지만 끔찍한 고문으로 자네를 협박한 그 거짓 종교재판이 자네의 용기를 꺾지는 못했지"(《시라고사에서 발견된 원고》 독일어 번역본[10], p. 734).

이전까지의 의심은, 알다시피 초자연적인 것의 존재와 일련의 합리적인 설명이라는 양극 사이에서 유지되고 있었다. 이제 초자연적인 현상을 약화시키는 설명 유형들을 하나씩 열거해보자. 먼저 우연으로 설명되는, 즉 동시에 발생한 사건들이 있다. 왜냐하면 초자연의 세계는 우연이 아니라, '범결정론'(〈이네스 드 라스 시에라스〉에서 우연이야말로 초자연적인 특성을 약화시키는 설명이 될 것이다)이라 부를 수 있는 것이 지배하기 때문이다. 그다음엔 꿈(《사랑에 빠진 악마》에서 제시되는 해결책), 환각제의 영향(첫째 날 밤에 알퐁스가 꾼 꿈의 원인), 기만, 속임수(《사라고사에서 발견된 원고》의 핵심적인 해결책), 감각적 착오(나중에 언급될 고티에의 〈사랑에 빠진 죽은 여인〉과 존 딕슨 카의 《화형법정》을 검토할 때 그 예들을 보게 될 것이다) 등이 있다. 마지막으로 《브람빌라 공주》에서처럼 광기로 설명되는 것이 있다. 이러한 '해명'에는 명백히 두 그룹이 있으며, 이들은 각각 실재 - 상상 그리고 실재 - 망상이라는 두 쌍의 이항 대립에

---

10   이 장의 주 7번 참고.

상응한다. 첫 번째 실재-상상 그룹에서는 초자연적인 그 어떤 일도 일어나지 않는다. 왜냐하면 실제로 아무 일도 일어나지 않았기 때문이다. 다시 말해 여기서는 사람들이 보았다고 믿었던 것들이 실은 지나친 상상력(꿈, 광기, 환각제)의 산물일 뿐이다. 두 번째 실재-망상 그룹에서는 사건들이 일어난 것은 분명하지만 합리적으로 설명이 된다(우연, 속임수, 환영).

앞서 인용한 환상 장르의 정의 중에서, 합리적인 해결책을 "내적 개연성이 완전히 제거된"(솔로비요프) 것으로, 혹은 "너무 좁아서 사용할 수 없는 문"(M. R. 제임스)처럼 제시했던 경우를 상기해보자. 사실 《사라고사에서 발견된 원고》나 〈이네스 드 라스 시에라스〉에 주어진 사실주의적 해결책들은 전혀 있음직하지 않은 것들이다. 반대로 초자연적 해결책이 더 있음직할 것이다. 노디에의 단편소설에서는 사건들이 동시에 일어나는 상황이 지나치게 인위적이고, 《사라고사에서 발견된 원고》의 경우에는 믿을 만한 결말을 제공하려는 노력조차 하지 않는다. 보물과 움푹 꺼진 산, 고멜레즈 일족의 이야기는 부패한 시체로 변한 여자 이야기보다 받아들이기가 더 어렵다! 따라서 있음직함은 전혀 환상적인 것과 대립되지 않는다. 그러므로 있음직함은 내적 일관성, 다시 말해 장르에의 순응[11]과 연관성이 있는 범주인 반면, 환상적인 것은 독자와 등장인물의 애매한 지각 현상에 관련되어 있다. 환상 장르의 내부에서 '환상적인' 반응들이 일어나는 것이야말로 있음직한 것이다.

---

11 [저자 주] 이 문제에 관해서는 《있음직함Le Vraisemblable》(《코뮤니카시옹 Comunications》11호)에 수록되어 있는 많은 논문들을 참조하라.

지금까지는 환상적인 것을 설명해야 하는 필요성 때문에, 약간은 본의 아니게 기이 영역으로 들어가는 경우들을 살펴보았다. 그런데 그 옆에는 순수 기이 장르 역시 존재한다. 이 장르에 속하는 작품들은 이성의 법칙으로 완벽하게 설명이 될 수 있다. 그러나 그것이 어쩐지 믿어지지 않고, 예사롭지 않고, 충격적이며 독특하고 불안하고 기괴스럽기 때문에, 환상적인 텍스트들이 흔히 우리에게 불러일으키는 것과 유사한 반응을 등장인물과 독자에게 일으키고 있다. 보다시피 이 정의는 광범위하고 불명확하다. 하지만 그러한 정의만큼이나 이 장르 역시 그러하다. 왜냐하면 환상 장르와는 다르게, 기이 장르는 경계가 분명한 장르가 아니기 때문이다. 더 정확히 말해 기이 장르는 오로지 한 방향, 즉 환상 장르와만 경계 지어져 있고, 다른 방향에서는 문학의 일반적인 영역으로 녹아 들어가 있다(예를 들어 도스토예프스키의 소설들은 기이 장르의 범주에 포함될 수 있다). 프로이트[12]의 말을 믿는다면, 기이한 느낌das Unheimliche / the uncanny

---

12 Sigmund Freud, 1856-1939. 모라비아(지금의 체코 공화국) 태생으로 오스트리아 비엔나에서 신경외과 연구자로 활약하며 뇌신경계통 질환의 연구, 자폐증, 미시신경해부학에 공헌했다. 그러나 신체적 접근을 통한 정신치료의 부적합함을 깨닫고 새로운 정신치료 방법의 창시자가 되었다. 그것이 '정신분석'이다. 이것은 '억압'과 '무의식'의 이론을 기반으로 환자와 분석가 사이에 '자유연상'에 의한 대화를 통해 심적인 증상을 치료하는 방법이다. 그는 생식으로 귀결되는 성인의 성을 가리키는 좁은 의미의 '성'의 관념을 거부하고, 어린아이의 주체 형성의 바탕에서 작용하는 육체의 역할에 주목함으로써 '성'의 의미를 새롭게 정의했다. 또한 꿈을 무의식의 '소망 성취'로 보고 개인의 삶의 맥락 속에서 의미를 분석하고자 했다. 히스테리 치료에서 출발한 그의 연구는《꿈의 해석Die Traumdeutung》(1900)을 통해 분석 방법을 제시했고, 그 이후 거의 40년 가까이 지속된 연구를 통해 그는 정신분석을 개인의 무의식에 접근하

은 개인이나 종족의 유년기에 근원을 둔 어떤 이미지의 출현과 관련이 있다(이것은 확인해야 할 가정일 것이며, 프로이트의 용어와 우리의 용어 사이에 완벽한 겹침은 없다). 순수 공포 문학은 기이 장르에 속한다. 앰브로즈 비어스[13]의 많은 단편소설들이 여기서 좋은 예가 될 수 있을 것이다.

기이 장르는 환상 장르의 여러 조건 중 오직 한 가지만 실현한다. 즉 몇몇 반응들, 특히 공포에 대한 묘사가 그것이다. 이 장르는 오직 등장인물들의 감정에만 연결되어 있을 뿐, 이성의 한계에 도전하는 물리적인 사건과는 무관하다(반면, 경이 장르는 초자연적 사실의 존재에 의해서만 특징지어질 뿐, 그것들이 등장인물에게 부추기는 반응을 전제로 하지는 않는다).

여기에 환상 장르에 가까운 한 기이한 사건을 보여주는 에드거

는 방법으로 확고히 다졌으며, 자신의 이론체계를 확산시키기 위해 노력했다. 풍부한 인문학적 교양을 토대로 정신분석적 관점에서 문학, 역사, 예술, 종교와 관련된 글들을 두루 남겼다. 그의 이론 체계는 서구 근대의 합리주의와 실증주의를 바탕으로 하는 과학과 철학의 인식론적 틀의 변화에 커다란 영향을 끼쳤고, 이제 서구에서는 일반교양이 될 정도로 널리 확산되었다. 유대인이었던 그는 1938년 나치를 피하여 런던으로 망명하고, 이듬해 사망한다.

13 Ambrose Gwinnett Bierce, 1842-?1913. 미국의 저널리스트이자 소설가. 특히 단편소설 〈아울크리크 다리에서 생긴 일An Occurrence at Owl Creek Bridge〉과 풍자적인 어휘 사전 《악마의 사전The Devil's Dictionary》로 잘 알려져 있다. "Nothing matters"라는 그의 좌우명이 보여주듯, 비평가로서의 맹렬함은 인간 본성에 대한 그의 냉소적인 관점과 더불어 그에게 'Bitter Bierce'라는 별명을 안겨주었다. 1913년에 멕시코혁명을 취재하러 멕시코로 가 판초 비야의 혁명군과 함께 다니던 중 실종되었다.

앨런 포의 단편소설 〈어셔가의 몰락The Fall of the House of Usher〉이 있다. 어느 날 저녁, 화자는 친구 로더릭 어셔의 초대를 받고 그의 집에 도착한다. 친구는 얼마간 자신의 집에 함께 머물러줄 것을 부탁한다. 로더릭은 극도로 예민하고 신경질적인 사람인데, 현재 중병을 앓고 있는 여동생을 사랑하고 있다. 며칠 후 그녀가 사망한다. 두 친구는 그녀를 땅속에 묻지 않고, 그 집 안의 지하 묘소에 옮겨놓는다. 며칠이 흐른다. 폭풍우가 몰아치는 어느 저녁, 두 남자가 한방에 모여 앉는다. 화자가 옛날 기사 이야기를 큰 소리로 읽는다. 집 안 어디선가 소리들이 울려 퍼지며 이야기 속에 묘사된 소리들을 맞받아치는 것 같다. 마침내 로더릭 어셔가 일어나 들릴 듯 말 듯한 목소리로 말한다. "우리가 그 애를 산 채로 무덤에 넣어버린 거야!"(N. H. E., p. 105). 그다음, 실제로 문이 열리고 문 입구에 여동생이 서 있다. 남매는 서로의 품속으로 달려가 껴안고는 쓰러져 죽는다. 화자는 간신히 도망쳐 나와 근처 연못 속으로 그 집이 허물어져 내리는 광경을 본다.

여기서 기이함에는 두 가지 근거가 있다. 첫 번째 것은 우연, 즉 동시에 발생하는 사건들에 의해 구성된다(설명된 초자연적 이야기에서만큼이나 우연적 사건들이 많다). 따라서 누이의 환생과 남매의 죽음에 뒤이은 저택의 몰락은 초자연적인 것처럼 보인다. 그러나 포는 이 두 사건을 어김없이 합리적으로 설명한다. 저택에 관해 그는 이렇게 쓴다. "아마 세심한 눈을 가진 관찰자라면, 정면 지붕에서 출발한 균열이 벽을 따라 구불구불하게 금을 그으며 음산한 연못의 물속으로 사라져가는 것을 가까스로 발견할 수 있었을 것이다"(p. 90). 그리고 여동생 마들린에 대해서는, "일시적으로 나타나긴 했지만 강경증에 가까운 잦은 발작, 그것이 그녀의 특이한 병증이었다"(p. 94). 그러니까 초자연적인 해석은 암시만 되었을 뿐, 그것을 받아들이지 않으면 안 되는 필수적인 것은 아니다.

기이하다는 느낌을 일으키는 또 다른 요소들은 환상이 아닌 '경계 경험'이라 부를 수 있는 것에 연관되어 있으면서 포의 작품 전체를 특징짓는 것으로 보인다. 일찍이 보들레르는 포에 대해 이렇게 말한 바 있다. "인간의 삶과 자연의 **비범한** 일들을 이보다 더 마술적으로 이야기한 자는 아무도 없었다." 그리고 도스토예프스키는 "그[포]는 거의 언제나 가장 비범한 현실을 선택하고, 등장인물을 외적 차원이나 심리적 차원에서 가장 비범한 상황에 놓아둔다(…)"라고 했다. (더구나 포는 이 주제에 대하여 '메타-기이'적 이야기[14]인 〈괴이함의 천사The Angel of the Odd〉를 썼다). 〈어셔가의 몰락〉에서 독자에게 동요를 일으키는 것은 남매의 극단적인 병적 상태이다. 다른 작품에서는, 잔혹한 장면들, 악에서의 희열, 살인 등이 동일한 효과를 일으킨다. 따라서 기이하다는 느낌은 환기되는 테마들에서 출발하는데, 이 테마들은 정도의 차이는 있지만 기원이 오랜 금기들에 연결되어 있다. 원초적인 경험이 금기의 위반에 의해 구성된다는 사실을 인정한다면, 기이함의 원천에 대한 프로이트의 이론을 받아들일 수 있다.

그렇듯 환상 장르는 결론적으로 〈어셔가의 몰락〉에서 배제된다. 일반적으로 포의 작품에서, 〈누더기 산 이야기A Tale of the Ragged

---

14 '메타-기이'적 콩트. '메타-기이'는 '메타-언어'를 본떠 만든 말로, 기이가 무엇인지를 고찰하는 기이 콩트가 메타-기이적 콩트라 할 수 있을 것이다.

Mountains〉와 〈검은 고양이The Black Cat〉를 제외하면, 엄밀한 의미에서 환상적인 이야기는 없다. 그의 단편소설 대부분은 기이 장르에 속하며, 몇몇은 경이 장르에 속한다. 하지만 주제로 보나 구사한 기법으로 보나, 그는 환상문학 작가들과 아주 가깝다.

포가 현대의 추리소설을 탄생시켰다는 사실은 잘 알려져 있다. 이러한 장르 간의 이웃관계는 우연의 효과가 아닐 뿐더러, 추리소설이 유령이야기를 대체했다고 종종 말들을 하기도 한다. 이 관계의 특성을 명확히 하자. 미스터리 추리소설은 범죄자의 정체를 밝히는 이야기로, 다음과 같은 방식으로 구성된다. 먼저 언뜻 보기에 그럴듯한 손쉬운 해결책들이 제시된다. 그러나 그것들이 잘못되었다는 게 하나씩 드러난다. 다른 한편으로 전적으로 개연성이 없어 보이는 해결책이 하나 있지만, 이야기의 마지막에 가서야 그 해결책에 이르게 되고, 그것이 유일한 진실임이 밝혀질 것이다. 추리소설을 환상소설에 근접시키는 것이 무엇인지 벌써 짐작이 간다. 여기서 솔로비요프와 제임스의 정의를 기억하자. 이들에 따르면, 환상소설 역시 두 가지 해결책을 포함하고 있다. 하나는 있음직하지만 초자연적인 것이고, 다른 하나는 있음직하지 않지만 합리적인 것이다. 따라서 이 두 번째 해결책이 추리소설에서는 "이성의 한계에 도전할" 정도로 발견하기 어렵기만 하면 된다. 그러면 우리는 모든 해설의 부재보다는 차라리 초자연적인 것의 존재를 받아들일 준비가 되어 있다. 이에 대한 고전적인 예가 하나 있는데, 그것은 애거서 크리스티의 《열 명의 꼬마 검둥이Ten Little Niggers》[15]이다. 열 명의 등장인물

---

15 원제목은 'Ten Little Niggers'이었지만 인종차별적 표현이 문제되어 'And

이 어떤 섬에 갇혀 있다. 법이 벌할 수 없는 어떤 범죄를 저지른 대가로, 그들이 모두 죽을 것이라는 메시지가 레코드를 통해 그들에게 전달되는데, 어떻게 죽는지는 동요 〈열 꼬마 검둥이〉에 묘사되어 있다. 사형을 선고받은 자들은 — 그리고 그들과 함께 독자 역시 — 징벌을 연달아 집행하는 자가 누구인지 찾아내려 하지만 그것은 헛수고일 뿐이다. 섬에는 그들만 있다. 그들은 그 노래가 예고한 방식대로 차례로 죽게 된다. 최후의 한 사람까지. 자살이 아니라 타살인 이 마지막 죽음은 초자연적인 느낌을 불러일으킨다. 어떤 합리적인 설명도 가능해 보이지 않으므로, 보이지 않는 인물이나 유령의 존재를 받아들여야만 하는 것이다. 물론 그런 가정이 정말로 필요하지는 않으며, 합리적인 설명이 주어지게 될 것이다. 미스터리 추리소설은 환상 장르에 근접해 있지만, 또한 그것과 대립되는 장르이다. 환상적 텍스트에서는 어쨌든 초자연적인 설명 쪽으로 기울지만, 추리소설은 일단 끝나고 나면 초자연적인 것은 없었다는 사실에 대해 어떤 의심의 여지도 남기지 않는다. 더구나 이 비교는 미스터리 추리소설의 한 유형(폐쇄된 장소)과 기이 장르의 한 유형(설명된 초자연적 사건)에 대해서만 유효하다. 게다가 이 두 장르는 강조점이 서로 다르다. 추리소설에서는 수수께끼의 해결책에 강조점이 있지만, 기이 장르에 결부되어 있는 텍스트들에서는 (환상소설에서처럼) 그 수수께끼가 부추기는 반응들에 강조점이 찍힌다. 그럼에도 불구하고

Then There Were None'으로 곧 바뀌었는데, 'Ten Little Indians'로 알려지기도 했다. 한국어로는 《그리고 아무도 없었다》와 《열 개의 인디언 인형》이라는 서로 다른 제목의 두 버전이 공존한다.

두 장르의 이러한 구조적 근접성으로 인해 어떤 유사성이 생겨난다는 점은 지적해야겠다.

추리소설과 환상소설 사이의 관계에 대해 다룰 때 좀 더 상세하게 다룰 가치가 있는 한 작가가 있다. 바로 존 딕슨 카[16]이다. 그의 작품에는 이 문제를 모범적인 방식으로 제기하는 책이 한 권 있는데, 그것은 바로 《화형법정》이다. 애거서 크리스티의 소설에서처럼, 여기서도 겉보기에 우리는 이성으로써는 해결할 수 없는 문제 앞에 놓여 있다. 네 명의 남자가 며칠 전에 시체 한 구를 안치해 놓은 어떤 지하분묘를 연다. 그런데 그곳이 텅 비어 있다. 하지만 누군가가 그 사이에 그곳을 열었을 가능성은 없다. 게다가 이야기가 진행되는 내내 이 소설은 유령들과 초자연적 현상들에 대해 이야기한다. 발생한 범죄에는 증인이 한 명 있고, 이자는 살인자가 벽을 통과하여 희생자의 방을 빠져나가는 장면을 목격했다고 주장한다. 그런데 그 벽은 2백 년 전에는 문이 있었던 곳이다. 한편, 이 사건에 연루된 사람들 중 한 젊은 여자가 있는데 그녀는 자신이 마녀라고 생각한다. 더 정확히 말해 아마도 어떤 특별한 인간 유형, 즉 불사인不死人들의 부류에 속하는 독살범이라고(문제의 범죄는 독극물을 이용한 살인이다) 스스로 믿고 있다. "간략히 말해, 불사인들은 원칙적으로 여자들인데, 독살죄로 사형을 선고받고 죽은 채로든 산 채로든 화형에 처해진 사람들"이라는 사실이 나중에 밝혀진다(p. 167). 그런데 그녀

---

16 John Dickson Carr, 1906-1977. 미국의 추리소설 작가. 독자들을 함정에 빠뜨리는 뛰어난 플롯이 그의 소설세계의 특징이다. 동일한 탐정이 다시 등장하는 소설들을 여러 가명으로 발표한 것으로도 유명하다.

의 남편 스티븐스는 자신이 일하고 있는 출판사에서 보내온 원고를 훑어보다가 우연히 사진 한 장을 발견한다. 그는 그 사진이 "1861년 살인죄로 단두대에 올라간 마리 도브레"라는 설명문을 읽는다. 이야기는 이어진다. "그것은 바로 스티븐스 아내의 사진이었다"(p. 18). 그 젊은 여자가 어떻게 70여 년 전에, 그것도 단두대에서 처형된 19세기의 한 유명한 독살범과 같은 사람일 수 있을까? 아주 쉽게, 현재의 살인에 대한 모든 책임을 떠맡을 준비가 되어 있는 스티븐스 아내의 말을 믿더라도 말이다. 이 외에도 일련의 또 다른 우연의 일치들이 초자연적인 힘의 존재를 확인시켜주는 듯 보인다. 하지만 한 탐정이 도착하고, 마침내 모든 것이 밝혀지기 시작한다. 범인인 여자가 벽을 통과하는 장면을 목격한 것은 거울로 인한 시각상의 착오였고, 시체는 사라진 게 아니라 교묘하게 감추어져 있었다는 것이다. 탐정에게 그렇게 믿게 하려던 노력에도 불구하고, 젊은 마리 스티븐스는 오래 전에 죽은 독살범 마녀들과 어떤 공통점도 없었다. 초자연적인 현상을 환기시키는 모든 분위기는 사건을 혼란에 빠뜨리고 의혹을 따돌리기 위해 살인범이 만들어놓은 것이었다. 비록 징벌에까지 이르지는 못하지만, 진범들은 밝혀진다.

하지만 에필로그 덕분에 《화형법정》은 단순히 초자연적인 분위기를 조성하는 추리소설의 부류에서 벗어나, 환상소설의 부류 속으로 편입된다. 마리는 자기 집에서 다시 한번 그 사건에 대해 생각한다. 그리고 다시 환상이 나타난다. 마리는 (독자를 향해서) 자신이 진짜 독살범이며, 탐정은 사실 자신의 정부로(거짓이 아니다) 그녀를 구하기 위해 그 모든 합리적인 설명을 꾸며낸 것이라고 단언한다. "그는 벽돌로 막아버린 문과 오직 3차원만 고려하는 추론으로 아주 능숙하게 그들에게 설명을 해주었다"(p. 237).

불사인들의 세계가 제 권리를 되찾고, 그와 함께 환상 장르 역시 제 권리를 되찾는다. 선택해야 할 해결책에 관한 망설임 속에 우리가 완전히 빠져버린 것이다. 그러나 여기서는 결국 두 장르 사이의 유사성보다는 그것들의 통합이 더 관건이라는 사실을 알아야 한다.

이제 우리가 환상 장르라 불렀던 이 중심선의 다른 쪽으로 건너가 보자. 이제 우리는 환상적-경이 장르, 달리 말해 환상적인 것처럼 소개되고는 초자연적인 것의 수용으로 끝나는 이야기들의 부류 속에 와 있다. 이런 이야기들은 순수 환상 장르와 가장 근접한 것들이다. 왜냐하면 이 장르는 설명되지 않은 채로, 즉 합리화되지 않은 채로 남아 있다는 사실 자체로 인해, 초자연적인 것이 존재한다는 사실을 분명 우리에게 암시하기 때문이다. 그러므로 이 둘 사이의 경계는 불분명하다. 하지만 몇 몇 세부사항들의 유무가 어쨌든 장르의 결정을 가능하게 해줄 것이다.

테오필 고티에[17]의 〈사랑에 빠진 죽은 여인La Morte amoureuse〉 [18]

---

17 Théophile Gautier, 1811-1872. 프랑스의 시인, 소설가, 화가, 예술비평가. 고티에는 낭만주의의 열렬한 옹호자였지만, 그의 작품은 고답파, 상징주의, 데카당스, 모더니즘과 같은 여러 차후 문학세대에 중요한 참조대상이 된다. 그리고 발자크, 보들레르, 공쿠르 형제, 프루스트, 오스카 와일드에 이르기까지 많은 다양한 작가들에 의해 높이 평가받았다.

18 한국어로는 〈사랑에 빠진 죽은 여인〉(《고티에 환상 단편집》(노영란 옮김, 지식을만드는지식, 2013)에 수록) 혹은 〈죽은 연인〉(《테오필 고티에의 환상 중·단편집》(전광호 옮김, 신아사, 2021)에 수록)의 두 가지로 번역되어 있다. 이 책에서는 해당 작품 제목의 번역으로 전자를 택했다.

이 좋은 예가 될 수 있겠다. 이 작품은 자신의 서품식이 있던 날 화류계의 여인 클라리몽드를 사랑하게 된 한 수도승의 이야기이다. 몇 번의 스치는 듯한 짧은 만남이 있은 후, 로뮈알드(수도승의 이름이다)는 클라리몽드의 죽음을 목격한다. 그날부터 그녀가 그의 꿈에 나타나기 시작한다. 그런데, 이 꿈들은 기이한 속성을 지닌다. 즉, 꿈들이 낮에 벌어진 일이 남긴 인상들로 구성되는 게 아니라, 하나의 연속적인 이야기로 되어 있다. 꿈속에서 로뮈알드는 수도승의 근엄한 삶을 살지 않고, 베니스에서 끊임없는 축제들의 허영에 빠져 산다. 동시에, 그는 클라리몽드가 밤에 찾아와 그의 피를 빨아먹으며 생명을 유지한다는 사실을 알아차린다…….

거기까지의 사건들은 모두 합리적인 설명을 붙일 수 있다. 설명의 상당 부분은 꿈이 맡고 있다["부디 이것이 꿈이기를!"(p. 79) 하고 외칠 때, 로뮈알드는《사랑에 빠진 악마》의 알바로와 비슷하다]. 또 하나의 설명은 감각들의 착오를 통한 것이다. 예를 들어, "어느 날 저녁, 내 조그만 정원의 회양목이 줄지어 선 오솔길을 산책하노라니, 소사나무 아치 사이로 한 여자의 형체가 보이는 것 **같았다**"(p. 93), "어느 순간 나는 그녀의 발이 움직이는 것을 보았다고 **믿었다**……"(p. 97), "나는 그것이 환각이었는지, 아니면 램프의 불빛에 반사된 그림자였는지 알 수 없었다. 하지만 그 윤기 없는 창백함 아래로 다시 피가 돌고 있는 것 **같았다**"(p. 99. 강조는 필자) 등. 마지막으로 일련의 사건들은 우연에 기인한, 단순히 기이한 사건들로 간주될 수 있다. 하지만 로뮈알드는 그 사건들을 악마의 개입으로 보는 지경에까지 이른다. "그 모험의 기이함, 클라리몽드의 초자연적인 아름다움[!], 광채를 발산하는 그 눈빛, 불타는 듯한 그 손, 그녀로 인해 내가 빠져버린 그 혼란, 나의 내면에서 일어난 그 급작스런 변화, 그 모든 것이 악마가 거기 있음을 명백하게 증명해주고 있었다. 그리고 그 비단결 같은 손은 아마 악마의 손톱을 감추는 장갑에 지나지 않았을 게다"(p. 90).

그것이 실제로 악마가 하는 짓일 수도 있다. 하지만 그것은 또한 단지 우연에 지나지 않을 수도 있다. 따라서 우리는 이 단계까지는 순수 환상 장르 속에 남아 있다. 그런데 그 순간, 이야기를 선회하게 만드는 사건이 벌어진다. 또 다른 사제인 세라피옹이 로뮈알드의 모험을 알게 되는 것이다(이것이 어떻게 가능했는지 우리는 알 수 없다). 그는 클라리몽드가 누워 있는 묘지로 로뮈알드를 데려간다. 그가 묘를 파헤치고 관을 열자, 클라리몽드가 나타난다. 그녀가 죽던 날의 그 싱그러운 모습 그대로, 입술에 한 방울의 피를 머금은 채……. 근엄한 분노에 찬 세라피옹 사제가 시체 위에 성수를 뿌린다. "가련한 클라리몽드의 몸에 성수의 이슬이 닿자마자 그녀의 아름다운 육신은 재가 되어 사그라졌다. 이제 그것은 그저 반쯤 검게 탄 유골과 재가 뒤섞여 형체를 잃어버린 끔찍한 광경일 뿐이었다"(p. 116). 이 장면 전체는, 그리고 특히 시체의 변신은 주지하는 그대로의 자연법칙으로는 설명될 수 없다. 이렇듯, 우리는 환상적-경이 장르 속에 있다.

유사한 예가 빌리에 드 릴아당의 〈베라〉에도 있다. 여기서도 역시 우리는, 이후의 삶을 믿을 것인가 아니면 그것을 믿는 백작을 미쳤다고 생각할 것인가 사이에서 이야기가 진행되는 동안 내내 망설일 수 있다. 하지만 결말 부분에서, 백작은 자신의 침실에서 베라의 무덤 열쇠를 발견한다. 그런데 그 열쇠는 그 자신이 무덤 안으로 던졌던 것이다. 따라서 그것을 가져온 자는 죽은 베라일 수밖에 없다.

마지막으로 '순수 경이'라는 장르가 있다. 이것도 기이 장르와 마찬가지로 선명한 경계를 갖지 않는다(앞 장에서 아주 다양한 작품들이 경이 장르의 요소들을 내포하고 있음을 보았다). 경이 장르의 경우, 초자연적 요소들은 등장인물과 내포된 독자에게 어떤 특별한 반응도 부추기지 않는다. 경이 장르를 특징짓는 것은 이야기된 사건들에 대한 태도가 아니라, 그 사건들의 성질 자체이다.

여기서 잠깐, 형식과 내용 사이의 예전의 분류가 어느 정도로 자의적이었는지 간략하게 짚고 넘어가야겠다. 환기된 사건은 전통적으로는 '내용'에 속하지만, 여기서는 '형식적' 요소가 된다. 반대의 경우 역시 참이다. 즉, 양태부여의 문체적(따라서 '형식적') 기법은, 앞서《오렐리아》에서 보았듯이 뚜렷한 내용을 가질 수 있다.

일반적으로는 경이 장르를 요정이야기 장르에 연결시키지만, 사실 요정이야기는 경이 장르의 한 종류일 뿐이며, 그 속에서 초자연적인 사건들은 전혀 놀라움을 일으키지 않는다. (페로 이야기의 몇몇 요소들만 인용하자면) 백 년 동안의 잠도, 말하는 늑대도, 요정들의 마법의 선물도 전혀 놀랍지가 않다. 요정이야기를 특징짓는 것은 작가의 어떤 창작기법이지, 초자연적인 것이 차지하고 있는 위치가 아니다. 호프만의 이야기들은 그러한 차이를 잘 드러내준다.《호두까기 인형Nußknacker und Mausekönig》,《수수께끼 아이Das fremde Kind》,《왕의 신부Die Königsbraut》는 창작기법상의 특징들로 인해 요정이야기에 속하며,《신부 고르기Die Brautwahl》는 초자연적인 것에 대하여 같은 지위를 유지하고 있지만 전혀 요정이야기가 아니다.《천일야

화》또한 요정이야기라기보다는 차라리 경이 장르의 이야기로 규정
해야 한다(이 문제는 별개의 연구를 요한다).

순수 경이 장르를 명확히 구분 짓기 위해서는, 초자연적인 것이
여전히 정당성을 갖고 있는 다음과 같은 몇몇 이야기 유형을 분리
시켜야 할 것이다.

1. 우선 **과장의 경이**에 대해 말할 수 있을 것이다. 여기에서의 여
러 현상들은 오직 우리에게 친숙한 정도보다 월등한 크기 때문에
초자연적이다. 이를테면《천일야화》에서 뱃사람 신드바드는 "오십
미터, 백 미터 길이의 물고기들"이나 "하나같이 코끼리를 꿀꺽 삼켜
버릴 만큼 크고 긴 뱀들"을 보았다고 주장한다(p. 241). 하지만 아
마 이것은 단순히 말하기의 방식일 것이다(우리는 텍스트의 시적 해
석 혹은 알레고리적 해석을 다룰 때 이 문제를 연구할 것이다). 우리는
"공포의 눈은 크다"라는 속담을 기억하면서 논의를 여전히 계속할
수 있을 것이다. 어쨌든 이러한 초자연적인 것은 이성에 지나친 폭
력을 행사하지 않는다.

2. 첫 번째 유형의 경이에 꽤 근접한 것으로, **이국의 경이**가 있다.
여기서도 초자연적인 사건들이 이야기되지만, 그것들은 초자연적인
사건으로 제시되지는 않는다. 이런 이야기들에 내포된 수용자는 그
사건들이 벌어지는 지역을 모르는 것으로 되어 있다. 그러므로 그
는 그 사건들을 의심할 이유가 없다. 신드바드의 두 번째 모험 이야
기가 몇몇 좋은 예를 제공해준다. 이야기의 처음에 어마어마한 바위
새가 묘사된다. 그 새가 태양을 가리고 있었는데, "새의 한쪽 다리
가 …… 굵은 나무 둥치만큼 굵다"(p. 241). 물론 이 새는 현대 동물

학에서는 존재하지 않는다. 하지만 신드바드의 이야기를 듣는 자들은 이 명백한 사실과는 동떨어져 있었고, 다섯 세기가 지난 다음 이 이야기를 프랑스어로 엮은 앙투안 갈랑Antoine Galland도 이렇게 쓰고 있다. "마르코 폴로는 자신의 기행문 속에서, 그리고 마르티니 신부는 자신의 중국 이야기 속에서 이 새에 대해 말하고 있다." 이어서 신드바드는 우리에게 잘 알려진 코뿔소를 같은 방식으로 묘사한다. "그 섬에는 코뿔소들이 있다. 코끼리보다는 더 작고 물소보다는 더 큰 동물인데, 코에는 오십 센티미터쯤 되는 긴 뿔이 나 있다. 이 뿔은 단단하고, 끝에서 끝까지 중심선을 따라 둘로 갈라져 있다. 그 뿔에는 사람 형상을 연상시키는 흰색 선들이 보인다. 코뿔소가 코끼리와 싸우는데, 코끼리의 배를 코뿔소가 뿔로 찌르고는 머리 위로 들어 올린다. 그런데 코끼리의 피와 기름이 눈 위로 흘러내려 앞이 보이지 않게 되자 코뿔소가 그만 쓰러져버렸다. 이제 여러분이 깜짝 놀랄 일이 벌어지게 되는데[과연 그렇다], 바위 새가 날아와 새끼들에게 먹이기 위해 그 둘을 발톱으로 잡아채 날아가는 것이었다"(p. 244-245). 구경거리가 그득한 이 대목은 자연적 요소들과 초자연적 요소들의 혼합을 통해 이국적인 경이의 독특한 개성을 보여준다. 물론 그러한 혼합은 오직 현대 독자인 우리에게만 존재한다. 이야기에 내포된 화자는 모든 것을 동일한 차원('자연적인 것'의 차원)에 위치시킨다.

3. 경이 장르의 세 번째 유형은 **도구의 경이**라 부를 수 있을 것이다. 여기에는 몇 가지 소소한 신기한 기구들, 즉 작품이 쓰인 시대에는 실현이 불가능했지만 이후 기술의 완성으로 완전히 실현 가능해진 도구들이 등장한다. 예를 들어《천일야화》의 〈아메드 왕자 이

야기〉 시작 부분에는 경이로운 도구들이 나오는데, 날아다니는 양
탄자, 병을 낫게 하는 사과, 멀리 보는 '파이프' 등이 그것이다. 그러
나 오늘날 같은 특성을 지닌 헬리콥터, 항생제, 쌍안경은 전혀 경이
의 영역에 속하지 않는다. 〈마법의 말〉[19] 이야기 속의 날아다니는
말도 마찬가지이다. 혹은 〈알리바바 이야기〉에 나오는 회전하는 바
위문으로 말하자면, 최근의 첩보 영화(〈더 글래스 바텀 보트The Glass
Bottom Boat〉[20]) 에서 주인이 어떤 특정의 말을 할 때만 열리는 비밀
금고를 생각하는 것으로 충분하다. 인간의 재간이 만들어낸 이 사물
들은 겉보기에는 종종 유사하지만 다른 세계와의 소통에 사용되는,
근원이 마술적인 도구들과 구별되어야 한다. 알라딘의 램프나 반지,
〈세 번째 탁발승의 이야기〉 속의 말(馬)이 그것으로, 이들은 다른 경
이 영역에 속한다.

4. 도구의 경이는, 19세기 프랑스에선 **과학의 경이**라 불렸고 요
즘엔 공상과학소설이라고 불리는 것 가까이로 우리를 안내한다. 여
기서는 초자연적인 것이 합리적인 방법으로 설명된다. 하지만 그것
은 어디까지나 현대 과학이 인정하지 않는 다른 법칙에 따른다. 환
상소설 시대에는 최면술이 개입하는 이야기들은 과학의 경이에 속
해 있었다. 최면술이 초자연적인 사건들을 '과학적으로' 설명하고는

---

19 《천일야화》의 최초 서구어 완역은 프랑스의 앙투안 갈랑의 작품으로 알려져
   있다. 이 프랑스어 버전과 리처드 프랜시스 버턴(Richard Francis Burton)의
   버전 모두 한국어로 번역되어 있다. 인터넷 백과사전 '위키피디아' 영문판에
   따르면, 〈마법의 말〉은 영역본 중에서는 앤드루 랭(Andrew Lang)의 버전에만
   있다.
20 프랭크 태슈린 감독의 미국 영화(1966). 도리스 데이, 로드 테일러 주연.

있지만, 그 최면술만큼은 초자연적인 영역에 속하는 것이다. 호프만의 〈불안한 방문객Der unheimliche Gast〉이나 〈최면술사Der Magnetiseur〉가 그러하고, 포의 〈발데마르 씨 사건의 실상들The Facts in the Case of M. Valdemar〉 혹은 모파상²¹의 〈광인?Un fou?〉이 또한 그러하다. 요즘의 공상과학소설은 알레고리로 빠져들지 않을 때, 동일한 메커니즘을 따르고 있다. 여기에서의 이야기는 비합리적 전제에서 출발하여 완벽하게 논리적인 사실로 연결된다. 이 소설들은 또한 환상적인 이야기와 다른 플롯 구조를 갖고 있다. 이에 대해서는 뒤에 다시 언급할 것이다(10장).

이와 같이 '해명되고' 정당화된 불완전한 경이 장르의 이 모든 유형들은, 어떤 식으로도 설명이 불가능한 순수 경이 장르에 대립된다. 이 문제는 여기서 논하지 않을 것이다. 왜냐하면 첫째로, 테마의 관점에서 본 경이 장르의 요소들을 뒤에서 검토할 것이고(7-8장), 인류학적인 현상으로서의 경이에 대한 동경은 문학적 연구를 추구하는 현재의 논의 틀을 넘어서기 때문이다. 또 한편으로 이러한 관점에서 경이를 다루었던 대단히 통찰력 있는 몇몇 저서들이 있으니 그리 아쉽지는 않을 것이기 때문이다. 결론 삼아, 이 저서들 중에 피에르 마비유Pierre Mabille의 《경이의 거울Le Miroir du merveilleux》에서

---

21 Guy de Maupassant, 1850-1893. 프랑스의 소설가. 플로베르, 에밀 졸라와 밀접한 관계를 맺었던 그는 여섯 편의 장편소설과 3백 편이 넘는 단편소설 및 콩트들로 자신의 세계를 만들었다. 그의 장편들이 사실주의적인 색채를 강하게 띠는 반면, 단편들은 환상적 요소에 대한 그의 강렬한 관심을 보여준다. 특히 광기에 관한 일련의 연구 작품들 끝에 창작된 《오를라Le Horla》(1887)는 걸작으로 꼽힌다. 그의 글쓰기 작업은 1880년에서 1890년 사이에 거의 집중되었으며, 이후 그는 광기에 빠져 침묵으로 가라앉고 만다.

경이의 의미를 잘 정의한 문장을 인용하고자 한다. "이야기와 동화, 전설이 우리에게 주는 매력, 호기심, 그리고 모든 감동을 넘어서, 기분을 전환하고 싶다거나 망각하고 싶다거나 격렬한 쾌락과 공포의 감정을 느끼고 싶다는 욕구를 넘어서, 경이 여행의 실질적인 목표는 우리가 이미 알고 있듯이, 보편적인 현실에 대한 더욱 총체적인 탐구이다."(p. 24)

04

시와
알레고리

지금까지 우리는 일차적 차원에서, 즉 내포된 독자가 등장인물에 자신을 동일시하면서 이야기 속의 사건들을 판단하는 차원에서, 환상 장르가 어떤 위험에 노출되는지 알아보았다. 이 위험들은 대칭적이면서 반대되는 양상을 보인다. 즉 독자가 초자연적으로 보이는 사건들에 합리적 설명을 부여할 수 있다고 인정할 경우, 환상 장르는 기이 장르로 이행한다. 혹은 독자가 초자연적인 사건들을 그대로 인정할 경우, 우리는 다시 경이 장르로 들어가게 된다.

그러나 환상 장르가 부딪히는 위험들은 여기서 멈추지 않는다. 우리의 논의가 다른 차원으로, 다시 말해 독자가(여전히 내포된 독자이다) 사건의 성질이 아니라 그것을 환기시키는 텍스트 자체의 성질에 대해 의문을 제기하는 차원으로 넘어가면, 우리는 다시 한번 환상 장르 성립의 위기를 보게 된다. 이것은 우리를 새로운 문제로 안내해줄 것이다. 이 문제를 해결하기 위해서는 환상 장르와 두 이웃 장르, 즉 **시**와 **알레고리** 사이의 관계를 명확히 해야 할 것이다. 이 장르들과의 연관성은 기이 장르와 경이 장르에 대한 환상 장르의 관계를 결정하는 연관성보다 더 복합적이다. 왜냐하면 먼저, 한편으로 시에 그리고 다른 한편으로 알레고리에 대립되는 장르가 환상 장르 하나가 아니라, 환상 장르가 속한 훨씬 더 광범위한 집합 전체가 대립되기 때문이다. 그다음 이유는, 기이 장르와 경이 장르의 관계와는 대조적으로, 시와 알레고리는 서로 대립적이지 않기 때문이다. 이 둘은 각각 다른 한 장르(환상 장르는 그것의 하위 장르일 뿐이다)와 대립되며, 이들이 대립되는 장르는 동일하지 않다. 따라서 이 두 대립 관계는 따로따로 검토해야만 한다.

가장 단순한 대립, 즉 **시**와 **허구**에서 시작하자. 이 연구를 시작하면서 우리는 두 장르 사이의 모든 대립은 문학 작품의 구조적 특성에 의거해야 한다는 점을 확인한 적이 있다. 그 특성이란 여기서는 담론의 성질 자체를 말하며, 이것은 담론이 표상적인가 표상적이지 않은가의 문제로 귀착될 수 있다. '표상적'이라는 단어는 조심스럽게 다루어야 할 용어이다. 문학은 일상 담론의 몇몇 문장들이 표상적일 수 있다는 의미로 표상적이지는 않다. 왜냐하면 문학은 자신 바깥에 있는 어떤 것도 (단어의 엄밀한 의미로 말해) 참조하지 않기 때문이다. 문학 텍스트가 이야기하는 사건들은 문학적 '사건들'이며, 등장인물과 마찬가지로 텍스트 안에 있다. 하지만 이 사실에 기인해 문학에서 일체의 표상적 성질을 거부하는 것은, 단어의 지시 기능과 그 지시 대상을 혼동하는 것이다. 다시 말해 대상을 지시함으로써 의미하는 단어의 기능과 그 대상 자체를 혼동하는 것이다.

더구나 표상적인 특성은 문학 가운데 편의상 **허구**라는 용어로 지칭하는 부분을 지배하고 있는 반면, **시**라고 일컬어지는 부분은 어떠한 대상을 환기시키고 표상하는 기능을 거부한다(이 대립이 20세기 문학에서는 흐려지는 경향이 있다). 허구를 논할 경우에 사용되는 등장인물, 사건, 분위기, 구성 등의 용어들이 전반적으로 비텍스트적 현실을 가리키는 항목들이라는 사실은 우연이 아니다. 반면, 시를 논할 경우에 우리는 운율이나 리듬, 수사적 문채文彩 등을 운운하게 된다. 이러한 대립은 문학에서 발견되는 대부분의 대립이 그렇듯이, 이것 아니면 저것인 양단간의 대립이 아니라 정도의 차이가 문제된다. 시 또한 표상적인 요소들을 포함하며, 허구 역시 단어들이 (외부 대상과의 직접적인 관계를 부르는) 타동사적 성질을 지니지 않고 텍스트를 불투명하게 만드는 속성들을 내포한다. 그럼에도 불구하고 대립은 여전히 존재한다.

여기서 이 문제에 대한 논의의 역사를 추적하진 않겠지만, 시에 대한 그러한 관념이 항상 지배적이지는 않았다는 사실은 지적해야 할 것이다. 논쟁은 특히 수사적 문채를 둘러싸고 날카롭게 전개되었다. 즉, 사람들은 각각의 문채가 그에 상응하는 이미지를 만들어야 하는지 혹은 아닌지, 그 표현이 곧 그 이미지 표상이 되어야 하는지 혹은 아닌지 물었다. 예를 들어, 볼테르는 "메타포는 효율적이기 위해 언제나 이미지가 되어야 하며, 화가라면 붓으로 그려낼 수 있는 그런 것이어야 한다"(《코르네유에 대한 고찰Remarques sur Corneille》)고 말한다. 이와 같은 고지식한 요구는 어떤 시인도 충족시키지 못했으며, 18세기부터는 그것에 반론이 제기되었다. 그러나 단어가 지각되지 않은 채 이미지 생성에 봉사나 하는 물질적 토대로서 취급되는 게 아니라 그 자체로서 고려의 대상이 되기 위해서는, 적어도 프랑스에서는 말라르메를 기다려야 했다. 현대 비평에서 시적 이미지들의 자동사적 성질을 최초로 강조한 자들은 러시아 형식주의자들이다. 이에 대해 쉬클로프스키[1]는 "튜체프[2]가 새벽을 귀머거리 - 벙어리 악마에 비유한 것이나 고골[3]이 하늘을 신의 상제의上祭衣에 비유한 것"(p. 77)을 상기시킨다. 오늘날 시적 이미지는 묘사적이지 않으며, 그러한 이미지들이 구성하는 순수 언어표현의 연쇄 차원에서, 다시 말해 외부세계에 대한 참조의 차원이 아니라 그것들의 축자적 해석의 범위 내에서 읽어야 한다는 의견을 모두 받아들인다. 시적 이미지는 사물들의 조합이 아니라 단어들의 조합이므로, 이 조합을 감각적 표현으로 번역하는 것은 무익한 데다 해롭기까지 하다.

　이제 우리는 왜 시적 독서가 환상 장르에는 암초가 되는지 알게 되었다. 우리가 하나의 텍스트를 읽으면서 모든 표상을 거부하고 각

1　Viktor Borisovich Shklovsky, 1893-1984. 러시아의 작가, 문학이론가. 상트페테르부르크의 '오포야즈'(1장의 주 4번 참고)의 창설자 중 한 사람이다. 자전적 성격의 여러 소설을 썼고, 영화평론과 시나리오를 쓰기도 했다. '낯설게 하기'라는 문학 장치를 처음 개념화했다.

2　Fyodor Ivanovich Tyutchev, 1803-1873. 러시아의 대표적인 서정시인. 유서 깊은 귀족 집안 출신으로, 모스크바에서 대학 교육을 받은 다음, 20여 년간 뮌헨에서 외교관을 지내며 셸링, 하이네와 관계를 맺는다. 특히 1830년대 시 작품들은 독일 낭만주의의 영향을 받아, 밤과 카오스의 이미지가 풍부하고, 우주의 생성, 인간의 조건, 자연을 주제로 명상적인 시풍을 드러낸다.

3　Nikolai Vasilievich Gogol, 1809-1852. 우크라이나 출신의 러시아 소설가이자 극작가. 러시아 리얼리즘 문학의 시조로 꼽히지만, 후대의 비평가들은 그의 작품에서 그로테스크나 초현실주의적인 징후와 함께 근본적으로 낭만적인 감수성을 발견했다.

각의 문장을 순수 의미 조합으로만 간주한다면 환상적인 것은 나타날 수 없을 것이다. 앞서 보았던 것처럼, 환상적인 것은 묘사된 세계 속에 생성되는 양상 그대로의 사건들에 대한 어떤 반응을 요구한다. 이 이유로, 환상적인 것은 허구 속에서만 존속할 수 있으며, 시는 환상적일 수 없다('환상 시'를 모은 선집이 있음에도 불구하고). 한마디로, 환상 장르는 허구를 전제로 한다.

일반적으로 시적 담론은 수많은 부차적 속성들로 자신의 존재를 알린다. 따라서 우리는 그런 텍스트에서 환상적 효과를 찾아서는 안 될 것임을 단박에 알 수 있다. 운율, 규칙적인 격조格調, 감성적 담론 등의 속성들은 우리를 환상 장르에서 떼어놓는다. 거기에 혼동의 위험성은 크지 않다. 그러나 몇몇 산문 텍스트들은 여러 다양한 차원의 독서를 요구한다. 다시 한번 더《오렐리아》로 돌아가보자. 네르발이 들려주는 꿈 이야기들은 대부분 허구처럼 읽혀야 하며, 그 꿈들이 묘사하는 것을 마음속으로 그려보는 일은 적절한 태도이다. 그런 꿈 유형의 한 예가 여기 있다. "엄청나게 큰 사람 ─ 남자인지 여자인지 알 수 없다 ─ 한 명이 공중을 힘겹게 파닥파닥 날아다니는데, 그 모습이 마치 자욱한 구름 사이로 발버둥치는 것처럼 보였다. 그는 숨이 차고 힘에 부쳐 결국 어두운 안마당으로 떨어졌고, 지붕들과 난간들을 따라 날개가 걸려 찢기고 으스러졌다"(p. 255). 이 꿈은 묘사된 그대로 받아들여야 할 어떤 광경을 떠올리게 한다. 하지만 여기에는 분명 초자연적인 사건이 문제되고 있다.

그런데, 이번에는 〈추상기追想記〉(《오렐리아》 중에서)의 한 꿈에서 발췌한 예를 보자. 이것은 텍스트에 대한 다른 태도를 예시한다. "침묵의 암흑 한가운데에서, 두 개의 음이 울려 퍼졌다. 하나는 저음이고 다른 하나는 고음이었다. 그리고 영원한 천체가 곧이어 운행하기 시작했다. 축복받으라, 오! 신의 찬가를 시작한 최초의 여덟 음계여! 일요일에서 일요일까지, 당신의 마법의 그물로 모든 날들을 감싸 안으라. 산은 계곡에서 당신을 노래하고, 샘물은 냇물에서, 냇물은 강에서, 강은 대양에서 당신을 노래하누나. 대기는 떨리고, 빛은 갓 피어난 꽃들을 조화롭게 뚫고 지나간다. 하나의 숨결, 한 사랑의 전율이 대지의 부푼 젖가슴에서 흘러나오고, 별들의 심장이 무한 속으로 펼쳐지며 멀어졌다가는 자신에게로 되돌아오고, 움츠렸다가는 활짝 피어나, 새로운 창조물의 씨앗들을 멀리멀리 흩뿌리는구나"(p. 311-312).

만약 우리가 환영幻影을 붙잡기 위해 단어를 초월하려고 시도한다면, 그 환영은 모든 날들을 감싸 안는 여덟 음계, 산과 계곡 등이 부르는 노래, 그리고 대지에서 흘러나오는 숨결 등과 함께 초자연적인 것들의 범주에 포함되어야 할 것이다. 그러나 여기서는 그 길로 들어서서는 안 된다. 여기에 인용된 문장들은 시적 독서를 요구하며, 환기된 어떤 세계의 묘사를 지향하지 않기 때문이다. 이는 문학적 언어의 역설이다. 단어들이 다름 아닌 비유적 의미로 사용되었을 때 우리는 그것들을 글자 뜻 그대로 받아들여야 하는 것이다.

이제 우리는 수사적 문채라는 간접적 경로를 통해, 우리의 관심 주제인 다른 대립, 즉 알레고리적 의미와 축자적 의미 사이의 대립에 이르렀다. 여기서 사용된 축자적이라는 단어는, 일반적으로 시에 적합하다고 믿는 그 형태의 독서를 가리키기 위해서라면 다른 의미로 사용될 수도 있었을 것이다. 이 단어에 대한 두 가지 용법을 혼동하지 않도록 조심해야 한다. 먼저, 축자적이라는 단어는 지시적, 묘사적, 표상적이란 의미에 대립된다. 그리고 지금 우리 관심 주제와 관련했을 때는 비유적 의미 — 여기서는 알레고리적인 의미를 말한다 — 에 대립되는 것으로, 우리는 이것을 본래 의미라고도 부른다.

우선 알레고리를 정의하는 것에서 시작하자. 늘 그렇듯이, 과거의 정의들은 가장 협소한 것에서 가장 폭넓은 것에 이르기까지 모자람이 없다. 흥미롭게도, 가장 개방적인 정의가 또한 가장 최근의 것이기도 하다. 알레고리의 진정한 백과사전이라고 할 수 있을 앵거스 플레처Angus Fletcher의 책《알레고리Allegory》에서 그런 정의를 찾을 수 있다. 그는 책 서두에 이렇게 쓴다. "단순하게 말해, 알레고리는 하나의 사물을 말하고 다른 사물을 의미한다"(p. 2). 알다시피, 모든 정의는 사실상 자의적이다. 그런데 이 정의는 별로 매력적이지 않다. 그 일반성으로 인해, 알레고리가 모든 것을 포괄하는 초강력 문채로 변모해버린 탓이다.

반대편 극점에 이 용어의 다른 뜻이 또 하나 있는데, 그것 역시 현대적이지만 이번에는 훨씬 더 제한적이다. 그것은 다음과 같이 요약될 수 있을 것이다. 즉, 알레고리는 이중적인 의미를 지니면서도 본래 의미(혹은 축자적 의미)가 전적으로 지워져 버린 문장이다. 속담이 그러하다. "너무 자주 우물로 가는 항아리는 결국 깨진다." 이 말을 들으면서 어느 누구도, 혹은 거의 아무도, 항아리나 우물이나 깨지는 행위 등을 생각하지는 않는다. 우리는 즉각적으로 알레고리적인 의미를 포착한다. 이를테면, 너무 빈번하게 위험을 무릅쓰는 것은 위험하다, 등등. 그렇게 이해된 알레고리는 종종 현대 작가들에 의해 엄밀한 문자적 해석과 어긋나는 것으로 낙인 찍혀 버렸다.

알레고리에 대한 고대인의 생각은 우리의 논의가 좀 더 진척될 수 있게 해줄 것이다. 퀸틸리아누스[4]는 이렇게 말한다. "연속적 메타포는 알레고리로 발전한다." 달리 말해, 하나의 고립된 메타포는 비유적인 어법만을 가리키지만, 메타포가 연속적으로 이어지면 문장의 본래 대상과는 다른 것에 대해서도 말하고자 하는 확실한 의도를 드러낸다. 이 정의는 형식에 관련되어 있기 때문에 가치가 있는데, 그것은 알레고리를 판별할 수 있는 수단을 알려준다는 점이다. 예를 들어, 국가를 한 척의 배로 말하고, 이어서 국가의 우두머리를 선장이라 부르면, 우리는 항해의 이미지군群이 국가의 알레고리를 한 가지 제공한다고 말할 수 있다.

가장 최근의 프랑스 수사학의 대가, 피에르 퐁타니에Pierre Fontanier는 이렇게 쓰고 있다. "알레고리는 이중적인 의미를, 즉 축자적 의미와 정신적 의미를 모두 한꺼번에 지닌 문장 속에 있다"(p. 114). 그 예증의 한 사례가 아래에 있다.

진흙투성이 땅 위로, 한가득 자갈돌을 우르르 굴려가는,

격노하는 물줄기, 범람하는 급류보다,

부드러운 모래 위로, 흐드러진 꽃 벌판을 가로질러,

유유히 산책하는 시냇물이 나는 더 좋다.[5]

---

4 Marcus Fabius Quintilianus. 고대 로마의 수사학자. 생몰년도는 자료에 따라 불분명하나, 대략 1세기 전반에 태어나 말엽에 사망한 것으로 추정된다. 그는 변론술을 가르쳤으며, 또한 웅변가를 양성하기 위한 교과서로서 12권으로 된 《수사학 강의Institutio Oratoria》를 저술했다.

5 J'aime mieux un ruisseau qui, sur la molle arène, / Dans un pré plein de fleurs lentement se promène, / Qu'un torrent débordé qui, d'un cours orageux, / Roule plein de gravier sur un terrain fangeux.

만약 부알로[6]의 이 시구가 《시법Art Poétique》에 들어 있다는 사실을 모른다면, 사람들은 이 4행의 알렉상드랭[7]을 자질이 의심스럽고 소박하기 짝이 없는 시로 취급할 수 있을 것이다. 부알로가 겨냥하는 것은 분명 시냇물의 묘사가 아니라 두 문체의 묘사이며, 퐁타니에도 이에 대한 언급을 빠뜨리지 않는다. "부알로는 감정이 격렬하고 음절 수가 일정하지 않으며 운율 구성에 규칙이 없는 문체보다, 화려하고 잘 다듬은 문체가 더 바람직하다는 생각을 내비치고 싶어 한다"(p. 115). 물론 이것을 이해하기 위해 구태여 퐁타니에의 해설이 필요하지는 않다. 이 4행시가 《시법》에 들어 있다는 단순한 사실만으로도 단어들이 알레고리적인 의미로 해석되기에 충분할 것이기 때문이다. 요점을 정리해보자. 첫째, 알레고리는 동일한 단어들에 적어도 두 가지 의미가 존재한다는 사실을 전제로 한다. 때로는 본래 의미가 사라져야 한다고도 하고, 때로는 두 의미가 모두 현존해야 한다고도 한다. 둘째, 그 이중적 의미는 **명백하게** 작품 속에 지시되고 있다. 그것은 독자의 해석(자의적이든 아니든) 영역에 속하지 않는다.

---

6 Nicolas Boileau, 1636-1711. 프랑스의 시인이자 비평가. 17세기 프랑스 고전주의 미학의 주요 이론가들 중 한 명이다. 17세기 말, 당대의 문화 관념에 대해 두 진영을 적대적으로 대립시키고 아카데미 프랑세즈를 동요시키던 문학적·예술적 논쟁인 '신구논쟁'에서 보수적인 구파를 이끌었다. 시인으로서 부알로는 고전주의 시의 원천과 법칙을 명확하게 고정시키려 했다. 이후 문인들과 사상가들이 그의 엄격한 규칙들에 반감을 가졌지만, 이성이 지배하는 조화로운 시구로써 생각을 정연하게 표현할 줄 아는 그의 기교 속에서 사람들은 여전히 그의 판단과 표현의 적확함과 견고함을 인정한다.

7 프랑스 작시법의 독특한 한 형태로 12음절로 이루어진 시구를 가리킨다.

이 두 가지 결론에 의거하여 환상 장르로 되돌아오자. 우리가 읽고 있는 글이 초자연적인 사건을 묘사하고 있는데도 불구하고, 단어들을 축자적 의미가 아니라 초자연적인 현상을 전혀 반영하지 않는 다른 어떤 의미로 이해해야 한다면, 거기에 환상적인 것이 일어날 여지는 더 이상 없다. 따라서 환상 장르(이것은 축자적으로 읽혀야 할 텍스트 유형에 속한다)와, 이차적 의미 즉 알레고리적 의미만 유지하는 순수 알레고리 사이에는 다양한 단계의 하위 문학 장르들이 존재한다. 그리고 그 단계들의 체계는 두 개의 요인, 즉 지시의 명확성과 본래 의미의 소멸 여부에 따라 구성될 것이다. 몇 개의 예들을 통해 이 분석을 좀 더 구체적인 것으로 만들 수 있을 것이다.

우화는 순수 알레고리에 가장 근접한 장르이다. 여기서 단어들의 본래 의미는 완전히 사라져버리는 경향이 있다. 요정이야기는 보통 초자연적 요소들을 포함하고 있는데, 때로는 우화와 유사하다. 이에 해당하는 작품으로 페로[8]의 이야기들을 꼽을 수 있다. 이들 작품에 알레고리적 의미는 최고로 높은 수준에서 **명시되어** 있다. 그 의미가 각 이야기의 말미에 몇 행의 시구詩句 형태로 요약되어 있는 것이다. 〈고수머리 리케Riquet à la houppe〉[9]를 예로 들어보자. 이것은 영리하지만 아주 못생긴 한 왕자의 이야기이다. 그는 자신이 선택한

---

8   Charles Perrault, 1628-1703. 프랑스의 문인으로, 특히 동화집《거위 엄마 이야기Contes de ma mère l'Oye》(1697)로 유명하다. 17세기 말의 '신구논쟁'에서 소장파를 이끄는 우두머리였으며, 많은 종교적인 텍스트를 쓰기도 했다. 그의 주된 작업은 프랑스의 구전문학을 채집하여 글로 다시 정리하는 것이었다. 그는 옛날이야기 장르를 형식화하는 데 크게 공헌했다.

9   원래 의미는 '도가머리 리케'이나, '곱슬머리 리케'라는 제목으로도 번역되어 있다.

사람들을 그 자신만큼 영리하게 만들 수 있는 능력을 가지고 있다. 다른 한편으로, 아주 아름답지만 멍청한 공주가 있는데, 그녀는 아름다움과 관련하여 왕자와 유사한 능력을 부여받았다. 왕자가 공주를 영리하게 만들어준다. 일 년 뒤, 수많은 주저 끝에 공주는 왕자에게 아름다움을 부여해준다. 이 일들은 초자연적인 사건들이다. 하지만 이야기 속에서 페로는 단어들을 알레고리적인 의미로 이해하라고 넌지시 말한다. "이러한 말들을 입 밖에 내자마자, 공주의 눈에는 고수머리 리케가 지금까지 세상에서 보았던 어느 누구보다 더 아름답고 성숙하고 친절한 남자로 보였다. 몇몇 사람들은 그런 일이 일어나게 된 것은 결코 요정의 마법 덕분이 아니며 오로지 사랑만이 그러한 변신을 이룰 수 있다고 자신 있게 말했다. 그들은 공주가 애인의 인내심에 대해, 그의 신중함에 대해, 그의 정신이 지닌 모든 훌륭한 점들에 대해 깊이 생각했고, 그러자 그의 신체적 결함과 얼굴의 추함이 그녀의 눈에는 더 이상 보이지 않게 되었다고 말했다. 그리고 그들의 말에 따르면, 그의 등에 솟은 불룩한 혹이 그녀에게는 그저 커다란 등을 가진 한 남자의 건강한 모습으로만 보였으며, 그때까지는 절뚝거리는 그의 모습이 끔찍하게 보였지만 이제 그녀는 약간 비스듬히 기운 그의 모습에서 매력을 느꼈을 뿐이었다. 또, 사팔뜨기였던 그의 눈은 더욱 빛나 보였고, 그녀의 머릿속에서 그 눈의 이상 증상은 사랑의 격렬한 분출을 나타내는 것처럼 여겨졌으며, 그의 붉은 주먹코가 그녀에게는 용맹하고 영웅적인 무언가를 지닌 것으로 느껴졌다고 그들은 말했다"(p. 252). 독자들이 그러한 점을 잘 이해했다는 것을 확인하기 위해, 페로는 마지막으로 "교훈 Moralité"을 덧붙인다.

이 이야기에서 사람들이 보는 것은
헛된 이야기가 아니라 진리 자체이다.
우리가 사랑하는 대상의 모든 것은 아름다우며,
우리가 사랑하는 대상은 누구나 현명하게 보인다.[10]

이러한 지시가 제시된 순간부터 초자연적인 것이 사라지는 것
은 당연하다. 즉, 우리는 누구나 같은 변신의 능력을 부여받았고,
요정들은 그것과 아무런 상관이 없다. 알레고리는 페로의 다른 이
야기들 속에서도 똑같이 명백하게 존재한다. 게다가 페로 자신이
그것에 대해 완벽하게 의식하고 있다. 그는 자신의 이야기 모음집
의 서문에서 알레고리적인 의미를 본질적인 것으로 간주하면서
("교훈은 모든 종류의 우화에서 가장 중요한 것……", p. 22) 이 문제
를 중요하게 다루고 있다.

독자에게는(이번에는 텍스트에 암묵적으로 내포된 독자가 아니라
실제 독자이다) 작자가 지시해주는 알레고리적 의미에 얽매이지 않
고 전혀 다른 의미를 발견하면서 텍스트를 읽을 권리가 온전하게
있다. 이 현상은 요즘 페로의 독서에도 일어나고 있는데, 오늘날의
독자는 작자가 옹호하던 교훈보다 오히려 성적 상징에 더 강한 인
상을 받는다.

알레고리적 의미는 요정이야기나 우화가 아닌 현대 단편소설 속
에서도 마찬가지로 명확하게 나타날 수 있다. 알퐁스 도데[11]의 〈황

---

10 Ce que l'on voit dans cet écrit, / Est moins un conte en l'air que la vérité
même. / Tout est beau dans ce que l'on aime; / Tout ce qu'on aime a de l'esprit.

11 Alphonse Daudet, 1840-1897. 프랑스의 작가. 첫 시집《연인들 Les Amoureuses》

금 뇌를 가진 사나이 L'Homme à la cervelle d'or〉가 이 경우를 잘 보여준다. 이 단편소설은 "황금으로 된 정수리와 뇌를 가진"(p. 217-218, 카스텍스가 엮은 최초의 판본을 인용한 것이다.) 한 사람이 겪는 불운한 사건들의 이야기이다. '황금으로 된'이라는 표현은 글자 그대로의 의미로('뛰어나다'라는 비유적 의미가 아니다) 사용되었다. 그럼에도 처음부터 작자는 진정한 의미는 바로 알레고리적인 의미라고 암시한다. 이렇게 말이다. "고백하건대, 나는 놀랄 만한 지적 능력을 부여받았고, 오직 내 부모와 나 자신만이 그 비밀을 알고 있었다. 나의 뇌만큼 값진 뇌를 가졌다면 누군들 똑똑하지 않았겠는가"(p. 218). 이 황금 뇌의 소유자에게 그것은 아주 종종 그나 가족이 필요로 하는 돈을 구하는 유일한 수단임이 밝혀진다. 그리고 그 뇌가 어떻게 조금씩 소진되어 가는지 이야기된다. 사람들이 그 뇌의 황금에게 빛을 얻을 때마다 작자는 그러한 행위의 '진정한' 의미를 우리에게 빠짐없이 암시해준다. "여기, 아주 소름끼치는 반론이 내 앞에 고개를 든다. 나는 이 남루한 뇌 조각을 내 몸에서 떼어내려고 한 만큼이나 나 자신의 지적 능력을 포기하고 있진 않았던가"(p. 220), "나는 돈이 필요했다. 나의 뇌는 금전적 가치를 지니고 있었고, 나는 정말로 나의 뇌를 지출하고 있었다"(p. 223), "내가 특히 놀랐던 것은 나의 뇌에 들어 있던 엄청난 양의 재산과 내가 그것을 소진시키는 데 무진장 쏟았던 노력이었다."(p. 224) [등.] 뇌에 의지하는 방책이

(1858)의 발표로 문단의 주목을 받았으며, 특히 〈풍차 방앗간 편지 Les Lettres de mon moulin〉(1866) 등, 출신지인 프로방스 지방의 정서와 색채를 잘 구현한 작품들로 널리 알려져 있다.

어떤 신체적 위험의 형태로 나타나지는 않지만, 그 대신 지적 능력이 위협받는다. 그리고 페로와 마찬가지로, 작자는 독자가 알레고리를 미처 이해하지 못했을 경우에 대비하여 말미에 이렇게 덧붙인다. "그러고 나서 나는 비탄에 잠겨 눈물을 펑펑 쏟으면서, 나처럼 자신의 뇌로 살아가는 그 많은 불운한 자들, 자신의 재능으로 먹고살아야 하는 예술가들, 이 무일푼의 문학가들에 대한 상념에 잠기게 되었다. 그리고 황금 뇌를 가진 사람의 고통을 아는 자가 이 세상에 필시 나 혼자는 아닐 것이라고 생각했다"(p. 225). 이런 유형의 알레고리에서 축자적 의미의 차원은 별 중요성이 없다. 모든 관심이 알레고리에 가 있는 만큼, 그 속에 있음직하지 않은 일들이 들어 있다고 해서 문제가 되진 않는다. 오늘날에는 이런 종류의 이야기들은 독자들의 입맛을 사로잡지 못하며, 명시적 알레고리는 하위문학으로 간주된다는 사실을 덧붙이기로 하자(그리고 이러한 비판에는 문학에 대한 어떤 이념적인 입장이 들어 있음을 어렵지 않게 볼 수 있다).

이제 한 단계 더 나아가자. 알레고리적 의미가 명백하게 존재하지만, 페로가 텍스트의 말미에 "교훈"을 넣었던 방법보다는 더 정교한 수단에 의해 지시되는 경우들이 있다. 발자크의 소설 《나귀 가죽》이 그 좋은 예가 될 것이다. 이 작품에서 초자연적인 요소는 가죽 자체이다. 그것의 비범한 물질적 특성과(그 가죽은 주어진 모든 시험을 견뎌낸다), 특히 그 소유자의 생명에 끼치는 그것의 마술적 힘이 초자연적인 성질을 띠는 것이다. 그 가죽에는 그것의 권능에 대한 설명이 기록되어 있다. 그것은 가죽을 소유하는 자의 생명의 이미지이자(가죽의 표면은 그의 수명에 상응한다), 동시에 소유자에게 자신의 욕망을 실현하는 하나의 수단이 된다. 하지만 매번 욕망이 이루어질 때마다 가죽은 조금씩 줄어든다. 이미지의 형식적인 복합성에 주목하자. 가죽은 생명에 대해서는 은유이고, 욕망에 대해서는 환유이며, 가죽이 형상화하는 이것들 사이에는 반비례 관계가 자리 잡고 있다.

우선, 가죽에 부여할 수밖에 없는 아주 명확한 의미작용이 벌써이 물건을 축자적인 의미 속에 가두지 않도록 유도한다. 나아가 수명과 욕망의 실현 사이의 그러한 반비례를 반영하는 이론들이 이소설의 여러 등장인물에 의해 전개된다. 이를테면 라파엘에게 가죽을 건네준 늙은 골동품상이 그러한데, 그는 "나귀 가죽을 보여주며쩌렁쩌렁한 목소리로 말한다. 이것은 **능력**과 **의지**의 결합입니다. 당신의 사회적 관념들, 당신의 과도한 욕망들, 당신의 무절제한 쾌락들, 당신을 죽도록 소진시키는 희열들, 살아 있음을 너무도 절실하게 느끼게 하는 당신의 고통들이 여기에 있습니다"(p. 39). 이러한견해는 마술 가죽이 등장하기 훨씬 전에 라파엘의 친구 라스티냑이이미 주장했다. 라스티냑은 사람들이 황급히 자살하지 않고 쾌락 속에서 감미롭게 자신의 생명을 떠나보낼 수는 있겠지만 그 결과는마찬가지일 것이라고 주장한다. "이보게, 무절제한 쾌락은 모든 죽음의 여왕일세. 바로 그것이야말로 급격한 뇌졸중을 지휘하는 것 아닌가? 뇌졸중은 표적을 절대 빗나가지 않는 총알 한 방과 다를 바없어. 디오니소스제縡는 모든 육체적 쾌락을 우리에게 제공해주지.그것은 바로 푼돈으로 살 수 있는 아편이 아닌가."(p. 172) 등. 라스티냑은 나귀 가죽이 의미하는 것과 사실상 같은 내용을 말하고 있다. 즉, 욕망의 실현은 죽음으로 이어진다는 것이다. 이미지의 알레고리적 의미가 **간접적으로** 그러나 명백하게 적시되었다.

알레고리의 일차적 차원에 대해 살펴본 것과는 달리, 이 작품에서는 축자적 의미가 상실되지 않고 있는데, 그 증거는 환상적 망설임이 지탱되고 있다는 데서 찾을 수 있다(알다시피 망설임은 축자적 의미의 차원에 있다). 가죽의 등장은 늙은 골동품상의 가게에 짙게 감도는 기이한 분위기의 묘사를 통해 준비된다. 뒤이어, 라파엘의 욕망들이 모두 있음직한 방법으로 실현된다. 그가 바라는 향연은 이미 친구들이 마련해둔 것이었고, 돈은 상속의 형태로 그의 수중으로 들어왔다. 그의 결투 상대의 죽음도 결투에 임하는 라파엘의 침착함을 보고 상대방이 공포에 질린 결과로 설명될 수 있다. 마지막으로, 라파엘의 죽음은 표면적으로는 초자연적인 것이 원인이 아니라 폐결핵에 기인한다. 결국, 오직 가죽의 비범한 특성들만이 경이 장르의 개입을 공개적으로 확인시켜 준다. 이 소설은 첫째 조건(기이함과 경이로움 사이의 망설임)의 위반 때문이 아니라, 셋째 조건의 결여 — 환상적인 효과가 알레고리에 의해 소멸된다 — 와 간접적으로 지시되는 알레고리 때문에 환상 장르가 부재하는 한 예이다.

〈베라〉 또한 같은 경우이다. 여기서는 합리적이거나 비합리적인 두 가능한 설명 사이의 망설임이, 특히 아톨 백작과 늙은 하인 레몽의 상이한 두 시각이 동시에 존재한다는 사실로 인해 지탱되고 있다(합리적인 설명은 광기를 원인으로 들 것이다). 백작은 극도로 사랑하고 원하게 되면 죽음을 이기고 사랑하는 사람을 환생시킬 수 있다고 믿는다(그리고 빌리에 드 릴아당은 독자들이 그렇게 믿게끔 하고 싶어 한다). 그러한 생각은 여러 번 간접적으로 암시된다. "실제로 아톨은 그가 그토록 사랑하던 여인의 죽음에 대한 전적인 무의식 상태에서 살고 있었다! 그는 여전히 자신 옆에 살아 있는 그녀의 모습을 볼 수밖에 없었다. 그만큼 그 젊은 여인의 모습은 그 자신의 모습과 하나가 되어 있었다"(p. 150). "그것은 어떤 미지의 위력에까지 고양된 죽음의 부정이었다!"(p. 151). "죽음은 어린 여자아이처럼 투명인간 놀이를 하는 것만 같았다. 죽음은 자신이 아주 많이 사랑받고 있다고 느낀 것이다! 그것은 참으로 **자연스러운** 일이었다"(p. 151-152). "아! 관념은 살아 있는 존재이다!······ 백작은 그 사랑하는 여인의 형상을 허공에 빚어 놓았었다. 그리고 그 빈자리는 오직 그것과 동질적인 그 존재에 의해 채워져야 했다. 그렇지 않으면 우주가 무너졌을 것이다"(p. 154). 이 모든 표현은 다가올 초자연적 사건, 즉 베라의 환생의 의미를 분명하게 지시해준다.

그리고 이 단편소설은 이야기의 서두가 첫 번째 알레고리 그룹과 같은 부류에 속하게 하는 추상적인 표현으로 시작되는 만큼, 환상적인 효과는 아주 약화된다. "사랑은 죽음보다 더 강하다고 솔로몬이 말했다. 그렇다. 사랑의 신비로운 힘은 무한하다"(p. 143). 이 이야기의 전체가 그렇게 하나의 생각을 예시하는 에피소드처럼 보이고, 환상적인 효과는 그것으로부터 치명적인 타격을 입는다.

알레고리가 약화되는 세 번째 단계는 이야기 속에서 독자가 심지어 알레고리적 해석과 축자적 독서 사이에서 **망설이게** 되는 경우이다. 텍스트 속에 어떤 것도 알레고리적 의미를 알려주지 않음에도 불구하고 그 의미가 여전히 가능한 경우가 이에 해당한다. 호프만의《제야除夜의 모험들Die Abenteuer der Sylvesternacht》에 들어 있는 〈잃어버린 그림자 이야기〉가 좋은 예이다. 이것은 에라스무스 슈피커라는 한 젊은 독일 남자의 이야기인데, 그는 이탈리아에 체류하는 동안 줄리에타라는 한 여자를 만나 열렬한 사랑에 빠지면서, 집

에서 자신을 기다리는 아내와 아이를 까마득히 잊어버린다. 그러나
어느 날 그는 다시 떠나야 하고, 그 이별은 그를 절망시킨다. 줄리에
타도 마찬가지이다. 줄리에타는 에라스무스를 더욱 강렬하게 껴안
으며 나지막한 목소리로 말했다. "저 거울 속에 비친 당신 그림자를
내게 남겨줘요. 오, 내 사랑. 저것을 영원히 간직할게요." 에라스무스
가 당황하자 줄리에타는 이렇게 말한다. "나는 당신의 것이에요. 당
신은 그런 나의 꿈조차, 저 거울 속에 비치는 내 꿈의 모습조차 내게
허락하지 않는군요. 몸과 마음 모두 나의 것이 되고 싶다던 당신이
말이에요? 이제 당신이 날 버리니 내 삶은 즐거움도 사랑도 더 이상
없을 거란 예감이 드는군요. 그런데도 당신 모습이 내 곁에 남아서
그런 내 삶의 동반자가 되는 것조차 당신은 원하지 않는 거잖아요?"
줄리에타의 검고 아름다운 두 눈에서 눈물이 비 오듯 흘러내렸다.
그러자 에라스무스는 고통과 사랑으로 끓어올라 외쳤다. "정녕코 내
가 당신을 떠나야만 하는 것이겠지요? 좋소! 나의 그림자는 영원히
당신 것이오"(《환상적인 이야기》 제2권, p. 226-227).

　　말이 떨어지기가 무섭게 일이 이루어진다. 에라스무스는 자신의
그림자를 잃어버린다. 여기서 우리는 축자적 의미의 차원에 있다.
에라스무스는 거울을 들여다보지만 전혀 아무것도 더 이상 볼 수가
없다. 그러나 그가 자신에게 닥친 갖가지 충격적인 일들을 겪는 동
안, 초자연적인 사건에 대한 모종의 해석이 조금씩 암시될 것이다.
그림자는 때때로 사회적 품위와 동일시되어, 어느 여행 도중에 에라
스무스는 그림자를 가지고 있지 않다는 사실로 비난받는다. "분노
와 수치심에 휩싸인 에라스무스는 자신의 방으로 도망치다시피 돌
아왔다. 그러나 그곳에 들어서자마자, 자신을 완벽하게 닮은 온전

한 그림자와 함께 한 시간 안으로 당국에 출두하지 않으면 그 도시를 떠나야 한다는 경찰의 통지를 받았다"(p. 230). 마찬가지로 나중에 그의 아내도 이렇게 말할 것이다. "게다가 당신은 그림자가 없으니 모든 사람들의 웃음거리가 될 것이고, 아내와 자식들에게 존경심을 불러일으킬 수 있는 정상적이고 완전한 가장이 될 수 없을 것이라고 쉽게 상상해버려요"(p. 235). 이 등장인물들이 그림자의 부재에 대해 달리 놀라지 않는다는 사실로 인해(그들은 이 사실을 놀랍기보다는 부적절한 것으로 생각한다), 우리는 그 부재를 글자 뜻 그대로 받아들여서는 안 될 것이라고 가정하게 된다. 동시에, 그림자는 단순히 인격의 일부분을 가리킬 뿐이라는 점이 우리에게 암시되고 있다(이 경우라면, 그림자의 상실에는 아무런 초자연적인 현상도 없을 것이다). 에라스무스 자신이 그렇게 반응한다. "그는 사람들이 그림자를 잃어버릴 수 있다고 믿는 것이 실은 어불성설이지만, 만에 하나 그것이 사실이라 하더라도 그것이 대단한 상실은 아닐 것이라는 점을 증명하려고 애썼다. 왜냐하면 모든 그림자는 환영에 불과하니까, 자기 자신의 관조에 빠져드는 것은 자만심으로 가는 지름길이니까, 그리고 닮은 이미지는 진짜 **나**를 진실과 망상으로 양분시키니까"(p. 230-231). 이것이야말로 잃어버린 그림자에 부여해야 할 알레고리적 의미를 지시하는 한 징후이다. 그러나 그것이 텍스트의 나머지에 의해 지지받지 못하고 고립되어 있으므로, 독자가 그것을 받아들이기에 앞서 망설일 여지는 꽤 있다.

에드거 앨런 포의 〈윌리엄 윌슨William Wilson〉은 마침 같은 주제에 관한 유사한 예를 하나 제공해준다. 그것은 자신의 분신에게 괴롭힘을 당하는 한 남자의 이야기이다. 이 분신이 실제의 한 인간인지, 아니면 그 자칭 분신이 이 남자의 인격의 한 부분, 즉 그의 의식을 체현하는 일종의 화신일 뿐인지, 다시 말해 작자가 하나의 알레고리적 이야기를 우리에게 들려주려는 것인지 판단하는 것은 어렵다. 특히 믿기 어려울 만큼 흡사한 두 남자의 서로 닮은 모습은 이 두 번째 해석에 유리한 근거가 된다. 그들은 같은 이름을 가지고 있으며, 같은 날짜에 태어났다. 그리고 같은 날 학교에 입학했고, 같은 외모에다 걸음걸이까지 닮았다. 오직 한 가지 중요한 차이는 — 이것 또한 알레고리적 의미를 갖지 않을까 — 목소리에 있다. "나의 라이벌은 성대에 약점이 있었다. 이 때문에 그는 **아주 저음의 속삭임 이상으로 높이** 목소리를 올릴 수가 없었다"(N. H. E., p. 46). 분신은 마치 요술이라도 부리듯, 윌리엄 윌슨의 삶에서 중요한 순간에는 예외 없이 나타난다("로마에서는 내 욕망을, 파리에서는 내 복수를, 나폴리에서는 내 열정적인 사랑을 방해했던 자, 그자가 이집트에서는 부당하게 탐욕이라 부르며 내 행동을 방해했다." p. 58). 그런데, 설명하긴 어렵지만 실제로 존재하는 여러 외적 특성을 통해 그의 신원이 확인된다. 이를테면 옥스퍼드에서 벌어진 충격적인 외투 사건에 대해 그는 이렇게 말한다. "내가 가져왔던 그 외투는 고급 모피였다. 희귀한데다, 엄청나게 비싼 옷이었다는 건 새삼 말할 필요도 없다. 게다가 그것은 내가 직접 고안한 독특한 디자인이었다……. 프레스턴 씨가 그의 방문 옆, 바닥에서 옷을 주워 내게 건넸을 때, 나는 내 옷을 이미 들고 있다는 사실을 깨달았다. 의식적으로 내 외투를 팔에 걸어 두었던 것이다. 그 순간은 정말이지 내게 거의 공포에 가까운 경악이었다. 그런데 그가 내게 내민 옷은 내 것을 가장 세밀한 곳까지 정확히 본뜬 모조품이었다"(p. 56-57). 그 외투가 어쩌면 두 벌이 아니라 단 한 벌만 있을 것이라고 생각하지 않는 한, 그 우연의 일치는 정말 놀랍다.

이 이야기의 결말은 우리를 알레고리적 의미 쪽으로 몰아간다. 윌리엄 윌슨은 격투장에서 자신의 분신을 자극하여 그에게 치명적인 상처를 입힌다. 그러자 상대는 비틀거리며 그에게 말을 한다. "네가 이겼어. 내가 굴복한다. 하지만 이제부터 너 역시 죽은 거야 — 세상에서, 하늘에서 그리고 희망에서 죽은 거라고! 넌 내 안에 존재하고 있었지. 내 죽음을 들여다봐. 이 모습은 너의 것이기도 하지. 이 모습을 통해 봐, 네가 얼마나 철저하게 너 자신을 살해했는지!"(p. 60). 이 말은 알레고리를 전적으로 드러내주는 것 같다. 하지만 그 말은 축자적인 차원에서도 나름 적합한 의미를 지닌다. 요컨대 여기서 문제되는 것은 순수 알레고리라고 할 수 없다. 우리는 오히려 독자의 망설임에 직면해 있다.

고골의 〈코Hoc / Le Nez〉는 한 극단적인 사례이다. 이 이야기는 환상 장르의 첫 번째 조건, 즉 현실과 상상(혹은 망상) 사이의 망설임을 유지하지 않고, 단박에 경이 장르 속에 위치된다(어떤 코 하나가 그 소유자의 얼굴에서 떨어져나간 다음, 사람이 되어 독립적인 삶을 영위하다가 다시 제자리로 돌아온다). 그러나 텍스트의 몇 가지 다른 특징이 다른 어떤 관점, 특히 알레고리적 관점을 암시한다. 이번에는 은유적인 표현들이 '코'라는 단어를 다시 끌어들인다. 이를테면 그 단어는 성姓이 된다('내 코 씨'[12]). 또, 이야기의 주인공인 코발리오

---

12 'M. Monnez'. 토도로프는 프랑스 독자들을 위해, 프랑스어로 '나의 코'를 의미하는 'Monnez'로 번역하여 예를 제시한 것 같다.

프는 품위 있는 남자라면 코를 빼앗기지는 않을 것이라는 말을 듣는다. 마지막으로 '코를 쥔다'라는 표현은 '얼빠진 상태로 남겨놓다'를 의미하는 관용적 표현인 '코와 함께 남겨둔다'로 변화되어버린다. 이처럼 '코'가 다른 곳에서도 축자적인 의미와는 다른 의미를 갖는 건 아닐까 하는 독자의 의문에는 타당한 이유가 있다. 게다가 고골이 묘사하는 세계는 흔히 기대할 수 있는 경이의 세계가 전혀 아니다. 그와는 반대로, 그것은 지극히 소소한 일상들이 벌어지는 상트페테르부르크의 삶이다. 따라서 그 초자연적 요소들은 우리의 세계와는 다른 어떤 세계를 떠올리기 위한 것들이 전혀 아니다. 그러니 이제 그것들의 알레고리적 해석을 시도해보기로 하자.

그러나 독자는 이 지점에 이르러 돌연 당혹감에 멈칫할 것이다. 정신분석적 해석(코의 상실은 거세를 의미한다고 한다)은 설령 그것이 만족스럽다 해도 알레고리적 의미는 아닐 것이다. 텍스트 속에는 우리를 그쪽으로 명백하게 불러들이는 요소가 없기 때문이다. 게다가 그런 해석으로는 코가 사람으로 변하는 것은 설명되지 않을 것이다. 또, 사회적 알레고리에 대해서도 마찬가지이다(여기서 잃어버린 코는 호프만의 잃어버린 그림자와 같은 가치를 지닌다). 그러한 알레고리를 드러내는 증거들이 더 많은 것은 사실이지만, 그렇다고 그 알레고리가 핵심적인 변화를 더 잘 설명해주지는 못한다. 더구나 독자는 사건들에 아무런 동기가 없다는 느낌을 받는데, 이것은 알레고리적 의미의 요구에 모순된다. 이 모순된 느낌은 결론과 함께 부각된다. 작자는 결말에서 독자에게 직접적으로 말을 건네면서, 텍스트에 암묵적으로 내포된 독자 기능을 명시적인 것으로 만들고, 또 그렇게 함으로써 하나의 알레고리적 의미의 출현을 용이하게 한다. 그러나 그와 동시에, 작자는 그런 의미가 발견될 수 없음을 확인시켜 준다. "하지만 가장 기이하고 가장 불가해한 것은 소설가들이 그런 주제들을 선택할 수 있다는 점이다. (…) 첫째, 이 사건을 주제로 해 보았자 국가에 전혀 이득이 되는 것도 아니고, 둘째로…… 그러니까 둘째도 역시, 하등의 이익도 없다는 것이다"(p. 112). 이야기의 초자 연적 요소들에 하나의 알레고리적 의미를 부여할 수 없다는 사실은 우리를 축자적 의미로 되돌려 보낸다. 이 차원에서, 〈코〉는 순전히 부조리 내지는 불가능의 구현이 된다. 설령 변신을 인정한다 하더라 도, 우리는 등장인물들이 그것을 목격하고도 아무런 반응을 보이지 않는다는 사실을 설명할 수 없을 것이다. 고골이 주장하고자 하는 것은 정확히 넌센스이다.

따라서 〈코〉는 알레고리의 문제를 이중적으로 제기한다. 그 하 나는, 실제로는 알레고리적 의미가 끝까지 부재함에도 흡사 거기 에 있기라도 한 것 같은 인상을 불러일으키는 것이 가능하다는 것 을 보여준다. 또 다른 하나는, 여러 가지 코의 변신을 이야기하면서, 이 단편소설은 알레고리의 모험 자체를 그리고 있다. 그러한 특징들 (그리고 몇몇 다른 것들)을 통해, 〈코〉는 초자연적인 세계를 다루는 문학이 20세기에는 어떤 것이 될지 예고한다(10장을 참조하기 바 란다).

지금까지 탐구한 것을 요약하자. 우리는 명백한 알레고리(페로, 도데)에서 간접적 알레고리(발자크, 빌리에 드 릴아당)와 '망설이는' 알레고리(호프만, 에드거 앨런 포)를 거쳐, 유사 알레고리(고골)에 이르기까지 여러 단계를 구분했다. 그 어느 경우에도 환상적인 것 이 문제되었다. 텍스트의 내부에 알레고리에 대한 명확한 정보들이 발견되지 않는 한, 알레고리에 대해 운운할 수 없다는 것을 강조해야겠다. 그렇지 않은 경우, 순전히 독자의 해석으로 옮겨가게 된다. 그리고 그 순간부터 알레고리가 아닌 문학 텍스트는 존재하지 않게 될 것이다. 왜냐하면 끝없이 독자들에 의해 해석되고 재해석되는 것이 문학의 고유한 속성이기 때문이다.

05

환상적
담론

방금 우리는 환상 장르를 시와 알레고리라는 다른 두 장르와의 관계 속에 위치시켰다. 모든 허구, 모든 축자적 의미가 환상적인 것과 연결되어 있는 것은 아니다. 하지만 모든 환상적인 것은 허구 및 축자적 의미에 연결되어 있다. 따라서 이 두 조건은 환상 장르의 성립을 위해 필수적이다.

이제 우리는 환상적인 것의 정의를 완전하고 명백한 것으로 간주할 수 있다. 그럼에도 하나의 장르를 연구할 때 해야 할 작업이 아직 남았다면, 그것은 무엇일까? 이 질문에 대답하기 위해서는 우리의 분석에 깔려 있는 전제들 중 하나를 기억해야 한다. 처음 논의를 시작할 때 우리는 이에 대해 간략하게 언급한 바 있다. 우리의 논의는, 모든 문학 텍스트는 하나의 체계처럼 기능한다는 것을 전제로 한다. 이 말은 텍스트를 구성하는 부분들 사이에는 자의적이지 않은 필수적 관계들이 존재한다는 것을 의미한다. 퀴비에[1]가 자신이 가진 단 하나의 척추 뼈마디에서 출발하여 원래의 동물 이미지를 재구성함으로써 동시대인들의 찬사를 받았음을 상기해보자. 그렇듯 문학 작품의 구조를 알고 있다면, 우리는 단 하나의 특성에 대한 지식에서 출발하여 나머지 모든 특성들을 재구성할 수 있어야 할 것이다. 더구나 퀴비에 또한 개별 동물이 아니라 종種을 정의한다고 주장했으므로, 유사성은 정확히 장르의 차원에 적용된다.

이 공리를 받아들인다면, 우리의 작업이 왜 아직 끝나지 않았는지 쉽게 이해할 수 있다. 작품의 다른 특성들에 영향을 끼치지 않는 것을 그 작품의 특성 중 하나로 설정하기는 불가능하다. 따라서 선택된 특성이 다른 것들에 어떻게 작용하는지 알아내고, 그것의 영향들을 밝혀내야 한다. 문학 작품이 정말 하나의 구조를 형성한다면, 환상 장르를 규정하는 그 애매성, 즉 독자의 애매한 지각의 결과들이 문학 텍스트의 모든 차원에 나타나야만 한다.

이 요구사항을 제시하는 순간부터 우리는 또한, 환상 장르를 다루는 여러 저자들이 무절제에 휩쓸려가 버렸던 경향을 경계해야 한다. 몇몇 저자들은 작품의 모든 특징을 필수적인 것으로 제시했고, 때로는 아주 사소한 세부사항까지 거기에 포함시키기도 했다. 예를

---

1   Jean Léopold Nicolas Frédéric Cuvier, 1769-1832. 일명 Georges Cuvier. 고
    생물학과 비교해부학의 주창자. 그의 삶의 방향을 결정해준 것은 뷔퐁의 독서
    였고, 혁명 시기에 칩거하여 화석을 수집하고 살아 있는 종들을 비교하며 자연
    사 연구에 몰두했다. 그는 몇 개의 뼛조각에서 출발하여 뼈의 구조를 재구성할
    수 있는 형태들의 상관관계 법칙을 연역해낸다. 아주 일찍부터 그는 동물계의
    새로운 분류법이 필요하다는 것을 직관적으로 알고 있었다.

들어 환상 장르에 대한 펜졸트의 책에는 흑색소설에 대한 세밀한 기술記述이 있다(그러나 독창적이라고 자처하지는 않는다). 펜졸트는 함정과 지하묘지의 존재까지도 명시하고, 중세적인 배경, 유령의 수동성 등을 언급한다. 그러한 세부사항들은 역사적으로 사실일 수 있다. 그리고 당초 문학적 '시니피앙'의 차원에 어떤 구성이 존재함을 부정할 수도 없다. 하지만 그것들에서 어떤 이론적 논거를 찾아내기는 어렵다(최소한 현재 우리가 알고 있는 범위 내에서 그렇다). 그런 상황에서는, 장르의 관점에서 접근하는 대신 각각의 개별 작품에 대해 그 세부사항들을 검토해야 한다. 여기서 우리의 입장은 꽤 일반적인 특성들에만 논의를 한정한다는 것인데, 그 이유는 우리가 그것들의 구조적인 근거를 제시할 수 있기 때문이다. 아울러 우리는 모든 측면에 동등하게 주의를 기울이지 않을 것임을 밝혀둔다. 작품의 언어표현적, 통사적 양상들에 속하는 몇몇 특징은 간략하게 검토할 것이며, 의미작용적 양상은 이 연구의 마지막 순간까지 우리의 관심사가 될 것이다.

먼저, 구조적 통일성이 어떻게 실현되는지를 특히 잘 보여주는 세 가지 속성부터 시작하자. 첫 번째 것은 언표에, 두 번째 것은 언술에 속한다(따라서 이 둘 모두 언어표현적 양상에 속한다). 세 번째 것은 통사적 양상에 속한다.

I. 첫 번째 특징은 비유적 담론의 어떤 용법이다. 초자연적인 것은 비유적 의미를 글자 뜻 그대로 해석하는 데에서 종종 생겨난다. 사실, 수사적 문채는 여러 방식으로 환상적인 것과 연결되어 있으며, 우리는 그 관계들을 구분해야 한다.

첫 번째 관계에 대해서는 이미 《천일야화》 속 과장의 경이와 관련하여 말한 바 있다. 초자연적인 것은 그 원천을 때때로 비유적 이미지 속에서 찾을 수 있으며, 과장의 경이의 극치가 될 수 있는데, 신드바드 이야기에 등장하는 거대한 뱀이나 새들이 그 예이다. 이때 이야기는 과장법에서 환상적인 것으로 미끄러져가게 된다. 우리는 윌리엄 벡퍼드[2]의 《바텍Vathek》에서 이 기법이 체계적으로 사용되고 있음을 관찰할 수 있다. 그 속에서 초자연적인 것은 수사적 문채의 연장선으로서 나타나는데, 이슬람 칼리프인 바텍의 궁정 생활 묘사에 나오는 몇 가지 예가 여기 있다. 바텍은 어떤 비문秘文을 해독하는 자에게 큰 포상을 내리겠다고 고시한다. 그러나 무능력자를 가려내기 위해서, 해독하지 못하는 자들에게는 "가장 보잘것없는 털까지" 수염을 싹 다 태움으로써 벌하기로 결정한다. 결과는 어떻게 되었을까? "박식한 자들, 반쯤 박식한 자들, 그리고 그 어느 쪽도 아니지만 뭐든 할 수 있다고 믿던 자들이 자신의 수염을 운에 걸기 위해 용감하게 모여들었고, 모두 수염을 잃어버렸다. 환관들은 수염 태우는 일만 했다. 이 때문에 누린내가 그들 몸에 속속들이 배게 되었다. 후궁 여인들이 그 냄새에 너무도 괴로워하자, 그 일을 다른 사람들에게 맡겨야 했다"(p. 78-79).

---

2   William Thomas Beckford, 1760-1844. 영국의 예술비평가, 소설가, 정치가. 그의 예술 컬렉션과 고딕 소설 《바텍》(1786)으로 널리 알려져 있다. 이 소설은 프랑스어로 쓰여 파리에서 먼저 발표되었고, 새뮤얼 헨리에 의해 원작자의 이름 없이 아랍 텍스트인 것처럼 꾸며져 'An Arabian Tale, From an Unpublished Manuscript'라는 제목으로 영역되어 출판되었다가(1786), 제3판 발행 시 작자에 의해 직접 개정되어 출판되었다(1816).

과장은 초자연적인 영역으로 데려간다. 여기에 또 다른 예가 있다. 악마는 칼리프에게 항상 갈증을 느끼는 저주를 내렸다. 그런데 벡퍼드는 단지 이 칼리프가 많은 양의 음료수를 들이킨다고 표현하는 데 그치지 않고, 엄청난 양의 물을 상상하게 하면서 우리를 초자연적인 세계로 데려간다. "초자연적인[!] 갈증이 그를 소진시켰다. 깔때기처럼 열린 그의 입속으로 밤낮없이 음료수가 콸콸 쏟아졌다"(p. 80). "수정으로 만든 커다란 잔들을 채우느라 저마다 여념이 없었고, 다투어 그에게 마실 것을 대령했다. 하지만 그들의 열렬한 헌신도 그의 갈구에 부응하지 못했다. 그는 자주 땅바닥에 엎드려 물을 핥아먹기까지 했다"(p. 81).

그중에서 가장 설득력이 있는 예는 공으로 변신하는 인도인의 예이다. 상황은 다음과 같다. 이 인도인은 변장한 아류 악마인데, 칼리프의 식사에 참석한다. 그러나 그의 행동거지가 너무도 거슬려 바텍은 더 이상 참지 못한다. "그는 발길질로 단번에 그〔인도인〕를 단상에서 내동댕이치고는, 그를 다시 쫓아 번개처럼 후려친다. 그 날렵함이 어전의 모든 각료들을 흥분시켰고, 너도나도 그를 뒤따른다. 발이란 발은 모두 공중에 떠 있다. 그들은 한 번의 발길질에 만족하지 않고, 제발 한 방 더 하는 생각을 갖는다. 인도인은 적당히 협조를 해준다. 그는 작은 키의 몸을 공 모양으로 둥글게 말았고, 달려드는 자들의 발길질 아래로 굴러다녔다. 그들은 믿어지지 않는 악착스러움으로 그를 쫓아갔다. 그렇게 공은 이 별궁 저 별궁, 이 방저 방 굴러다니며, 만나는 사람들 모두 그의 뒤를 따라오게끔 유인했다"(p. 84). 그리하여 '몸을 공 모양으로 말다'라는 표현이 진정한 변신으로 이행하고 있는데(그렇지 않으면 어떻게 이 별궁에서 저 별

궁으로 굴러가는 장면이 묘사되겠는가?), 공을 뒤쫓는 장면에서는 규모가 점점 더 거대해진다. "그렇게 궁전의 거실들이며 침실들, 부엌들과 정원들, 마구간들을 모두 지나간 다음, 인도인은 마침내 큰길이 있는 쪽으로 접어들었다. 누구보다도 악착스러운 칼리프는 그를 바싹 뒤쫓아가, 할 수 있는 만큼 최대한 많은 발길질을 그에게 퍼부었다. 칼리프는 격앙된 나머지, 공에게 질렀던 몇 번의 뒷발길질이 그 자신에게로 되돌아왔다. (…) 그 지옥 같은 공을 보는 것만으로도 누구나 그 뒤를 쫓아가고 싶어졌다. 무에진들[3]마저, 멀리서 그 공을 보았음에도 불구하고 사원의 첨탑에서 내려와 무리에 합류했다. 오래지 않아 사마라시市의 집들에는 오직 지체 장애자들, 앉은뱅이들, 사경을 헤매는 자들, 더욱 빨리 달리기 위해 유모들이 내려놓은 젖먹이들만 남을 지경으로 군중이 불어났다. (…) 마침내 그 빌어먹을 인도인은 그 공 형태로 거리와 광장들을 두루 내달려 도시를 텅 비워놓고는, 카툴 평원으로 가는 길로 접어들었다. 그리고 네 개의 샘물이 있는 산발치의 한 계곡으로 들어가버렸다"(p. 87).

이 예를 통해 우리는 이미 수사적 문체들과 환상 장르의 두 번째 관계에 들어와 있다. 즉, 환상적인 것은 **비유적** 표현의 **본래** 의미를 실현한다. 우리는 〈베라〉의 시작 부분에서 그 예를 보았다. 이야기는 "사랑은 죽음보다 더 강하다"라는 표현을 장차 글자 그대로 받아들일 것이다. 같은 기법이 포토츠키에게도 존재한다. 란둘프 드 페라라 이야기의 한 에피소드가 여기 있다. "그 가엾은 여인은 딸과

3　Muezzin. 터키어 'müezzin'에서 온 말로, 그 어원은 아랍어 'muaddin'이다. 하루에 다섯 번 이슬람 사원에서 예배시간을 알리는 사람을 일컫는 말이다.

함께 막 식탁에 앉으려던 참이었다. 그녀는 아들이 들어오는 것을 보자, 그에게 블랑카가 저녁을 먹으러 올 것인지 물었다[오지 않으면 란돌프의 애인인 블랑카는 어머니의 남동생에 의해 살해된 것이다]. '제발 그녀가 와서 어머니와 외삼촌과 잠피 일가의 어머니 가족을 모두 지옥에 데려갈 수 있었으면 좋겠어요!' 란돌프가 말했다. 가엾은 어머니는 털썩 쓰러지며 무릎을 꿇었다. 그리고 말했다. '오! 하느님! 저 아이의 불경한 말을 용서하소서.' 그 순간 문이 요란한 소리를 내며 열렸고, 비수에 갈기갈기 찢긴 창백한 유령 하나가, 그럼에도 여전히 블랑카와 끔찍하게 닮은 모습으로, 들어왔다"(p. 94). 따라서 그 단순 저주는 본래 의미가 여기서 더 이상 통상적으로 이해되지 않고 글자 뜻 그대로 받아들여지고 있다.

그러나 우리에게 가장 흥미로운 것은 수사적 문체의 세 번째 용법이다. 앞선 두 경우에는 비유가 초자연적 요소의 원천, 즉 그것이 배태된 근원이었고 이들 사이의 관계는 통시적이었다. 이에 반해 세 번째 경우, 그 관계는 **공시적**이다. 비유와 초자연적 요소는 같은 차원에 있으며, 이들의 관계는 '어원적'이 아니라 기능적이다. 여기서는 일련의 비유들, 비유적 표현들, 혹은 공동의 언어체계 속에서 아주 일반적으로 쓰이지만 글자 뜻 그대로 받아들이면 초자연적인 사건을 가리키게 되는, 단순히 관용적인 표현들이 환상적 요소의 등장보다 앞서 나타난다. 그 초자연적인 사건은 바로 이야기의 끝부분에 발생한다. 〈코〉에서도 여러 예들을 보았지만, 사실 그 수는 헤아릴 수 없이 많다. 메리메의 〈일르의 비너스〉를 예로 들어보자. 여기서의 초자연적 사건은 한 청동상이 생명을 얻어, 그것의 손가락에 자신의 결혼반지를 끼워둔 어느 경솔한 새신랑을 포옹하여 죽일 때

일어난다. 사건에 앞서 등장했던 비유적 표현들에 의해 어떻게 독자가 '조건지어지는지' 살펴보자. 한 농부가 조각상을 묘사한다. "그녀는 커다랗고 새하얀 두 눈으로 나리를 응시하죠……. 마치 그녀가 나리의 얼굴을 뚫어지게 바라보는 것 같을 거예요"(p. 145). 초상화의 눈에 대해 살아 있는 것처럼 보인다고 말하는 것은 흔히 있는 일이다. 하지만 여기서 그 흔한 표현은 우리에게 실제로 '살아 움직임'을 예고한다. 이야기가 진행되면서 새신랑은 자신이 조각상의 손가락에 끼워둔 반지를 찾기 위해 아무도 보내고 싶지 않은 이유를 이렇게 설명한다. "게다가 이 고장 사람들이 나의 부주의에 대해 뭐라고 생각하겠어요? (…) 그들은 나를 조각상의 신랑이라고 부를 거예요……"(p. 166). 이것 역시 단순한 비유적 표현이다. 하지만 이야기의 끝부분에서, 조각상은 실제로 마치 자신이 알퐁스의 신부인 것처럼 행동할 것이다. 그리고 사고가 난 다음, 화자는 알퐁스의 죽은 몸을 이렇게 묘사한다. "나는 그의 셔츠를 열어젖혔다. 그리고 가슴에서 시작해 옆구리와 등으로 길게 이어지는 푸르스름한 자국을 보았다. 마치 그의 몸이 쇠고리 속에 꼭 죄어 있던 것처럼 보였다"(p. 173). 그렇다. 어디까지나 '것처럼 보였다'는 것이다. 그런데 초자연적인 해석이 우리에게 암시하는 것은 바로 그것이다. 그 운명의 밤을 보낸 후, 새신부가 들려주는 이야기도 여전히 마찬가지이다. "누군가가 들어왔어요. (…) 잠시 후, 마치 엄청난 무게가 실린 것처럼 침대가 삐걱거리는 소리를 냈어요"(p. 175). 보다시피 매번 비유적인 표현이 '……것 같다', '그들이 나를 ……라고 부를 것이다', '……처럼 보였다', '마치'와 같이, 양태를 부여하는 공식과 같은 문구에 의해 도입되었다.

이것은 메리메만의 특유한 기법이 전혀 아니고, 거의 모든 환상 문학 작가에게서 발견되는 것이다. 〈이네스 드 라스 시에라스〉에서 노디에는 우리가 유령으로 받아들여야 할 어떤 기이한 존재의 등장을 이렇게 묘사한다. "그 모습에는 이 세상에 속할 것 같은 어떤 흔적도 남아 있지 않았다……"(p. 682). 그자가 정말 유령이라면, 적들의 심장에 불타는 손을 얹어 징벌했다는 전설 속의 인물임에 틀림없다. 그러면 이네스는 실제로 무엇을 하고 있는가? "세르지(청중 가운데 한 사람)의 목에 한 팔을 두르고, 때때로 에스테반의 전설이 우리에게 이야기해 주었던 그 손만큼이나 뜨거운 손을 그의 가슴에 얹으며 이네스가 말했다. '딱 맞는 사람이 바로 여기 있군요.'"(p. 687). 여기서는 '우연한 일치'가 비유에 겹을 대고 있다. 이 잠재적 유령, 이네스는 거기서 그치지 않는다. "'불가사의한 일이에요!' 돌연 그녀가 덧붙였다. '어떤 호의적인 악마가 내 허리띠 속으로 캐스터네츠를 슬그머니 집어넣었어요…….'"(p. 689).

〈베라〉에서 빌리에 드 릴아당 역시 같은 기법을 사용한다. "그들에게 있어 정신은 육체 속에 너무도 잘 스며들어 있어서, 자신들의 모습이 지성적인 것처럼 느껴졌다……"(p. 147), "마치 살의 온기로 인한 듯, 진주알들은 아직 따뜻했고 빛은 더욱 은은했다. (…) 그날 저녁 오팔 목걸이는 마치 방금 풀어놓은 듯 반짝였다……"(p. 152). 두 번에 걸친 이 환생의 암시는 '마치'라는 표현을 통해 도입되었다.

모파상에게서도 같은 기법을 관찰할 수 있다. 〈머리카락La Chevelure〉에서 화자는 책상 비밀서랍 속에서 한 가닥의 땋은 머리카락을 발견한다. 그는 그 머리카락이 잘라낸 것이 아니며, 그 자리에 머리카락의 주인인 여자가 함께 있는 것 같다는 느낌을 받을 것이다. 그러한 출현이 어떻게 준비되고 있는지 보자. "마치 여인의 얼굴이 그러하듯이 하나의 물체가…… 당신을 유혹하고, 당신을 혼란에 빠뜨리고, 당신을 사로잡는다." 또 있다. "당신은 그것[많은 머리카락]을 마치 살아 있는 사람인 양 눈과 손으로 어루만진다. (…) 연인의 다정함으로 그것을 바라다보게 될 것이다"(p. 142). 그렇게 우리는 생명이 없는 물체인 머리카락에 대해 화자가 장차 품게 될 '비정상적인' 사랑에 대하여 준비되었던 것이다. 다시 한 번 더 '마치'의 사용에 주목하자.

〈누가 아는가?Qui sait?〉에서, "빽빽하게 들어선 나무 무리들은 나의 집을 파묻은 무덤처럼 보였다"(p. 96). 단박에 우리는 이 단편소설의 음침한 분위기 속으로 인도된다. 좀 더 뒤에는 이런 구절도 있다. "나는 마치 마법이 서린 왕국으로 침투해 들어가는 암흑시대의 기사처럼 나아가고 있었다"(p. 104). 이 순간 우리가 들어가는 곳도 바로 마법의 왕국이다. 이러한 수많은 다양한 예들은 이것들이 개인의 문체적 특성이 아니라 환상 장르의 구조와 연결된 하나의 속성이라는 사실을 명백하게 보여준다.

환상 장르와 비유적 담론 사이에 관찰되는 이러한 상이한 관계들로 인해, 환상 장르와 비유적 담론은 서로가 무엇인지 분명히 밝혀준다. 환상적인 것이 끊임없이 수사적 문채를 사용한다면, 그 이유는 환상적인 것이 그 배태의 근원을 수사적 문채에서 찾았기 때문이다. 초자연적인 것은 언어로부터 생성되며, 그것의 결과이자 증거이다. 다시 말해 오직 말 속에만 악마와 흡혈귀가 존재할 뿐이며, 또한 오직 언어만이, 항상 부재하는 것 즉 초자연적인 것을 상상할 수 있게 해준다. 따라서 초자연적인 것은 수사적 문채와 동일한 자격으로 언어의 한 상징이 되며, 텍스트에 그려진 형상은 앞서 보았듯이 축자적 의미에 부합하는 가장 순수한 형식이다.

Ⅱ. 비유적 담론의 사용은 언표의 한 특징이다. 이제 환상적 이야기의 두 번째 구조적 특성을 관찰하기 위해 언술로, 더 정확히는 화자의 문제로 옮겨가자. 환상소설에서 화자는 보통 '나'라고 말한다. 이것은 쉽게 확인할 수 있는 경험적 사실이다. 《사랑에 빠진 악마》, 《사라고사에서 발견된 원고》, 《오렐리아》, 고티에와 포의 단편소설들, 〈일르의 비너스〉, 〈이네스 드 라스 시에라스〉, 모파상의 단편소설들, 호프만의 몇몇 이야기들 등 이 모든 작품은 이 규칙을 따른다. 예외가 있지만, 그 예외들 대부분은 여러 다른 관점에서 볼 때도 환상 장르를 벗어나는 텍스트들이다.

이 사실을 잘 이해하기 위해서는 우리의 전제들 가운데 하나로 되돌아와야 하는데, 그것은 문학적 담론의 지위와 관련되어 있다. 문학 텍스트의 문장들은 대개 단정적인 형태를 띠긴 하지만 그것들은 진정한 단언이 아니다. 왜냐하면 그 문장들은 핵심적인 한 조건, 즉 진실 검증을 이행하지 않기 때문이다. 달리 말해, 한 권의 책이 "장Jean은 방 안의 침대에 누워 있었다"와 같은 문장으로 시작할 때 우리는 그것이 사실인지 아닌지 물을 권리를 갖지 않는다. 그러한 질문은 의미가 없다. 문학적 언어는 진실 검증이 불가능한, 약속에 의해 정해지는 언어체계이다. 진실은 단어들과 그 단어들이 지칭하는 사물들 사이의 한 관계이다. 그런데 문학에 그 '사물들'은 존재하지 않는다. 그 대신 문학에는 유효성과 내적 일관성의 요구에 대한 인식이 있다. 같은 소설책의 다음 장에서 "장의 방에는 어떤 침대도 없다"고 말하면, 텍스트는 일관성의 요구에 부응하지 않는 것이다. 그리고 바로 그 이유로 텍스트는 이 요구를 하나의 문제로 만들고, 자신의 테마 체계 속에 그것을 포함시킨다. 그러나 이런 일이 진실에 대해서는 불가능하다. 진실의 문제를 표상의 문제와 혼동하지 않도록 또한 조심해야 한다. 표상은 **오직** 시만이 거부하지만, 진실과 거짓의 범주는 문학 **전체**가 그로부터 거리를 둔다.

그럼에도 불구하고 여기서 작품 내적인 분류를 하나 도입하는 것은 적절한 시도이다. 실제로는 오직 작자의 이름으로 텍스트에 주어진 것만이 진실 검증에서 벗어나 있을 뿐, 등장인물들의 말은 일상적 담론에서처럼 진실이거나 거짓일 수 있다. 예를 들어 추리소설은 등장인물들의 거짓 증언들을 지속적으로 이용한다. 화자가 등장인물이기도 한 경우, 즉 '나'라고 말하는 화자의 경우에 문제는 더욱 복합적이다. 화자의 자격으로 진술된 담론은 진실 검증에 놓일 필요가 없다. 하지만 화자가 등장인물의 자격으로 거짓말을 할 수는 있다. 이 이중적인 유희는 애거서 크리스티의 소설 《애크로이드 살인 사건The Murder of Roger Ackroyd》에서 활용되었는데, 여기서 독자는 화자가 등장인물이기도 하다는 사실을 잊어버리고 그를 절대 의심하지 않는다.

따라서 작중인물로 텍스트의 표면에 모습을 드러낸 화자는 환상 장르에 완벽하게 어울린다. 그와 같은 화자는 뒤에 나올 몇몇의 예에서 보듯 쉽게 거짓말을 할 수 있는 단순 등장인물보다 이 장르에 더 바람직하다. 그런데 마찬가지 이유로, 그와 같은 화자는 모습을 드러내지 않는 화자보다도 유리한 위치에 있다. 여기에는 두 가지 이유가 있다. 첫째, 모습을 드러내지 않는 화자에 의해 초자연적 사건이 이야기되는 순간, 우리는 곧장 경이 장르 속에 가 있을 것이다. 거기서 화자의 말은 의심할 여지가 없다. 하지만 알다시피 환상 장르에는 의심이 필요하다. 경이 장르의 이야기들이 일인칭을 사용하는 경우가 극히 드문 것도 우연이 아니다(《천일야화》도, 페로의 이야기들도, 호프만의 이야기들도, 《바텍》도 일인칭을 사용하지 않는다). 그런 이야기들은 의심을 필요로 하지 않는다. 즉, 그 이야기들의 초자연적인 세계가 의심을 일깨워서도 안 된다. 환상적인 것은 우리로 하여금 하나의 딜레마와 직면하게 한다. 믿을 것인가? 믿지 않을 것인가? 경이는 독자에게 정말로 믿지는 않더라도 믿어볼 것을 제안하며 그 둘의 불가능한 결합을 실현한다. 둘째, 이것은 환상적인 것의 정의 자체와 연결되어 있는데, '이야기를 하는' '나'라는 대명사는 모든 사람에게 해당되므로, 독자로 하여금 등장인물에 대해 가장 쉽게 동일시할 수 있게 해준다. 게다가 화자가 '평균적인 사람'이어서 동일시를 용이하게 하므로, 모든(혹은 거의 모든) 독자는 화자에게서 자신의 모습을 확인할 수 있다. 그런 식으로, 우리는 가능한 한 가장 직접적으로 환상적인 세계 속으로 들어간다. 이때, 거론되는 동일시를 개인의 심리적 작용으로 이해해서는 안 된다. 여기서 동일시는 텍스트의 내적 메커니즘이며, 구조적으로 각인된 것이다. 물론 실제 독자가 그러한 책의 세계에 관하여 전적으로 거리를 두려고 한다면 무엇도 그것을 막을 수는 없다.

몇 개의 예가 이 기법의 효율성을 증명해줄 것이다. 〈이네스 드 라스 시에라스〉와 같은 단편소설의 '서스펜스'는, 설명할 수 없는 사건들이 주인공이자 화자인 누군가에 의해 이야기된다는 사실에 전적으로 근거한다. 그는 여느 남자들과 다를 바 없는 평범한 남자여서, 그의 말은 두 배로 신뢰받을 만하다. 달리 말해 사건들은 초자연적이나, 화자는 자연적인 정상 상태에 있다. 바로 이것들이 환상적인 것이 등장하기 위한 최상의 조건이다. 〈일르의 비너스〉의 경우도 마찬가지이다(이 작품은 환상적-경이 장르 쪽으로 기우는 반면, 노디에의 작품은 차라리 환상적-기이 장르에 속한다). 여기서 환상적인 요소가 나타난다면, 그것은 바로 초자연적 요소의 징후들(포옹 흔적, 계단에서 들려오는 발소리, 그리고 특히 침실에서 발견된 반지)이 과학의 확실성을 믿어 의심치 않는, 신뢰받을 만한 고고학자인 화자 자신에 의해 관찰되었기 때문이다. 이 두 단편소설에서 화자가 맡은 임무는, 조금은 코넌 도일[4]의 소설에 등장하는 왓슨의 역할 혹은 그의 수많은 분신들을 상기시킨다. 이러한 유형의 화자는 사건의 당사자이기보다는 목격자여서, 어떤 독자라도 자신과 닮은 모습을 발견할 수 있다.

따라서 〈이네스 드 라스 시에라스〉와 〈일르의 비너스〉에서, 화자이자 등장인물은 독자로 하여금 **동일시**를 용이하게 한다. 화자이자 등장인물의 다른 예들은 우리가 간파한 첫 번째 기능, 즉 이야기된 내용을 결정적으로 초자연적인 것으로 간주하도록 강요받지 않으면서 **진실성을 보장하는 기능**을 명백하게 보여준다. 《사랑에 빠진 악마》에서 소베라노가 자신의 마술적 권능을 증명해 보이는 장면이

---

4   Sir Arthur Ignatius Conan Doyle, 1859-1930. 스코틀랜드의 의사이자 소설가. 역사소설, 희곡, 시 등 다양한 장르의 창작활동을 두루 했지만, 그를 세상에 널리 알린 작품은 추리소설의 중대한 혁신을 이룬 것으로 평가되는, 탐정 셜록 홈스의 이야기 시리즈, 챌린저 교수를 주인공으로 하는 공상과학소설 시리즈이다.

그러하다. "그가 목소리를 높이며 말했다. '칼데론, 나의 파이프를 가져가게. 그리고 불을 붙여 내게 다시 파이프를 가져오게.' 그의 명령이 떨어지자마자, 나는 파이프가 사라지는 것을 본다. 그리고 내가 그 능력에 대해 추론하고 그의 명령을 받은 칼데론이 어떤 자인지 물을 틈도 없이, 불을 붙인 파이프가 되돌아왔다. 그리고 나의 대화 상대는 자신이 하던 일을 이미 다시 시작하고 있었다"(p. 110-111).

모파상의 〈광인?〉에서도 마찬가지이다. "나의 책상 위에는 접힌 책 페이지들을 가르기 위해 내가 사용하던 일종의 단검이 있었다. 그가 단검을 향해 손을 뻗었다. 손이 기어가는 듯한 느낌으로 천천히 다가갔다. 그리고 갑자기 나는 보았다. 그렇다, 나는 보았다. 그 칼이 저절로 떨리는 것을. 그러고는 뒤척이다가, 자신을 기다리며 멈춰 있는 손을 향해, 홀로, 서서히, 나무 바닥 위를 미끄러져가는 것을. 그리고 그 칼은 그의 손가락 아래에 와 멈췄다. 나는 공포의 외마디소리를 지르기 시작했다"(p. 135).

이 각각의 예에서, 우리는 화자의 증언을 의심하지 않는다. 아니, 오히려 화자와 함께 이상한 사건들에 맞춤한 합리적인 설명을 찾으려 한다.

등장인물은 거짓말을 할 수 있으나, 화자는 그렇게 해서는 안 된다. 포토츠키의 소설에서 우리가 끌어낼 수 있는 결론이 바로 그러하다. 두 사촌누이와 함께 보낸 알퐁스의 밤이라는 하나의 동일한 사건에 대해 두 가지 이야기가 주어진다. 우선 알퐁스 자신의 이야기는 초자연적 요소들을 포함하지 않는다. 반면 파체코의 이야기에는 두 사촌누이가 시체로 변하는 장면이 있다. 알퐁스의 이야기는 거짓일 가능성이 (거의) 없는 반면, 파체코의 이야기는 알퐁스가 수

상히 여기는 것처럼(알퐁스의 의심에는 정당한 이유가 있었다는 사실을 우리는 나중에 알게 된다), 거짓말일 수밖에 없을 것이다. 아니면 파체코가 환영을 보았거나 미쳤을 수도 있을 것이다. 하지만 알퐁스의 경우는 그렇지 않다. 그가 늘 '정상적'인 위치에 있는 화자의 목소리와 하나가 되어 있는 한, 그는 정상의 범위에 있다.

모파상의 단편소설들은 우리가 그 이야기들에 부여하게 될 신뢰성의 다양한 등급을 잘 보여준다. 우선, 화자가 이야기 바깥에 있는가 아니면 이야기의 주요 행위자들 중의 하나인가에 따라 둘로 분류할 수 있다. 이야기 바깥에 있는 화자는 다시 등장인물들이 하는 말의 진실성을 증명할 수도 있고 증명할 수 없을 수도 있는데, 전자의 경우는 〈광인?〉에서 발췌한 인용문에서처럼 이야기를 더욱 설득력 있게 만든다. 그렇지 않은 후자의 경우 독자는 〈머리카락〉과 〈오를라〉의 첫 번째 판본에서처럼, 이야기의 배경이 모두 정신병원인 만큼, 환상적 요소를 광기로 설명하려 할 것이다.

그러나 모파상의 가장 뛰어난 환상소설인 〈그Lui〉, 〈밤La Nuit〉, 〈오를라〉, 〈누가 아는가?〉등에서 모파상은 화자를 바로 이야기의 주인공으로 삼는다(이것은 에드거 앨런 포와 그 이후의 많은 작가들이 즐겨 쓰는 기법이다). 그러니까 이들 이야기에서는 작자의 담론보다 등장인물의 담론이 더 관건이라는 사실이 강조되는 것이다. 따라서 거기서의 말은 신뢰성이 떨어지게 되고, 우리는 그 등장인물들이 모두 미친 사람들이라고 충분히 가정할 수 있다. 하지만 그 인물들이 화자의 뚜렷한 담론에 의해 도입되지 않았다는 사실로 인해, 우리는 역설적으로 여전히 그들에게 신뢰를 보낸다. 화자가 거짓말을 하고 있다는 사실을 아무도 우리에게 말해주지 않으므로, 그 화자가 거짓

말을 할 가능성은, 말하자면 구조적으로 우리에게 충격을 준다. 하지만 그 가능성은 존재하며(그가 등장인물이기도 하므로), 그 결과 망설임이 독자에게 생길 수 있다.

요약하자. 작중인물로 등장하는 화자는 환상 장르에 적합하다. 왜냐하면 그는 독자에 의한 등장인물들과의 필수적인 동일시를 용이하게 하기 때문이다. 그러한 화자의 담론은 애매한 지위를 갖는다. 그리고 작자들은 각자 그 양상 중 어느 한 부분을 강조하면서 다양하게 그 지위를 활용했다. 화자에 속하는 담론은 진실 검증을 할 수 없다. 반면 등장인물에 속하는 담론은 검증을 거쳐야 한다.

Ⅲ. 여기서 우리의 관심을 끄는 작품 구조의 세 번째 특성은 통사적 양상과 관련되어 있다. 환상소설의 이 측면은 종종 **구성**(혹은 아주 빈약한 의미로 이해된 '구조')이라는 명목 아래 비평들의 관심을 끌었다. 이에 대해, 펜졸트의 책은 상당히 충실한 연구를 보이는데, 그는 이 주제에 한 장章 전체를 내주고 있다. 펜졸트의 이론을 요약하면 이렇다. "이상적인 유령이야기의 구조는 절정을 향해서 상승하는 하나의 선으로 묘사될 수 있다. (⋯) 유령이야기의 절정은 물론 유령의 등장이다"(p. 16). "대부분의 작자들은 절정을 겨냥하여 처음에는 막연하게, 그 다음엔 점점 더 직접적으로 모종의 점진적 상승을 이룩하려 한다"(p. 23). 이와 같은 환상소설의 플롯 이론은 사실상 포가 단편소설 일반에 대해 내세운 이론에서 파생되었다. 에드거 앨런 포에 따르면, 단편소설은 하나의 통합적인 단일 효과가 이야기의 결말에 집중되도록 설정되고 모든 이야기 요소들이 그 효과의 발현에 기여해야 한다는 원칙으로 특징지어진다. "작품 전체에 걸쳐

예정된 구상의 직간접적인 실현을 목표로 하지 않는 단어는 단 하나도 쓰여서는 안 될 것이다"(예이헨바움[5] 재인용, p. 207).

이 규칙을 확인해주는 예들이 있다. 메리메의 〈일르의 비너스〉를 보자. 최종 효과(혹은 펜졸트의 표현에 따르면 절정)는 조각상이 살아 움직이는 장면에 있다. 이 요소는 처음부터 다양한 세부사항을 통해 예고되고 있다. 그리고 그 세부사항들은 환상 장르의 관점에서 하나의 완벽한 점진적 상승을 이룬다. 이미 보았던 것처럼, 첫 장부터 한 농부가 조각상을 발견한 일을 화자에게 이야기하며, 마치 그 조각상을 살아 있는 존재처럼 묘사한다("그녀는 냉혹해요", "그녀는 나리의 얼굴을 뚫어지게 바라보지요"). 이어서 이야기는 그 조각상의 진짜 모습을 묘사하며, "그것이 현실의 인간, 생명을 가진 것으로 보인 것은 일종의 환상"이라는 결론으로 일단락을 짓는다. 동시에 알퐁스의 불경스런 결혼, 조각상의 관능적인 모습 등 다른 테마들이 전개된다. 그다음에 조각상의 넷째 손가락에 우연히 끼워둔 반지 이야기가 등장한다. 알퐁스는 그 손가락에서 반지를 다시 빼내지 못한다. "비너스가 손가락을 죄었어요"라고 단언한 다음, 그는 이렇게 결론을 내린다. "아마도, 그것이 내 아내인 게지요." 이 대목에서 우리는 초자연적인 것과 대면하게 된다. 다만 그 초자연은 우리가 볼 수 있는 영역 바깥에 머물러 있다. 계단을 삐걱거리는 발소리며, "부서진 나무 침대"며, 알퐁스의 몸에 남은 흔적들, 그리고 그의 방에서

---

5   Boris Mikhailovich Eikhenbaum, 1886-1959. 러시아의 문학이론가이자 문학사가. 러시아 형식주의, 특히 '오포야즈'(1장의 주 4번 참고)와 밀접한 관계에 있었으며, 그 그룹에 대한 정의와 해석을 제공하고, 형식 중심적 방법론의 이론을 제시하는 시론과 함께 그들의 문학 접근의 기초를 세우는 데 기여했다.

되찾은 반지며, "땅에 새겨진 움푹한 발자국들"이며, 새신부의 이야기, 또 합리적인 설명들로는 만족스럽지 않다는 것을 보여주는 증거들이 그러하다. 이렇듯, 이야기의 마지막에서 유령의 등장은 세심하게 준비되었고, 조각상이 살아 움직이는 장면은 규칙적인 점진적 상승 과정을 밟는다. 처음에 조각상은 단순히 살아 있는 존재로 보인 것에 불과했으나, 그다음엔 한 등장인물이 그 조각상이 손가락을 죄었다고 단언하고, 마지막에는 그것이 그 인물을 죽인 것처럼 보인다. 노디에의 〈이네스 드 라스 시에라스〉 또한 유사한 점진적 상승 방식에 따라 전개된다.

그러나 여타 환상소설들은 그러한 점진적 상승을 포함하지 않는다. 고티에의 〈사랑에 빠진 죽은 여인〉을 예로 들어보자. 클라리몽드가 처음으로 꿈에 출현할 때까지는 불완전하긴 하지만 어느 정도 점진적인 상승이 있다. 하지만 그다음, 클라리몽드의 시체가 사그라지는 결말에 이르기까지, 불시에 등장하는 사건들은 초자연적인 성질을 더하지도 덜지도 않는다. 모파상의 단편소설들도 마찬가지이다. 〈오를라〉에서, 환상적 효과의 절정은 전혀 결말이 아니며 오히려 최초의 출현이다. 〈누가 아는가?〉는 또 다른 구성을 보여준다. 사실, 여기에는 사전에 아무런 준비도 없다가 급작스럽게 환상적인 요소가 끼어든다(그 전에 기술되는 것은 오히려 화자의 간접적인 심리학적 분석이다). 그런 다음에야 가구들이 저절로 집을 떠나는 사건이 벌어진다. 그러고는 초자연적인 요소는 한동안 사라졌다가, 문제의 가구들이 골동품 가게에서 발견되는 장면에서, 하지만 이번에는 약화된 상태로, 다시 나타난다. 그리고 그 요소는 이야기가 거의 끝나갈 무렵 가구들이 집으로 돌아오면서 모든 권리를 되찾는다. 하지만 결말 자체는 더 이상 어떤 초자연적인 요소도 포함하지 않는다. 그럼에도 독자는 그것을 절정처럼 느낀다. 펜졸트도 그에 대한 분석의 하나에서 유사한 구성을 지적하며 이렇게 결론을 내린다. "우리는 대개의 경우처럼 단 한 지점의 절정을 향해 올라가는 일반적인 상승선이 아니라, 오히려 도입부에서 잠깐 상승을 보인 뒤 보통의 경우에 나타나는 절정 바로 아래의 어디쯤에 고정된 채 지속되는 수평적인 직선으로 이 이야기들의 구조를 제시할 수 있다"(p. 129). 그러나 그러한 지적은 앞서 이야기된 법칙의 일반성을 명백히 무효화한다. 여기서 모든 형식주의 비평가들에게 공통된 경향, 즉 작품의 구조를 하나의 공간적 도식에 따라 묘사하는 경향에 대해 지적해두고 싶다. 이 분석들은 우리를 다음과 같은 결론으로 이끈다. 즉, 환상소설에 필수적인 어떤 특성이 존재하는 것은 분명하지만, 그것은 펜졸트가 애초에 제시한 것보다는 훨씬 일반적인 특성이다. 그리고 그것은 전혀 점진적 상승의 문제가 아니다. 나아가 우리는 그 특성이 왜 환상 장르에 필수적인지를 설명하지 않으면 안 된다.

다시 한번 더 우리의 정의로 돌아오자. 환상 장르는 많은 다른 장르와는 달리, 독자가 담당해야 할 역할에 대해 **수많은** 지시들을 포함한다(지시들을 포함하지 않는 텍스트가 있을 수 있다는 말을 하려는 게 아니다). 우리는 이 속성이, 더 일반적으로 말하면, 텍스트 내부 자체에 나타난 그대로의 언술 전개과정의 영역에 속한다는 사실을 보았다. 그 과정의 다른 구성적인 속성 하나는 그것의 시간성이다. 즉, 모든 작품은 그 자신을 파악하는 시간에 대한 지시사항을 하나씩 내포하고 있으며, 환상소설은 언술의 전개과정을 강하게 드러내는 동시에 그 독서의 시간을 강조한다. 그런데 그 시간의 근본적인 특징은 관습상 불가역적이다. 모든 텍스트는 암묵적인 지시사항을 포함하는데, 그것은 처음에서 끝으로, 페이지 상단에서 하단으로 읽어야 한다는 것이다. 이것은 이 순서를 변경하도록 강요하는 텍스트들이 존재하지 않는다는 것을 의미하지 않는다. 그러한 변경은 정확히 왼쪽에서 오른쪽으로의 독서를 전제로 하는 관습과 관련하여 전적으로 의미를 지닌다. 그러나 환상 장르는 다른 장르들보다 더 명확하게 그 관습을 강조한다.

우리는 일반적인 (환상적이지 않은) 소설, 예를 들어 발자크의 소설을 처음에서 끝으로 가는 방향으로 읽어야 한다. 하지만 기분에 따라 우리가 4장보다 5장을 먼저 읽는다 해도, 그때 입은 손실이 환상소설의 경우만큼 크지는 않다. 만약 우리가 환상 이야기의 결말을 먼저 읽는다면, 모든 효과가 부질없는 것이 될 것이다. 왜냐하면 독자가 동일시 과정을 차례대로 밟을 수가 없게 되기 때문이다. 그런데 이러한 동일시의 과정은 환상 장르의 첫 번째 조건이다. 하지만 시간관념을 내포하는 그러한 도식이 빈번하다 해도, 점진적 상승이 필수적이지는 않다. 〈누가 아는가?〉처럼 〈사랑에 빠진 죽은 여인〉에도, 점진적 상승이 없는 시간의 불가역성이 있다.

그로 인하여, 환상적인 이야기의 첫 번째 독서와 두 번째 독서는 매우 다른 인상을 준다(다른 유형의 이야기보다 훨씬 더하다). 실제로 두 번째 독서에서 동일시는 더 이상 불가능하며, 독서는 불가피하게 메타독서가 된다. 즉, 우리는 이야기의 매력에 수동적으로 이끌리기보다 환상 장르의 기법들을 찾아낸다. 노디에는 그것을 알고 있었고, 〈이네스 드 라스 시에라스〉의 화자에게 이야기의 말미에 이렇게 말하게 한다. "나는 이 이야기에 두 번이나 귀 기울이게 할 정도의 매력을 이 이야기에 제공할 능력이 없다"(p. 715).

환상소설이 독서 속에서 작품이 지각되는 시간을 강조하는 유일한 장르는 아니라는 사실을 마지막으로 지적하자. 미스터리 추리소설은 그것을 더욱더 강조한다. 발견해야 할 진실이 있으므로, 우리는 가장 사소한 고리조차 옮겨놓을 수 없는 엄격한 하나의 사슬과 직면해 있을 것이다. 그리고 글쓰기상의 무슨 약점 때문이 아닌 바로 그 이유로, 우리는 추리소설을 반복하여 읽지 않는다. 농담 또한 유사한 제약을 갖고 있는 것 같다. 이에 대하여 프로이트가 기술한 바는 시간성이 강조된 모든 장르에 긴밀히 적용된다. "둘째로, 우리는 농담의 특징이 청자에게 오직 새로움의 매력을 지닐 때, 즉 청중을 깜짝 놀라게 할 때 온전한 효과를 발휘한다는 점에 있다는 것을 이해하게 되었다. 이 특성은 농담의 덧없는 생명력과 끊임없이 새로운 것을 창안해야 하는 필요성의 원인이 되는데, 아마도 그것은 되풀이되었을 때는 성공할 수 없다는, 뜻밖의 놀라움이나 함정의 속성을 농담이 본질적으로 지니기 때문일 것이다. 같은 농담이 반복되면 첫 번째 이야기의 기억이 주의를 뺏는다"(《농담과 무의식의 관계 Le Mot d'esprit》[6], p. 176-177). 뜻밖의 놀라움은 불가역적인 시간성의 한 독특한 경우일 뿐이다. 그렇듯 애초에 친연성을 짐작조차 할 수 없던 것들에서, 우리는 언어표현의 형식들에 대한 추상적인 분석을 통해 이와 같은 유사점을 발견할 수 있었다.

---

6 독일어 원서는 *Der Witz und seine Beziehung zum Unbewußten*(1905)이다.

06

환상적인
것의 테마들:
서론

이제 의미작용적 양상, 혹은 테마의 측면이라고 불렀던 작품의 세 번째 측면으로 우리의 논의 방향을 선회할 때가 되었다. 여기서는 좀 더 길게 머물 것이다. 이 측면을 강조하는 이유는 무엇일까? 그 대답은 단순하다. 환상적인 것이란 기이한 사건들의 어떤 독특한 지각이라고 정의되기 때문이라는 것이다. 앞서 우리는 그 감각적 인식을 길게 기술했다. 이제 그러한 공식의 다른 부분, 즉 기이한 사건들 자체를 면밀히 검토해야 한다. 그런데 한 사건을 기이하다고 규정하면서 우리는 의미작용 차원의 어떤 사실을 가리킨다. 여기서 문제되는, 통사적 양상과 의미작용적 양상 사이의 구분은 다음과 같이 명확하게 말할 수 있을 것이다. 하나의 사건이 더욱 광범위한 하나의 도식의 일부를 이루는 만큼, 다시 말해 그것이 다소 가까운 다른 요소들과 인접성의 관계를 유지하는 만큼, 우리는 그것을 통사적 요소로 간주할 수 있을 것이다. 반면, 그 사건이 다른 요소들과 즉각적인 관계를 갖지 않은 상태에서 우리가 그것을 다른 것들과 유사하거나 대립적인 것으로 비교하는 순간부터, 그것은 의미작용 차원의 요소를 구성할 것이다. 통사적 측면이 나열된 요소들 간의 통합 관계에 의거하여 구성되는 것처럼, 의미작용적 측면은 대체적 요소들 간의 계열적 선택으로부터 생성된다. 어떤 **기이한** 사건에 대해 말할 때 우리는 그것과 인접한 요소들 사이의 관계가 아니라, 연쇄되지 않고 멀리 떨어져 있더라도 유사하거나 대립적인 다른 사건들에 그 사건을 연결시켜 주는 관계를 고려한다.

곰곰이 생각해보면, 환상적인 이야기를 특징짓는 것은 어떠어떠한 구성이 아니라 어떠어떠한 '문체'일 수도 있다. 하지만 '기이한 사건'이 없다면 환상적인 것은 나타날 수조차 없다. 환상적인 것이 그러한 사건들에 있는 것은 물론 아니지만, 그것들이 환상적인 것의 필수 조건임에는 틀림없다. 우리가 기이한 사건들에 관심을 기울이는 것도 그 때문이다.

작품 속에서 환상적인 요소가 갖는 **기능들**에서 출발하여, 이 문제를 다른 방법으로 파악할 수도 있을 것이다. 가령, 이렇게 묻는 것은 적절할 것이다. 한 작품에서 환상적 요소들은 그 작품에 어떤 영향을 끼치는가? 일단 이러한 기능적 관점에 서면, 우리는 세 가지 대답에 이를 수 있다. 첫째, 환상적인 것은 다른 문학 장르나 형태가 부추길 수 없는 어떤 독특한 효과 — 공포나 끔찍함, 아니면 단순히 호기심 — 를 독자에게 일으킨다. 둘째, 환상적인 것은 서사에 기여하고 서스펜스를 유지한다. 즉, 환상적인 요소들은 매우 조밀한 구성을 가능케 한다. 마지막으로, 환상적인 것은 얼핏 보아 토톨로지적인 기능을 갖고 있다. 즉, 환상적인 것으로 인해 환상적인 세계의 묘사가 가능해지는데, 그 세계는 언어 바깥의 현실세계를 갖지 않으며, 묘사하는 행위와 묘사되는 것은 성질이 다르지 않다.

이렇게 세 가지, 오직 세 가지 기능이 있다는 것은 우연이 아니다. 일반적으로 기호 이론은 — 알다시피 문학이 이 영역에 속한다 — 하나의 기호에 대해 가능한 세 가지 기능을 꼽는다. 화용론적 기능은 기호들이 사용자들과 맺는 관계에 부합하고, 통사적 기능은 기호들 사이의 관계를 포괄하며, 의미론적 기능은 기호들과 그것들의 지시대상 사이의 관계를 겨냥한다.

여기서 우리는 환상적인 것의 첫 번째 기능은 다루지 않을 것이다. 그것은 우리가 시도하고 있는 엄밀한 문학적 분석과는 상당히 무관한, 일종의 독서 심리학에 속한다. 두 번째 기능에 대해 말하자면, 우리는 환상적인 것과 구성 사이의 몇몇 유사점들에 이미 주의를 기울인 바 있다. 이 연구 말미에서 이 지점으로 다시 돌아올 것이다. 지금부터는 한 독특한 의미작용의 세계에 대한 연구에 논의를 집중할 것이다.

우리는 문제의 핵심에는 미치지 않는 단순한 대답 하나를 즉시 내놓을 수 있다. 즉 환상적인 것이 말하는 대상과 문학이 일반적으로 말하는 대상 사이에는 질적 차이가 없고, 다만 강렬함의 차이가 문제되며, 환상적인 것에서 강렬함이 최대치에 이른다고 가정하는 것은 타당하다. 달리 말해, 환상적인 이야기는 경계 경험을 나타낸다. 이렇게 우리는 에드거 앨런 포에 대해 이미 사용했던 표현으로 되돌아왔다. 하지만 착각하지 말자. 이 표현은 아직 아무것도 설명해주지 않는다. 우리가 아직 아무런 지식도 가지고 있지 않은 어떤 연속체의 '경계들'(여기에는 온갖 종류들이 있을 수 있다)에 대해 말하는 것은 어떤 식으로든 모호함 속에 머물러 있다는 것을 의미한다. 그럼에도, 이 가정은 두 가지 유용한 정보를 우리에게 가져다준다. 먼저, 환상문학의 테마들에 대한 모든 연구는 문학 일반의 테마 연구와 인접관계를 맺고 있다는 점이다. 그다음으로는 최상급과 과잉을 환상 장르의 규준으로 들 것이라는 점이다. 이것들을 지속적으로 고려하도록 노력해보자.

환상적인 것의 테마들의 유형학은 따라서 일반적인 문학 테마들의 유형학에 상응할 것이다. 이에 대해 우리는 기뻐하는 대신 유감을 표할 수밖에 없다. 왜냐하면 우리는 모든 문학 이론 중에서 가장 복합적이고 가장 불명확한, 다음의 문제를 다루고 있기 때문이다. **문학이 말하는 내용의 테마에 대해 어떻게 말할 것인가?**

이 문제를 도식화할 때는 대칭적인 두 가지 위험성을 우려하지 않으면 안 된다. 첫 번째 위험은 문학을 순전히 하나의 내용으로만 축소시키는 것(달리 말해, 그것의 의미작용적 측면에만 집착하는 것)이다. 이것은 문학의 특수성을 무시하고, 문학을 이를테면 철학적 담론과 동일한 차원에 놓는 태도이다. 이 경우, 테마들의 연구는 이루어질 테지만 해당 테마는 더 이상 문학적인 어떤 것도 지니고 있지 않을 것이다. 두 번째 위험은 반대의 경우인데, 문학을 하나의 순수 '형식'으로 축소시키고 문학 분석을 위한 테마들의 적절성을 부정하는 것으로 귀착될 것이다. 문학에서는 오직 '시니피앙'만이 중요하다는 구실 아래, 의미작용적 양상을 파악하기를 거부하는 것이다(마치 작품의 모든 다양한 차원들 가운데 의미작용을 하지 않는 것이 있기라도 하는 것처럼).

이 두 가지 선택이 어떤 점에서 받아들일 수 없는지 알아보는 것은 쉽다. 문학에 있어서, 말하는 내용은 말하는 방식만큼이나 중요하다. '무엇을'이라는 질문은 '어떻게'라는 질문을 가져오며, 그 역逆 또한 그렇다(이 둘을 구분할 수 있다는 것이 우리의 견해는 아니지만, 그렇게 할 수 있다고 가정했을 때). 그렇다고 우리가 취할 바람직한 태도가 두 경향의 균형 잡힌 혼합, 즉 형식 연구와 내용 연구의 적당한 배분에 있다고 믿어서는 안 된다. 형식과 내용이라는 구분 자체가 극복되어야 한다(이러한 지적은 이론 차원에서 볼 때는 분명 진부하지만, 요즘의 독특한 비평적 연구들을 검토한다면 충분히 현실성을 가진다). 구조라는 개념의 존재 이유 중 하나가 바로 이것이다. 즉 형식과 내용의 오랜 이분법을 초월하여, 작품을 총체로 그리고 역동적 단일체로 간주하는 것이다.

지금까지 우리가 제기해온 문학 작품의 개념에는 형식과 내용이라는 개념은 어디에도 등장하지 않았다. 우리는 작품의 여러 양상들에 대해 말했고, 각각의 양상은 독자적인 구조를 갖는 동시에 의미작용을 한다. 이들 중 어떤 것도 순수 형식이나 순수 내용이 아니다. 언어표현적 양상과 통사적 양상이 의미작용적 양상보다 더 '형식적'이라고 말할 수는 있을 것이다. 그래서 한 개별 작품의 의미를 특정 이름으로써 지시하지 않고도 앞의 두 양상을 서술하는 것은 가능하다. 반면, 의미작용적 양상으로 말하자면, 작품의 의미에 관심을 집중하고 따라서 그 내용을 드러내는 것을 피할 수는 없다.

당장 이 오해를 제거해야 한다. 그렇게 함으로써 지금부터 우리가 해야 할 임무를 더욱 명확히 할 수 있을 것이다. 여기서 우리가 이해하는 바와 같은 테마 연구를, 한 작품의 비평적 해석과 혼동해 서는 안 된다. 우리는 문학 작품을 무수한 해석들을 받아들일 수 있 는 하나의 구조로 간주한다. 그 해석들은 기술되는 시간과 장소, 그 리고 비평가의 개성, 미학 이론들의 동시대적 구조 등등에 의존한 다. 반면, 우리의 임무는 비평가들과 독자들의 해석들이 스며드는, 속이 텅 빈 이 구조를 기술하는 것이다. 우리는 언어표현적 혹은 통 사적 양상을 다룰 때 그렇게 했던 것처럼 특정 작품들의 해석 작업 과 계속 거리를 둘 것이다. 앞에서처럼 여기서도, 하나의 의미를 특 정 이름으로써 지시하기보다는 하나의 구조를 기술하는 것이 우리 일의 관건이다.

우리가 환상적인 것의 테마들과 일반적인 문학 테마들 사이의 인접관계를 인정한다면 우리의 임무는 아주 어려운 것이 될 것 같 다. 우리는 작품의 언어표현적 양상과 통사적 양상에 관련해서 포괄 적인 이론을 사용했고, 환상적인 것에 대한 우리의 견해를 그 이론 에 기입할 수 있었다. 그와 반대로 여기서는, 우리가 사용할 수 있는 이론이라곤 아무것도 없다. 바로 이 이유로 우리는 두 가지 임무를 추진해야 한다. 즉, 환상적인 것의 테마들을 연구하는 일과 더불어, 테마 연구에 대한 일반론을 하나 제안하는 일도 병행해야 한다.

어떤 일반적인 테마 이론도 존재하지 않는다는 점을 주장함으 로써, 오늘날 최고의 영예를 누리고 있는 한 비평의 경향, 즉 '테마 비평'[1]을 우리가 망각한 듯이 보였을지도 모르겠다. 그러니 이 학파

---

1   테마비평(la critique thématique)은 형식과 내용을 연결시키는 의미망들을 드러냄으로써 인간-작품이라는 총체의 상상계적 토대를 들여다보려는 비평 적 시도를 가리킨다. 여기서 그 '의미망'은 바슐라르의 '원소들의 몽상', 조

가 정립한 방법이 어떤 점에서 우리에게 만족스럽지 않은지 말해야
겠다. 이 분야의 가장 뛰어난 대표자임에 틀림없는 장피에르 리샤르[2]
의 몇몇 텍스트들을 예로 들어보겠다. 다만 이 텍스트들은 편향적인
관점에서 선택되었고, 여기에 최고의 중요성을 지닌 하나의 비평 작
품을 평가하려는 의도는 전혀 없다. 그러므로 나의 논의는 이미 오
래 전에 쓰인 몇몇 서문에 한정될 것인데, 그것은 리샤르의 최근 텍
스트들에 어떤 변화가 관찰되고 있기 때문이다. 또 다른 한편으로
는, 과거의 텍스트들에서조차 구체적인 분석에 (이에 대해 주의를 기
울이지는 못할 것이다) 들어서는 순간 방법상의 문제들이 훨씬 더 복
합적이라는 사실이 드러나기 때문이다.

맨 먼저, 이 '테마체계thématique'라는 용어의 사용 자체에 이론의
여지가 있다. 실제로 사람들은 이 주개념 아래에서, 그 테마들이 어
떤 것이든 간에 모든 테마에 대한 연구가 행해질 것이라고 예상할

르주 풀레, 장 루세, 장 스타로뱅스키 등 이른바 '제네바 학파'의 '도식' 혹
은 '테마', 그리고 장피에르 리샤르의 '테마' 혹은 '모티프', 다시 말해 '감각
의 범주'(catégories de la sensibilité)를 의미한다. 이 비평 태도를 때로는 '테
마주의'(thématisme)라고, 혹은 용어의 지나친 일반화를 피하기 위해 '테마
론'(thématologie, 즉 문학에서의 테마 연구)이라 부르기도 한다. 'thème'라는
단어가 '주제'라는 의미를 갖고 있고 이러한 비평 태도가 '주제비평'이라는 용
어로도 번역된 바 있으나, 여기서는 이 단어가 담론의 '주제'와는 다른 특수한
의미를 지니므로 이 비평 태도를 '테마비평'이라고 번역했다.

2 Jean-Pierre Richard, 1922-2019. 프랑스의 문학비평가. 그는 16세기에서 20
세기에 이르기까지 시종일관 작가들에게서 글쓰기와 세계의 내밀한 경험을
하나로 묶어주는 끈에 대해 탐구하고, 물질세계와 감각들의 중요성을 부각시
켰다. 그가 비평을 통해 추구하는 것은 문학 창작의 근원적 인 순간을 발견하
고 인간과 작가와 작품이 하나의 글쓰기 기도(企圖)를 통해 구성되는 순간을
포착 하는 것이다. 바슐라르의 이론과 조르주 풀레의 저서들에서 영감을 받았다.

것이다. 그런데 실제로는, 비평가들은 가능한 테마들 가운데 하나를 선택한다. 그리고 그들의 태도를 가장 잘 정의하는 것은 바로 그 선택 관점이다. 우리는 그것을 '감각론적'이라고 특징지을 수 있을 것이다. 사실 이 비평을 위해서는 감각과 연관이 있는 테마만이 진정으로 주목을 받을 자격이 있다. 리샤르의 첫 테마비평 저서,《문학과 감각Littérature et Sensation》(제목부터 의미심장하다)에 붙인 조르주 풀레[3]의 서문에서 그러한 요구가 어떻게 서술되고 있는지 살펴보자. "의식의 바닥 어디엔가, 모든 것이 생각으로 **변화된** 영역의 건너편에, 우리가 통과해 들어간 지점의 맞은편에, 빛이, 대상들이, 그리고 그것들을 지각하기 위한 눈이, 늘 있었고 또 여전히 있다. 비평은 하나의 생각을 생각하는 것에 만족할 수 없으며, 그 생각을 통해 이미지에서 이미지를 거쳐 감각적 느낌에까지 근원으로 거슬러 올라가야 한다"(p. 10. 강조는 필자). 이 발췌문에는, 말하자면 구체적인 것과 추상적인 것 사이의 아주 선명한 대립이 있다. 즉 한편으로 대상들, 빛, 눈, 이미지, 감각이 있고, 다른 한편으로 생각, 추상적인 관념들이 있다. 대립의 첫 번째 항에는 이중적으로 가치가 부여된 것처럼 보인다. 먼저 그것은 시간상으로 우선한다('변화된'을 참조하자). 그리고 그것은 훨씬 풍부하고 중요하며, 따라서 비평의 특권적 대상이 된다.

---

3   Georges Poulet, 1902-1991. 벨기에의 문학비평가. 마르셀 레몽, 알베르 베갱, 장 스타로뱅스키 등의 제네바 비평 그룹과 교류했다. 그는 러시아 형식주의를 거부했고,《인간의 시간에 대한 연구Études sur le temps humain》라는 제목으로 발표한 네 권의 책을 통해 지속의 지각을 통한 작가의 의식 연구에 몰두했다. 이 역작을 통해, 풀레는 작가의 시간성의 경험 속에서 이른바 작가의 코기토 혹은 의식의 표현을 찾으려 했다.

그다음에 나온 책《시와 깊이Poésie et Profondeur》의 서문에서, 저자인 리샤르는 정확히 같은 생각을 적고 있다. 그는 자신의 도정을 "그들〔네 명의 시인〕의 모험을 이끄는 기획, 그 근본적인 의도를 알아내고 서술하려는" 하나의 시도처럼 소개한다. 그는 계속한다. "나는 그 기획을 가장 기본적인 수준에서, 그것이 가장 겸허하게 그러나 가장 진솔하게 표명되는 수준에서, 즉 순수 감각, 가공되지 않은 감각, 혹은 막 태동하고 있는 이미지의 수준에서 파악하려고 애썼다. (⋯) 나는 관념보다는 강박적 반복을 더 중요하게 취급했고, 몽상에 비해 이론은 부차적인 것으로 간주했다"(p. 9-10). 제라르 주네트는 이러한 출발점을 가리켜, "근본적인(따라서 진정한) 것은 감각적 경험과 일치한다는 감각론적 공리"로 규정짓는다(《문채 Figures》, p. 94).

앞서 우리는 이 공리에 대한 우리의 상반된 견해를 표명할 기회가(노스럽 프라이와 관련하여) 있었다. 그리고 주네트의 글을 계속 따라가 보기로 한다. "구조주의의 공리, 혹은 그것에 편향된 입장은 바슐라르의 분석 입장과 거의 정반대이다. 즉, 가장 오래된 생각의 몇몇 근본적인 기능은 이미 고도의 추상적 관념의 성질을 띠며, 지성의 도식과 작용은 감각적 상상력의 몽상들보다 아마 더 '심오하고' 더 본원적이라는 것, 그리고 무의식의 어떤 논리, 더 나아가 무의식의 어떤 수학이 존재한다는 것이다"(p. 100). 보다시피, 구조주의와 바슐라르의 분석을 사실상 넘어서는, 두 사상적 흐름 사이의 어떤 대립이 문제되고 있다. 한편으로는 레비스트로스만큼이나 프로이트와 마르크스가 있고, 다른 한편에는 바슐라르만큼이나 테마 비평, 그리고 프라이와 동시에 융이 있다.

프라이에 대해 논의했을 때처럼, 우리는 이 공리들이 논리적 검토가 없는 어떤 자의적인 선택의 결과물일 뿐이라고 생각할 수 있을 것이다. 그러나 그것들의 귀결들을 다시 한번 고찰할 필요는 있을 것 같다. '원초적 정신상태'에 관련된 것들은 접어두고, 오직 문학적 분석과 관계가 있는 결과들만을 다루기로 하자. 리샤르는 자신이 묘사하는 세계에 추상적 관념의 중요성을 부여하기를 거부함으로써, 비평 작업 속에서 일어나는 관념화의 요구를 과소평가하기에 이른다. 연구 대상인 시인들의 감각현상을 기술하기 위해 그가 사용하는 범주들은 바로 그 감각현상들만큼이나 구체적이다. 이에 대한 확신을 갖기 위해서는 그의 책들에서 '차례'를 훑어보는 것만으로도 충분하다. "악마적인 깊이 – 동굴 – 화산", "태양 – 돌 – 장밋빛 벽돌 – 청석돌판 – 초록 – 수풀", "나비와 새 – 날아가버린 숄 – 유폐된 땅 – 먼지 – 진흙 – 태양" 등[《시와 깊이》에서 네르발에 관한 장]. 혹은 여전히 네르발에 관하여 그는 이렇게 쓴다. "예를 들어 존재에 대해, 네르발은 잃어버린, 매몰된 불처럼 몽상한다. 그러므로 그는 떠오르는 태양의 광경과 석양에 빛나는 장밋빛 벽돌의 광경, 젊은 여인들의 불타는 듯한 머리카락의 접촉이나 금발의 토실토실한 살갗에서 느껴지는 황갈색 온기를 동시에 탐구한다"(p. 10). 묘사된 테마들은 태양, 벽돌, 머리카락이며, 그것들을 기술하는 용어는 잃어버린 불이라는 것이다.

이런 비평 언어에 대해 할 말이 많을 것이다. 그렇다고 그것의 적절함에 이의를 제기하자는 것은 아니다. 그 견해들이 어느 정도로 적절한지 판단하는 것은 각각의 작가를 연구하는 전문가들이 할 일이다. 하지만 분석 자체의 수준에서는 그러한 비평 언어에 비판의 여지가 있다고 생각할 수 있다. 그와 같은 구체적인 항목들은 분명 어떤 논리적 체계도 구성하지 않는다(이는 테마비평이 가장 먼저 인정할 것이다). 하지만 텍스트 자체가 결국 이 모든 감각현상들을 내포하고 어떤 의미로는 그것들을 조직까지 하는데, 그 항목 리스트가 무한하고 무질서하다면 도대체 어떤 점에서 그 리스트가 텍스트 자체보다 더 바람직하다고 할 수 있겠는가? 이 단계에서 테마비평은 그저 하나의 설명적 환언에 지나지 않는 것처럼 보인다(리샤르의 경우는 아주 훌륭한 설명적 환언이라 할 것이다). 그러나 설명적 환언은 분석이 아니다. 바슐라르나 프라이의 경우에는 비록 구체具體의 수준에 머물러 있을지라도 4원소 혹은 4계절 등 하나의 체계는 있었다. 테마비평의 경우는 각 텍스트에 관해 제로 상태에서 만들어내야 하는 무한한 항목 리스트가 있을 따름이다.

이러한 관점에서 볼 때, 비평에는 두 가지 유형이 있다. 말하자면 하나는 서술적이고, 다른 하나는 논리적이다. 서술적 비평은 수평적인 선을 따라간다. 즉 테마에서 테마로 이동해가며, 어느 순간에 다소 자의적으로 멈춘다. 그런데 그 테마들은 거의 추상적이지 않다. 그것들은 끝없는 사슬을 이루고, 비평가는 자신의 이야기의 처음과 끝을 거의 우연적으로 선택한다(이를테면 한 등장인물의 탄생과 죽음이 결국 소설의 시작과 끝을 위해 자의적으로 선택된 순간에 지나지 않는 것과 마찬가지이다). 이 점에서 비평가는 화자와 유사하다. 그러한 태도가 응축된 리샤르의 《말라르메의 상상세계 L'Univers imaginaire de Mallarmé》에서 주네트는 다음의 문장을 인용한다. "크리스털 물병은 이제 더 이상 창공이 아니며, 아직은 램프도 아니다"(p. 449). 창공, 크리스털 물병, 그리고 램프는 비평가가 언제나 동등한 깊이로 미끄러져 가는 하나의 동질적인 시리즈를 형성한다. 테마비평 책들의 구조는 그러한 서술적이고 수평적인 태도를 잘 보여준다. 그 책들은 대개 평론집들인데, 그 글들은 각각 다른 한 작가의 초상화를 그린다. 말하자면 더욱 일반적인 차원으로 옮겨가는 것이 불가능하다. 거기에 이론은 마치 체류가 금지된 것처럼 보인다.

논리적 비평 태도로 말할 것 같으면, 그것은 수직적인 선을 따른다. 크리스털 물병과 램프는 일차적인 일반성 차원을 구성할 수 있다. 그러나 그다음엔 좀 더 추상적인 다른 차원으로의 상승이 필수적이다. 그 도정이 그리는 도형은 표면의 평면적 선 모양이기보다는 피라미드 모양이다. 그와 반대로 테마비평은 수평적인 선을 떠나기를 원하지 않는다. 하지만 바로 그로부터 테마비평은 분석적인, 더 나아가 설명적인 모든 야심을 포기한다.

때때로 테마비평의 글에서, 특히 조르주 풀레에게서 이론적인 고심을 볼 수 있는 것은 사실이다. 그러나 감각론의 위험을 회피함으로써, 이 비평은 우리가 처음부터 제기한 공리 중 다른 하나, 즉 문학 작품은 어떤 기존 사상의 번역이 아니라 다른 어느 곳에도 존재할 수 없는 어떤 의미가 생성되는 장소로서 취급되어야 한다는 공리와 모순된다. 문학이 작자가 가진 사상이나 경험의 표현일 뿐이라고 가정하는 것은 문학의 특수성을 단박에 포기하고 부차적인 역할을, 다시 말해 다른 것들과 별반 다르지 않은 하나의 매체로서의 기능을 문학에 부여하는 것이다. 그런데 이것은 테마비평이 문학에서 추상적 관념화의 출현에 대해 생각하는 유일한 방식이다. 리샤르의 특징적인 몇몇 주장을 읽어보자. "우리는 문학에서 선택들, 강박들, 개인의 실존 한가운데 위치한 문제들의 **표현**을 보기를 좋아한다"(《문학과 감각》, p. 13). "내 느낌에, 문학은 존재를 파악하기 위한 의식의 노력이 그지없이 소박하게, 심지어 순진하게 숨겨진 속내를 드러내버리는 **자기배반**의 장소 중 하나였다"(《시와 깊이》, p. 9. 강조는 필자). 표현이든 자기배반이든, 문학은 그것 바깥에서, 그리고 그것과는 별개로 존속하는 몇몇 문제들을 다른 언어로 옮기기 위한 하나의 수단일 뿐이라 할 것이다. 이것이야말로 우리가 좀처럼 수용하기 어려운 입장이다.

이상의 간략한 분석에서 테마비평이 원칙적으로 반反보편적이며, 문학 담론의 일반적 구조를 분석하고 설명하는 수단을 제공해주지 않는다는 사실을 밝혀보았다(이 방법이 우리로서는 전적인 타당성을 갖는 것처럼 보이는 차원을 뒤에서 언급하기로 하겠다). 이제 우리는 앞서 그러했던 것처럼, 테마들의 분석을 위한 방법은 없다는 궁색한 상황 인식에 다시 부딪히게 되었다. 우리 앞에 두 가지 장애물이 나타났다. 즉, 구체의 장을 떠나 추상적 규칙이 존재함에 대한 인정을 거부하기, 그리고 문학적 테마들을 서술하기 위해 비문학적인 범주를 사용하기가 그것이다. 우리는 그것들을 피하려고 노력해야 한다.

이제 아주 초라한 이론 가방을 들고, 환상 장르를 다루는 비평적 글들을 향해 돌아서자. 거기서 우리는 방법상의 놀라운 의견 일치를 발견하게 될 것이다.

여기에 테마 분류의 몇몇 예가 있다. 《근대 영국 소설에서의 초자연The Supernatural in Modern English Fiction》은 이 문제를 논한 최초의 책들 중 하나인데, 여기서 저자인 도로시 스카버러Dorothy

160

Scarborough는 다음과 같은 분류를 제안한다. 즉 현대적 유령들, 악마와 그의 우군들, 초자연적인 삶 등이 그것이다. 펜졸트에게서는 더욱 세부적인 분류를 보게 되는데(〈주요 모티프〉라는 장에서), 환영, 귀신, 흡혈귀, 늑대인간, 마녀들과 주술, 비가시적 존재, 동물 유령(사실 이 분류는 훨씬 더 일반적인 다른 한 분류의 지지를 받는데, 이에 대해서는 9장에서 다시 다루게 될 것이다) 등이다. 루이 박스는 아주 유사한 목록을 다음과 같이 제안한다. "늑대인간, 흡혈귀, 인간의 몸에서 떨어져 나온 부분들, 인격 장애, 가시적인 것과 비가시적인 것의 유희들, 인과관계 및 시간과 공간의 왜곡, 퇴행." 흥미롭게도, 여기서는 이미지들에서 그것의 원인들로 옮겨간다. 즉 흡혈귀의 테마는 당연히 인격 장애의 어떤 결과일 수 있다. 따라서 박스의 목록은 앞의 것들보다 더 연상적이긴 하지만 일관성에서는 덜하다.

카유아는 더더욱 세부적인 분류를 제공한다. 그가 내세운 테마 종류는 다음과 같다. "악마와의 계약(예로 《파우스트》), 자신의 안락을 위해 모종의 행위가 성취되기를 요구하는 괴로움에 떨고 있는 영혼, 황당무계하고 끝없는 여행을 하도록 운명지어진 유령(예로 《방랑자 멜모스Melmoth the Wanderer》[4]), 산 자들 사이에 나타나는 인격화된 죽음(예로 에드거 앨런 포의 〈적사병 가면The Masque of the Red Death〉), 정체불명이고 보이지 않지만 분명히 영향력을 가지고 현장에 존재하는 '사물'(예로 〈오를라〉), 흡혈귀들, 다시 말해 살아 있는 자들의 피를 빨며 영속적인 젊음을 보장받는 죽은 자들(수많은 예들

---

4 찰스 로버트 매튜린(3장의 주 5번 참고)이 쓴 마지막 작품으로, 아일랜드풍의 '파우스트 이야기'로 평가받는다.

이 있다), 갑자기 생명력을 부여받고 가공할 만한 독자성을 얻는 조각상이나 마네킹, 갑옷 혹은 자동인형(예로 〈일르의 비너스〉), 초자연적인 무서운 질병을 초래하는 마술사의 저주(예로 키플링의 〈짐승의 표시The Mark of the Beast〉), 저 너머의 세계에서 태어난 매혹적이고 치명적인 여자 유령(예로《사랑에 빠진 악마》), 꿈과 현실세계의 뒤바뀜, 공간에서 사라진 침실이나 아파트, 위층, 집 혹은 거리, 시간의 정지나 반복(예로《사라고사에서 발견된 원고》)"(《이미지, 이미지… Images, images…》, p. 36-39).

보다시피 목록이 아주 풍부하다. 동시에, 카유아는 환상 테마들의 체계적이고 닫힌 성질을 많이 강조한다. "주어진 어떤 상황에 꽤 긴밀하게 의존함에도 불구하고 이 테마들의 조사 목록을 작성할 수 있다고 주장함으로써 내가 지나치게 멀리 나아갔을 수도 있다. 하지만 나는, 아직 발견되지 않았거나 아직 자연에 나타나지는 않았지만 잠재적으로 존재하는 원소들의 원자량을 멘델레예프의 주기율표가 계산할 수 있게 해주는 것처럼, 이 테마들은 목록 작성과 연역이 가능하며, 따라서 그 시리즈에 누락된 것들을 모두 철저하게 추측해낼 수 있을 것이라는 믿음을 계속 갖고 있다"(p. 57-58).

우리는 이와 같은 카유아의 희망사항에 동의할 수밖에 없다. 하지만 카유아의 글에서 분류를 가능하게 하는 논리적 규칙을 찾는 것은 헛된 일이다. 그리고 나는 그 규칙의 부재가 우연의 결과일 것이라고 생각하지 않는다. 지금까지 열거된 모든 분류는 우리가 스스로에게 부여한 첫 번째 규칙, 즉 구체적인 이미지가 아니라 추상적인 범주들을 분류해야 한다는 규칙을 위반한다(그리 중요하지는 않지만, 박스는 예외이다). 카유아의 기술 수준에서의 '테마들'은 정반대로 무한하며, 엄격한 법칙에 따르지 않는다. 우리는 마찬가지의 반박을 이렇게 달리 표현할 수 있을 것이다. 즉 이들 분류의 바탕엔, 작품의 각 요소는 그것이 통합될 구조와는 무관하게 불변의 의미를 하나 가지고 있다는 생각이 깔려 있다. 예를 들어 모든 흡혈귀들을 한 가지로 분류하는 것은, 그 등장 맥락이 무엇이든 간에 흡혈귀가 언제나 같은 의미를 갖는다는 것을 전제로 한다. 그런데 작품은 하나의 일관성을 가진 총체, 즉 하나의 구조를 형성한다는 생각에서 출발했으므로, 각 요소의 의미(여기서는 각 테마)는 다른 요소들과의 관계를 떠나서는 구성될 수 없다는 것을 인정해야 한다. 여기서 이 저자들이 우리에게 제안하는 것은 이름표들, 겉모습들이지 진정한 테마 요소들은 아니다.

비톨트 오스트로브스키Witold Ostrowski의 최근 논문은, 이렇게 이미지를 열거하는 것보다는 더 진척된 단계를 보여준다. 그는 하나의 이론을 공식화하려고 시도하는데, 그 제목부터 의미심장하다. 〈문학 속에서의 환상적인 것과 사실적인 것: 환상소설의 정의와 분석 방법에 대한 제안The Fantastic and the Realistic in Literature: Suggestions on How to Define and Analyse Fantastic Fiction〉. 오스트로브스키에 따르면, 인간의 경험은 아래의 도식으로 나타낼 수 있다.

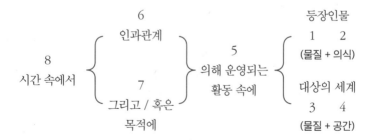

환상소설의 테마들은 각각 위 도식의 여덟 가지 구성요소 중 하나 혹은 여러 개를 위반한 것으로 정의된다.

여기서 우리는 더 이상 이미지 차원의 카탈로그가 아닌 추상적인 차원에서의 체계화 시도를 보고 있다. 그러나 곧이어 보게 될 문학 텍스트에 대한 기술로 여겨지는 범주들의 **선험적인**(게다가 비문학적인) 성질 때문에 이와 같은 도식을 인정하기는 어렵다.

요컨대, 테마비평에서 일반적인 차원의 지시들이 빈약했던 것만큼이나, 환상적인 것에 대한 이 모든 분석에서의 구체적인 암시들도 빈약하다. 지금까지 (펜졸트를 제외한) 비평가들은 초자연적인 요소들의 목록을 세우는 데에만 만족했고, 그 요소들의 조직적인 구성을 지시하는 데에는 성공하지 못했다.

마치 의미작용 차원의 연구 문턱에서 만나는 이 모든 문제들만으로는 충분하지 않다는 듯, 환상문학의 성질 자체에 기인하는 다른 문제들이 있다. 문제의 자료들을 다시 떠올려보자. 초자연적인 영역 (혹은 가짜 초자연적인 영역)에 속하는 하나의 사건 — 하나의 플롯 — 이 텍스트에 의해 환기되는 세계 속에 발생한다. 그리고 그 사건이 내포된 독자에게 (그리고 일반적으로 이야기의 주인공에게) 하나의 반응을 일으킬 때, 우리는 바로 이 반응을 '망설임'이라고 규정하고, 그것을 체험하게 하는 텍스트를 '환상적'이라고 규정한다. 그런데 테마들에 관한 질문을 제기할 때는 오직 그 '환상적인' 반응을 부추기는 사건들의 성질에만 관심을 집중하기 위해 그 반응은 괄호 속에 넣는다. 달리 말해, 이 관점에서는 환상 장르와 경이 장르 사이의 구분이 더 이상 관심거리가 되지 않으며, 이 둘 중 어느 것에 속하든 상관없이 작품들에 일률적으로 관심을 둘 것이다. 하지만 텍스트가 환상적인 것(즉 반응)을 너무 강하게 강조하는 나머지, 그것의 원인이 되는 초자연을 환상적인 것 자체와 더 이상 구분할 수 없게 되는 경우가 있다. 즉, 사건을 파악하도록 인도하는 게 아니라 오히려 사건의 파악을 금하는 반응인 것이다. 이때는 환상적인 것을 괄호 속에 넣는 일이 극도로 어렵거나 불가능해진다.

달리 표현하자면, 여기서 한 대상에 대한 지각이 문제될 때 우리는 대상 자체만큼이나 지각을 강조할 수 있다. 하지만 지각에 대한 강조가 지나치게 강하면 우리는 대상 자체를 더 이상 인지하지 못한다.

테마 파악하기의 이런 불가능성을 보여주는 아주 다른 예들이 있다. 먼저 호프만을 보자(그의 작품은 환상적인 것의 테마들을 거의 총망라한다). 그에게 중요해 보이는 것은 사람들이 꿈꾸는 대상이 아니라, 사람들이 꿈을 꾼다는 사실과 그것이 일으키는 희열이다. 그는 종종 초자연적인 세계의 실재에 대한 감탄으로 정작 그 세계가 무엇으로 만들어졌는지 말하지 못하고 만다. 강조점이 언표에서 언술행위로 이동한 것이다. 〈황금 항아리Der goldene Topf〉의 결말은 이 점에 관해 시사하는 바가 있다. 학생 안젤무스의 경이로운 모험을 이야기한 다음, 화자가 무대에 등장하여 고백한다. "하지만 나는 그때 돌연 찌르는 듯한 고통으로 가슴이 찢어지는 느낌을 받았지요. '오! 행운의 안젤무스, 너는 진부한 삶의 짐을 멀리 내던졌고, 세르펜티나에 대한 사랑으로 스스로를 고양시켰으며, 이제는 관능으로 충만한 상태로 아틀란티스의 어느 근사하고 위풍당당한 영지에 살고 있다! 그러나 불행한 나는 어떤가? 머지않아, 그렇다, 잠시 후면, 나는 이 멋진 살롱에서 (이곳은 위풍당당한 아틀란티스 영지의 가치를 영원히 갖지 못할 것이다) 지붕 밑 방으로 돌아갈 것이다. 내 머릿속은 곤궁한 삶의 고통과 욕구가 점령해버릴 것이며, 내 눈 위로 수많은 불행들이 자욱한 안개 베일을 드리울 테지. 그리고 나는 틀림없이 백합꽃을 더 이상 볼 수 없을 것이다.' / 그 순간, 사서관 린트호르스트가 내 어깨를 가볍게 치며 말했다. '그만, 그만! 경애하는 작가선생! 그렇게 한탄하지 마시오! 조금 전까지 선생은 아틀란티스에 가 있으면서, 적어도 시적 봉토를 소유하지 않았소? 모름지기 안젤무스의 행복이라는 것도 그 시 속의 삶과 다른 것이겠소? 자연의 가장 심오한 신비처럼, 모든 존재들의 성스러운 조화가 선생의 시에 모습을 드러내지 않소?'"(《환상적인 이야기》 제2권, p. 201). 이 놀라운 구절은 초자연적 사건과 그 사건들의 묘사 가능성 사이에, 또한 초자연적인 것의 내용과 그것에 대한 지각 사이에 등식의 관계를 보여준다. 즉 안젤무스가 발견하는 행복은 그것을 상상하고 그 이야기를 쓸 수 있었던 화자의 행복과 동일하다. 그리고 초자연적인 것의 존재 앞에서 느끼는 그 희열 때문에, 정작 초자연적인 것은 겨우 알아볼 수 있을 뿐이다.

모파상의 경우 상황은 정반대이다. 하지만 그 효과는 유사하다. 여기서는 초자연적인 것이 엄청난 불안, 엄청난 공포를 불러일으킨 나머지, 그 초자연적인 것을 구성하는 요소가 무엇인지 우리는 거의 분간해내지 못한다. 〈누가 아는가?〉는 아마 이러한 과정의 가장 좋은 예일 것이다. 이 단편소설의 출발점이기도 한 초자연적인 사건은, 어떤 집의 가구들이 급작스럽고 기이하게 살아 움직이는 것이다. 가구들의 거동에는 어떤 논리도 없다. 그리고 그 현상 앞에서 우리는 '그것이 의미하는 것'에 대해 의문을 갖기보다는 오히려 그 사실 자체의 기이함에 더 큰 충격을 받는다. 그렇게도 중요한 것은 가구들이 살아 움직이는 현상이 아니라 누군가가 그 사건을 상상하고 그것을 살 수 있었다는 것이다. 또다시 초자연적인 요소에 대한 지각이 그것 자체 위로 두터운 그림자를 던지며 그것에 대한 우리의 이해를 어렵게 만든다.

헨리 제임스의 《나사의 회전》은 지각이 베일을 벗기기보다 오히려 장막을 치는 이 기이한 현상의 세 번째 유형을 제공해준다. 앞선 텍스트들에서처럼 주의가 지각 행위에 너무도 강하게 집중되어 우리는 지각된 것의 성질을 여전히 알지 못한다(과거 하인들의 악행들은 어떤 것일까?). 불안이 이야기를 지배하지만 그것은 모파상의 작품에서보다 훨씬 더 애매한 성질을 띤다.

환상적 테마들의 연구 문턱에서 벌인 이 모색 끝에, 우리는 몇 가지 부정적인 확신들만을 갖게 되었다. 즉 어떻게 진행해야 할 것인지가 아니라, 무엇을 하지 말아야 할 것인지를 알게 된 것이다. 따라서 우리는 신중한 입장을 하나 채택할 것이다. 즉, 일반적으로 따라야 할 방법을 과신하기보다는 기초적인 테크닉의 적용에만 머물 것이다.

먼저 순전히 형식적으로, 더 정확히 말해 분포상의 분류 방식으로 테마들을 분류할 것이다. 다시 말해 그것들의 **양립가능성**과 **양립불가능성**에 대한 연구에서 출발할 것이다. 그런 식으로 몇 개의 테마 그룹이 창출될 수 있을 것이며, 각각의 그룹은 함께 나타날 수 있는 것들, 특정 작품들 속에 실제로 함께 발견되는 것들을 한데 모으게 될 것이다. 일단 이 형식적인 그룹들이 만들어지면, 분류 자체의 **해석**을 시도해볼 것이다. 따라서 우리의 작업에는, 기술記述과 설명의 두 시기에 대체로 상응하는 두 단계가 있을 것이다.

이러한 절차는 아주 깔끔한 것처럼 보이지만, 사실 꼭 그렇지만은 않다. 그것은 실증되기 어려운 두 가지 가정을 전제로 한다. 의미작용 차원의 부류들은 형식적 부류들에 상응한다는 것, 달리 말해 상이한 테마들은 필수적으로 상이한 분포를 갖는다는 것이 첫번째 가정이다. 한편, 하나의 작품은 고도의 일관성을 지니고 있어서 그 속에서는 양립가능성과 양립불가능성의 법칙들이 절대 위반될 수 없다는 것이 두 번째 가정이다. 그런데 그것은, 단지 모든 문학 작품의 특징을 이루는 수많은 차용들 때문일 뿐이라 해도, 보장받기 어렵다. 예를 들어 하나의 민담은 동질성이 결여되어 있어서, 문학 텍스트에서는 절대 공존할 수 없는 요소들을 종종 포함할 것이다. 따라서 당장 뭐라 명확하게 말하기는 어려운 어떤 직관이 안내해주는 대로 나아갈 수밖에 없을 것이다.

07

나의
테마들

이제, 순전히 형식적인 한 기준, 즉 공존성의 기준에서 모아놓은 첫 번째 테마 그룹부터 시작하자. 먼저 《천일야화》의 〈두 번째 탁발승의 이야기〉를 기억해보자.

이 이야기는 사실주의적인 이야기처럼 시작한다. 주인공인 왕자는 아버지의 집에서 교육을 마치고 인도의 술탄을 방문하러 길을 떠난다. 도중에 그의 행렬이 도적들의 공격을 받지만, 그는 구사일생으로 살아남는다. 그러고는 자신의 정체를 알릴 방법도 가능성도 없이, 어느 낯선 도시에 당도한다. 어느 재단사의 조언에 따라 그는 우선 생계를 잇기 위해 근방의 숲에서 나무를 베어 도시에 내다팔기 시작한다. 보다시피, 그때까지는 어떤 초자연적인 요소도 등장하지 않는다.

그러나 어느 날 아주 놀라운 사건이 벌어진다. 왕자가 어떤 나

무의 뿌리를 자르다가, 쇠고리가 달린 뚜껑문을 하나 발견한다. 그는 그 문을 들어 올리고는 자신 앞에 펼쳐진 계단을 내려간다. 어느새 그는 아주 화려하게 장식된 지하 궁전에 도달한다. 빼어난 미모의 한 여인이 그를 맞는다. 그녀는 자신 역시 어떤 왕국의 공주인데 고약한 마신에게 납치되어 왔다고 그에게 털어놓는다. 그 마신은 그녀를 그 궁전에 감춰두고는 열흘에 한 번씩 그녀와 잠자리에 들기 위해 그곳으로 온다. 왜냐하면 그의 합법적인 아내의 질투가 아주 심하기 때문이다. 다른 한편으로 공주에게는 부적이 하나 있는데, 그것을 만지는 것만으로도 그녀는 언제든지 마신을 부를 수 있다. 공주는 왕자에게 열흘 중 아흐레 동안 그녀 곁에 있어줄 것을 청한다. 그러고는 그에게 목욕물과 맛있는 저녁을 차려주고 그녀의 침대에서 함께 밤을 보내자고 제안한다. 그러나 다음날, 경솔하게도 그녀는 그에게 포도주를 바친다. 취기가 오르자 왕자는 마신을 자극할 결심을 하고는 부적을 부숴버린다.

마신이 나타난다. 그 도착만으로도 어찌나 커다란 소리를 내는지 왕자는 겁에 질려 힘없는 공주와 침실에 흩어져 있는 자신의 옷가지 몇 점을 마신의 손에 남겨둔 채 달아나버린다. 자신의 흔적을 남기는 이 경솔함이 왕자를 파멸시킬 것이다. 늙은이로 변신한 마신이 도시로 와서 옷의 주인을 찾아낸다. 그는 왕자를 하늘로 납치한 다음 동굴로 데려간다. 죄를 자백받기 위해서이다. 그러나 왕자도 공주도 잘못을 인정하지 않는다. 그렇다고 마신이 그들을 벌하지 않는 것은 아니다. 그는 공주의 팔 하나를 자르고, 그 때문에 그녀는 죽는다. 왕자로 말하자면, 자신에게 잘못을 범한 사람에게 절대 복수해서는 안 된다는 교훈담을 만들어 마신에게 바쳤음에도 불구하고, 그는 원숭이로 변신되고 만다.

이 상황은 또 하나의 새로운 모험 시리즈의 시발점이 될 것이다. 영리한 원숭이는 어떤 배에 의해 구조되고, 선장은 그의 상냥한 태도에 매료된다. 어느 날, 총리대신이 막 사망한 어느 왕국에 배가 도착한다. 술탄은 그 나라에 새로 오는 모든 이들에게 자신들이 쓴 글을 제출하도록 명령한다. 그것들을 검토하여 총리대신의 자리를 물려받을 자를 선택하려는 것이다. 충분히 상상할 수 있는 것처럼, 원숭이의 글이 가장 아름답다고 판명된다. 술탄은 그를 궁전에 초대하고, 원숭이는 경의의 표시로 시를 쓴다. 술탄의 딸이 그 기적을 보러 온다. 그러나 그녀는 어릴 때 마술 수업을 받았던지라 금방 원숭이가 실은 변신된 남자라는 사실을 짐작하고는 문제의 마신을 부른다. 둘은 온갖 동물들로 변신하는 힘든 결투를 벌인다. 결국 그들은 서로를 향해 불을 던지고, 술탄의 딸이 승리한다. 하지만 그녀도 죽게 된다. 그러나 죽기 전의 그녀에게는 마지막으로 왕자를 인간으로 다시 바꿀 수 있는 시간이 남아 있었다. 자신이 일으킨 불행 때문에 슬픔에 잠긴 왕자는 탁발승(이슬람교 수도승)이 된다. 그리고 온갖 우여곡절 끝에 그는 지금 자신이 이 이야기를 하고 있는 바로 그 집에 이르렀다.

이 다양한 테마 유형 앞에서, 우리는 우선 당혹감을 느낀다. 이 다양성을 어떻게 기술할 것인가? 하지만 초자연적인 요소들만을 따로 분리시켜 본다면 그것들을 두 그룹으로 묶을 수 있다. 첫 번째 것은 **변신** 그룹이다. 우리는 사람이 원숭이로 변하고, 원숭이가 사람으로 변하는 것을 보았다. 마신 자신부터가 먼저 늙은이로 변했다. 결투가 벌어지고 있는 동안 변신의 장면들이 이어진다. 마신이 먼저 사자가 되자 공주는 그를 칼로 두 동강 내버린다. 하지만 사자의 머리는 커다란 전갈로 변한다. "그러자 공주는 뱀으로 변하여 전갈과 격렬한 결투를 벌인다. 전갈은 우위를 점할 수 없게 되자 독수리로 모습을 바꾸어 날아간다. 그때 뱀은 더 강한 독수리로 변해 그를 뒤쫓는다"(제1권, p. 169). 잠시 후, 검고 흰 고양이 한 마리가 등장하는데, 검은 늑대 한 마리에게 뒤쫓기고 있다. 고양이는 벌레로 변하여 석류 속으로 들어간다. 석류는 큰 호박처럼 크게 부풀어 올라 산산조각이 나고, 늑대는 닭으로 변신하여 석류의 알갱이들을 쪼아 먹기 시작한다. 남은 한 알갱이가 물속으로 떨어지더니 물고기가 된다. "닭은 물속으로 뛰어들며 곤들매기가 되어, 작은 물고기를 뒤쫓는다"(p. 170). 결국 두 등장인물은 인간의 모습을 되찾는다.

또 하나의 환상적 요소의 그룹은 마신과 마법사 공주 같은 초자연적인 존재 자체, 그리고 인간의 운명에 작용하는 그들의 권능과 관련되어 있다. 이 두 인물 모두 인간을 변신시키고 스스로 변신할 수도 있으며, 날아다니거나 인간이나 물체를 공중으로 이동시키는 등의 능력이 있다. 여기서 우리는 환상문학의 일반적인 경향 중 하나와 마주하고 있다. 즉 초자연적인 존재는 인간보다 힘이 더 세다는 것이다. 하지만 이 사실을 확인하는 것만으로는 충분하지 않다. 그것의 의미에 대해 물어보아야 한다. 물론 그러한 존재들이 강한 힘에 대한 꿈을 상징한다고 말할 수 있다. 그러나 그것이 다는 아니다. 일반적으로 초자연적인 존재는 불완전한 인과관계를 보완한다. 일상생활에서도 한편으로는 우리에게 알려진 원인들로 설명되는 사건들이 있고, 다른 한편으로는 우연에 기인하는 것처럼 보이는 사건들이 있다. 후자의 경우는 인과관계가 없는 것이 아니라 우리 삶을 지배하는 일반적 계열의 인과관계들과 직접적으로 연결되지 않은 어떤 고립된 인과관계의 개입이 있는 것이다. 만약 우리가 우연을 받아들이지 않는다면 우선 어떤 일반화된 인과관계, 즉 모든 사실 사이의 어떤 필연적인 상호관계가 전제되고, (지금까지 우리가 몰랐던) 초자연적인 힘이나 존재의 개입이 인정되어야 할 것이다. 한 사람의 행복한 운명을 보장하는 요정은 행운과 우연이라고 부를 수 있는 것에 대한 **상상적 인과관계**의 구현일 뿐이다. 탁발승의 이야기에서 사랑의 육체적인 유희를 중단시키는 나쁜 마신은 단지 주인공들의 불운에 지나지 않는다. 그러나 '행운' 혹은 '우연'이란 단어는 이 환상적인 세계에서는 제외되어 있다. 우리는 에르크만-샤트리앙[1]의 짧은 환상소설 중 하나에서 이 같은 구절을 읽는다. "우연이란, 결국 우리의 이해를 벗어나는 어떤 원인의 효과가 아니면 무엇이겠는가?"(《불가사의한 소묘Esquisse mystérieuse》, 카스텍스 선집 p. 214에서 재인용.) 여기서 일반화된 결정론, 달리 말해 **범결정론**이라는 말을 쓸 수 있겠다. 그것은 여러 인과관계 계열들의 만남(혹은 '우연')까지 포함하여, 모든 것은 반드시 자신의 원인을 — 설령 그 원인이 초자연적인 영역에만 속할 수 있을지라도 — 가지고 있을 것이라는 생각이다.

정령들과 요정들의 세계를 그렇게 해석할 때, 말하자면 전통적

---

1   Erckmann-Chatrian은 거의 모든 작품을 공동 집필한 두 명의 프랑스 작가, 에밀 에르크만(Émile Erckmann, 1822-1899)과 알렉상드르 샤트리앙(Alexandre Chatrian, 1826-1890)이 함께 사용한 필명이다. 그들의 작품에서의 토속적인 리얼리즘은 독일, 스위스와의 국경지대인 보주 지방에서 회자되는 민담의 영향을 받았다.

인 그런 환상적 이미지와, 네르발이나 고티에와 같은 작가들의 작품에서 발견되는 훨씬 더 '독창적인' 이미지군## 사이에, 어떤 묘한 유사성이 관찰될 수 있다. 이들 사이에 단절은 없으며, 네르발의 환상적 요소는 《천일야화》의 환상적 요소를 이해하는 데 도움이 된다. 따라서 이 두 책을 대립시키는 위베르 쥐앵Hubert Juin의 생각에는 동의할 수 없다. "다른 작가들은, 유령들, 암캐 모양의 흡혈귀들, 여자 흡혈귀들 등, 요컨대 소화불량을 일으키는 시시한 환상적 요소라고 할 모든 것에 주목한다. 하지만 제라르 드 네르발만은 유일하게 꿈이란 무엇인지를 (⋯) 안다"(네르발의 《환상 단편소설선》의 서문, p. 13).

네르발에게서 관찰되는 범결정론의 몇몇 예들이 여기 있다. 어느 날 두 개의 사건이 동시에 벌어진다. 오렐리아가 방금 죽었다. 그 사실을 모르는 화자는 자신이 그녀에게 선물했던 반지를 생각한다. 반지가 너무 커서 그가 그것을 자르게 했던 일이 있었다. "톱 소리가 들려오자, 그제야 나는 내 실수를 깨달았다. 나는 꼭 피가 흐르는 광경을 보는 것 같았다……"(p. 269). 우연일까? 사건들의 우연한 일치일까? 《오렐리아》의 화자에게는 아니다.

다른 어느 날, 그는 한 성당에 들어간다. "나는 내진內陣의 뒷좌석 쪽으로 가서 무릎을 꿇었다. 그때 아랍어로 '알라!', '모하메드!', '알리!'라는 세 단어가 보석에 새겨진 은반지가 내 손가락에서 흘러내렸다. 그러자마자 몇 개의 촛불이 밝혀졌다……"(p. 296). 다른 사람들에게는 시간상의 우연한 일치일 뿐일 것이, 여기서는 하나의 원인이 되고 있다.

또 다른 장면에서, 폭풍우가 몰아치는 어느 날 그가 거리를 거닐고 있다. "빗물이 주변의 거리에까지 차오르고 있었고, 나는 생빅토르 길을 달려 내려갔다. 그리고 지구 전체를 침몰시킬 듯한 기세로 쏟아지는 그 비를 멈추겠다는 생각에, 나는 생퇴스타슈에서 샀던 반지를 가장 물이 깊은 곳에 던졌다. 그와 동시에 폭풍우는 잠잠해졌고, 한 줄기 햇살이 빛나기 시작했다"(p. 299). 여기서는 반지가 대기의 변화를 일으킨다. 그와 동시에 우리는 그러한 범결정론이 도입될 때의 신중함에 주목하게 되는데, 네르발은 시간적인 일치만을 명확히 밝힐 뿐 인과관계를 말하지는 않는다.

마지막으로 꿈에서 예를 하나 더 들기로 하겠다. "우리는 어느 들판에 있었다. 거기에 멈춰 서서 우리는 별빛이 쏟아지는 장관을 바라보았다. 그리고 그 전날 내 동무에게 최면을 걸려고 시도하면서 내가 했던 것처럼, 정령이 나의 이마에 손을 펼쳐 얹었다. 그러자마자 하늘에 보이던 별 하나가 커지기 시작했다……"(p. 309).

네르발은 이러한 이야기들의 의미를 전적으로 자각하고 있다. 그 이야기들 중 하나에 대해 그는 이런 해설을 덧붙인다. "아마 사람들은 그 순간에 고통으로 괴로워하는 한 여인이 내 집 근처에서 소리친 것은 전적으로 우연일 뿐이었다고 내게 말할 것이다. 하지만 내 생각에, 지상에서 벌어지는 사건들은 보이지 않는 세계의 사건들과 연결되어 있었다"(p. 281). 그리고 다른 곳에는 이런 구절도 있다. "우리의 탄생 시점, 우리가 태어나는 지구상의 지점, 최초의 몸짓, 우리가 태어나는 그 침실의 이름 — 게다가 그 모든 축성祝聖, 우리에게 부과된 그 모든 제식 등 그 모든 것은 장래 전체가 걸린, 적절한 혹은 숙명적인 하나의 연속을 이룬다. (…) 사람들이 이렇게 말하는 것은 정당하다. 우주에서는 그 어떤 것도 무관계한 것은 없으며, 그 어떤 것도 효력을 발휘하지 않는 것은 없다. 그리고 하나의 티끌이 모든 것을 와해시킬 수도 있고, 모든 것을 구원할 수도 있다!"(p. 304). 혹은 다음의 간결한 문장도 있다. "모든 것은 상응한다."

여기서, 광기에서 비롯된 네르발의 범결정론적 신념과, 환각제에 의한 경험을 통해 얻어질 수 있는 신념 사이의 유사성을 알아보고, 나중에 이에 대해 좀 더 길게 논의해보자. 여기서는 앨런 와츠[2]의 책《유쾌한 우주론 The Joyous Cosmology》을 참조한다. "왜냐하면 이세상에 잘못되거나 어리석은 것이라곤 아무것도 없기 때문이다. 오류를 느낀다면, 그것은 단순히 그러한 사건이 기입된 도식을 보지못하고, 그 사건이 어느 위계 수준에 속하는지 알지 못하기 때문이다"(p. 58). 여기서도 다시, "모든 것은 상응한다"는 것이다.

범결정론은 그 자연스러운 귀결로서 '범의미작용'이라 부를 수있을 무엇을 가진다. 왜냐하면 관계들이 세계 모든 요소들 사이의 모든 수준에 존재하므로 그 세계가 아주 의미심장해지기 때문이다. 네르발에게서 이미 보았던 것처럼, 우리의 탄생 시점, 우리가태어난 침실의 이름, 그 모든 것이 의미로 채워져 있는 것이다. 아

---

2   Alan Wilson Watts, 1915–1973. 영국의 철학자이자 저술가. 서구 사회에 동양철학을 알리고 대중화하는 데 크게 기여했다. 1938년, 뉴욕에서 선(禪)을 배우기 시작한다. 그 후 미국 감독교회(성공회) 성직자가 된다. 그러나 1950년 캘리포니아의 미국아시아학회(American Academy of Asian Studies)에 합류한다. 그는 동서양 종교의 중요한 주제들에 관해 많은 저서와 기사들을 남겼다.《선의 길 The Way of Zen》(1957)은 최초의 불교 서적 베스트셀러들 가운데 하나로 꼽히고,《동양과 서양의 심리치료 Psychotherapy East and West》(1961)에서는 불교가 종교의 차원을 넘어 심리치료의 한 형태로 간주될 수있음을 주장했다. 그리고《유쾌한 우주론》(1962)에서는 인간 의식을 탐구했다.

니, 그 이상이다. 최초의 명백한 의미를 넘어, 우리는 더욱 깊은 의미 (일종의 과잉해석)를 여전히 발견할 수 있다. 이를테면 《오렐리아》의 등장인물은 정신병원에서 이렇게 말한다. "나는 병동 관리자들과 내 동료들의 대화에 어떤 신비주의적인 의미를 부여하곤 했다"(p. 302). 고티에는 해시시의 경험을 이렇게 표현했다. "내 정신의 베일이 찢어졌다. 그리고 나에게는 클럽의 멤버들이 강신술사들과 다르지 않다는 것이 명확해졌다……"(《해시시 애호가 클럽 Le Club des hachichins》, p. 207). "그림들 속의 인물들이…… 어떤 중요한 의견을 마지막으로 전하고 싶어 하는 벙어리들처럼 고통스러운 몸부림을 치고 있었다. 그 것들이 나에게 피해야 할 어떤 함정이 있음을 알려주고 싶어 하는 것 같았다"(p. 208). 이러한 세계의 모든 대상, 모든 존재는 무언가 말하기를 원한다.

한층 더 높은 추상적 관념의 차원으로 옮겨가자. 환상문학이 취급하는 범결정론의 궁극적인 의미는 무엇일까? 범결정론을 믿기 위해 네르발처럼 광기에 근접하거나, 고티에처럼 환각제를 통해야 할 필요는 물론 없다. 우리는 모두 그러한 경험을 한 적이 있다. 하지만 우리는 여기서 벌어지는 식의 확장을 범결정론에 부여하지는 않는다. 즉 우리가 대상들 사이에 설정하는 관계들은 순전히 마음속 상상으로만 남아 있을 뿐, 대상들 자체에는 전혀 영향을 미치지 않는다. 그와 반대로, 네르발이나 고티에에게서는 그 관계들이 물질세계에까지 확장된다. 반지를 만지면 촛불이 켜지고, 반지를 던지면 홍수가 멈춘다. 달리 말해, 가장 추상적인 차원에서의 범결정론은, 육체적인 것과 심리적인 것, 물질과 정신, 사물과 언어 사이의 경계가 더 이상 불침투적이지 않다는 것을 의미한다.

178

이제 이 결론을 염두에 두면서, 잠시 유보해두었던 변신의 주제로 되돌아가자. 지금 우리가 위치한 일반성의 차원에서는 이 변신역시 같은 법칙 속에 기재되어 있으면서 그 법칙의 독특한 경우를구성한다. 우리는 한 남자가 원숭이가 된다거나, 사자나 독수리처럼 싸운다는 등의 말을 쉽게 한다. 그런데 초자연적인 것은 그 말에서부터 그것이 지칭하는 것으로 여겨지는 사물로 미끄러져가는 순간부터 시작된다. 변신 또한 그것대로, 일반적으로 생각되는 물질과정신 사이의 분리를 위반한다. 여기서, 아마도 관습적임에 틀림없는《천일야화》의 이미지군과 19세기 작가들의 더 '개인적인' 이미지군사이에 단절은 없다는 점을 지적하기로 하자. 고티에는 자기 자신이 돌로 변하는 장면을 다음과 같이 묘사하면서 연관성을 설정한다. "실제로 내 사지가 뻣뻣해지면서, 튈르리궁 정원의 다프네 석상처럼대리석이 나를 둔부까지 감싸는 것처럼 느껴졌다. 나는《천일야화》의 그 마술에 걸린 왕자들처럼 허리까지 석상이 되었다"(p. 208). 같은 이야기 속에서 화자는 코끼리 머리를 하나 받는데, 나중에 우리는 만드라고라[3]-인간의 변신을 목격하게 된다. "그 일이 만드라고라-인간을 몹시 괴롭히는 것처럼 보였다. 그것은 점점 작아지고 납작해지고 퇴색되면서 불분명한 신음소리를 내질렀다. 마침내 그것은 인간의 모습을 완전히 상실하고는 두 갈래 뿌리를 지닌 선모仙茅의 형태가 되어 마룻바닥을 나뒹굴었다"(p. 212).

---

3   지중해 연안 유럽에서 자생하는 가지과의 식물. 예부터 약용으로 쓰였으며 사
    람의 형상을 닮은 까닭에 마법의 힘이 있다고 믿어져 와 호신용 부적으로 쓰
    이기도 했다. 실제로 이 식물에는 환각 효과를 내며 과용하면 질식사에 이를
    수 있는 성분이 함유되어 있다.

07 나의 테마들   179

《오렐리아》에서도 유사한 변신 장면을 볼 수 있다. 거기에는 한 부인이 "기다란 접시꽃 줄기를 맨팔로 감싸 안았다. 그러자 그녀가 맑은 햇살을 받으며 커지기 시작했다. 정원이 점점 그녀의 모습을 띠었고, 화단과 나무들이 그녀 옷의 꽃 문양과 꽃 줄 문양으로 변했다"(p. 268). 다른 곳에서는 괴물들이 괴상한 형체에서 벗어나기 위해 싸움을 벌이고 남자와 여자로 변신한다. "다른 야수들은 변신을 통해 야생 짐승이나 물고기 혹은 새의 형체를 띠었다"(p. 272).

이렇듯 변신과 범결정론이라는 두 테마의 공통분모는 물질과 정신 사이의 경계의 파기(다시 말하자면 또한, 밝히기)라고 할 수 있다. 그 결과 우리는 이 첫 번째 그물망 속에 모인 테마들의 발생 원칙에 관한 하나의 가정을 다음과 같이 세울 수 있게 되었다. 즉 **정신에서 물질로의 이동이 가능하게 되었다.**

검토 중인 텍스트들 속에서 우리는 이 원칙을 직접 포착할 수 있는 장들을 찾을 수 있다. 네르발은 이렇게 쓰고 있다. "나는 그때 서 있던 그 지점에서 안내인을 따라, 옹기종기 모여 있는 지붕들의 모습이 기이하기만 하던 그 높은 집들 중 한 곳으로 내려갔다. 여러 시대 건축물의 연속적인 층층대 속으로 내 발이 깊이 빠져드는 것처럼 느껴졌다"(p. 264). 한 시대에서 다른 시대로의 정신적인 이동이 여기서 신체적인 이동으로 변하고, 말이 사물과 뒤섞여 있다. 고티에에게서도 마찬가지이다.

누군가(다우쿠스-카로타)가 다음의 문장을 말했다. "오늘은 죽도록 웃는 날입니다!" 이 문장은 구체적인 현실로 변할 우려가 있다. "유쾌한 광란이 최고조에 이르렀다. 발작적인 숨소리들과 킥킥대는 불분명한 웃음소리들 외에는 아무것도 들리지 않았다. 웃음은 원래의 음색을 상실하며 끙끙대는 소리로 변했고, 유쾌함에 경련이 뒤따랐다. 다우쿠스-카로타가 되풀이한 말이 사실이 되어가고 있었다"(p. 202).

관념과 감각 사이의 이동이 용이하게 이루어진다. 《오렐리아》의 화자는 이런 말을 듣는다. "우리의 과거와 미래는 불가분의 관련을 맺고 있다. 우리는 우리의 종족 속에 살아 있고, 우리의 종족은 우리 속에 살아 있다. / 이 **관념**은 곧 내게 **감각으로 알 수 있는** 것이 되었다. 그리고 마치 그 홀의 벽들이 무한한 전망들을 향해 열린 것처럼, 남자들과 여자들의 끊이지 않는 사슬처럼 보였다. 나는 그들 안에 있었고, 그들은 나 자신 안에 있었다"(p. 262. 강조는 필자). 관념은 곧장 감각적인 것이 된다. 그리고 역방향의 예도 하나 있는데, 여기서는 감각이 관념으로 변화된다. "네가 지치도록 오르내리던 그 수많은 계단은 네 생각을 방해하던 옛 환영들과의 연결고리 자체였다……"(p. 309).

흥미롭게도, 그와 같은 물질과 정신 간 경계의 파괴는 특히 19세기에 광기의 가장 중요한 특징처럼 간주되었다. 일반적으로 정신과 의사들은, '정상적인' 인간은 준거가 되는 여러 틀을 가지고 각각의 사실을 그 틀 중 오직 하나에만 결부시킨다고 주장했다. 반대로, 정신병자는 그 상이한 틀들을 서로 구분할 수 없어서 지각된 것과 상상적인 것을 혼동할 것이다. "정신분열증자들은 현실과 상상의 영역을 분리하는 능력이 약화되었다는 사실은 잘 알려져 있다. 정상적인 사고가 동일한 영역이나 동일한 준거의 틀 혹은 동일한 담론세계 안에 머물러 있음에 반해, 정신분열증자들의 사고는 하나의 유일한 준거의 요구에 순종하지 않는다"(안절Angyal의 글 재인용, 카사닌

Jacob S. Kasanin의 책《정신분열증의 언어와 사고Language and Thought in Schizophrenia》, p. 19).

그러한 경계 소멸은 환각제 경험의 밑바닥에도 깔려 있다. 와츠는 그 경험을 서술하는 서두에서 이미 이렇게 쓰고 있다. "미신 중에 가장 중대한 것은 육체와 정신의 분리에 있다"(p. 3). 놀랍게도, 같은 특징이 젖먹이에게서도 발견된다. 장 피아제[4]에 따르면, "발달 초기에, 아이는 물질세계와 정신세계를 구분하지 못한다."(《어린아이에게서의 지적 능력의 탄생Naissance de l'intelligence chez l'enfant》) 어린아이의 세계를 기술하는 이 방식은 명백히 이 두 세계가 구분된 성인의 관점에 갇혀 있으며, 여기서 취급하는 것은 성인이 만든 유년기의 모조품이다. 그런데 바로 그것이 환상문학에서 벌어지고 있다. 거기에서는, 예컨대 신화적 사고에서처럼 물질과 정신의 경계가 무시되지는 않는다. 그 경계는 현장에 남아 있으면서 끊임없는 위반의 구실을 제공한다. 고티에는 이렇게 썼다. "나는 더 이상 내 몸이 느껴지지 않았고, 물질과 정신 사이의 끈이 풀려버렸다"(p. 204).

정신과 물질 사이에 이행이 가능하게 된다고 하는 이 법칙은 우리의 테마 망 내부에 환상으로 야기된 모든 변형의 기저에서 발견되는 것으로, 몇 가지 즉각적인 효과를 가진다. 따라서 우리는 변신의 현상을 일반화하여, 거기서는 한 사람이 여러 사람으로 증식되

---

4   Jean Piaget, 1896-1980. 스위스의 철학자, 자연과학자, 발달심리학자. 특히 어린이의 학습능력에 대한 연구인 인지발달이론과 그의 인식론적 관점을 대변하는 '발생적 인식론'으로 잘 알려져 있다. 1955년 제네바에 발생적 인식론 국제센터를 창립했고, 1980년까지 지도적인 지위에 있었다. 에른스트 폰 글라저스펠트는 피아제를 '구성주의 인식론의 위대한 선구자'로 높이 평가했다.

는 일이 쉽게 일어날 것이라고 말할 수 있다. 우리는 모두가 자신을 여러 사람인 것처럼 느낀다. 여기에서 느낌은 **육체적인** 현실 차원에서 구현된다. 《오렐리아》의 화자에게 여신이 말을 건넨다. "나는 마리아와 같은 여인, 네 어머니와 같은 여인, 네가 모든 형태로 언제나 사랑했던 바로 그 여인이란다"(p. 299). 네르발은 다른 곳에서 또이렇게 쓴다. "무서운 생각이 하나 떠올랐다. '인간은 이중성을 지닌 존재이다'라는 생각이 떠오른 것이다", "가톨릭교회의 한 대사제가 썼다. 나는 내 안에 두 사람이 있음을 느낀다. (⋯) 모든 인간 안에는 방관자와 행위자, 말하는 자와 대답하는 자가 있다"(p. 277). 인격의 증식은, 글자 뜻 그대로 이해하자면 물질과 정신 사이의 이동이 가능함의 한 즉각적인 결과라 하겠다. 우리는 정신적으로 여러 사람이며, 육체적으로도 그렇게 된다.

이 원리는 더욱 확장된 또 하나의 귀결을 낳는데, 그것은 주체와 대상 사이의 경계 소멸이다. 합리적인 도식은 우리에게 인간을 대상의 지위를 갖는 외부의 다른 사람들 혹은 사물들과 관계를 맺는 주체인 듯이 제시한다. 환상문학은 그러한 가파른 분리를 뒤흔든다. 우리가 음악을 들을 때, 거기에는 청취자의 바깥에 있으면서 소리를 만들어내는 악기와 청취자가 더 이상 따로 존재하지 않는다. 고티에는 이렇게 썼다. "음들이 어찌나 강렬한 떨림을 만들어냈는지, 마치 빛의 화살처럼 내 가슴속을 뚫고 들어왔다. 곧이어 연주된 노랫가락이 내 안에서 생겨나오는 것처럼 느껴졌다. (⋯) 베버의 영혼이 내 안에서 구현되었다"(p. 203). 네르발에게서도 마찬가지이다. "나는 야영지 침대에 누워 있었다. 나처럼 체포된 한 미지의 남자에 대해 병사들이 나누는 대화 소리가 들렸다. 그 남자의 목소리가 좀 전 이

홀 안에 울려 퍼졌었는데 어떤 기이한 떨림의 효과로 인해 그 목소리는 아직도 내 가슴속에 가득 메아리치고 있는 것 같았다"(p. 258).

누군가가 하나의 대상을 바라본다. 하지만 그 형태와 색깔을 포함한 대상과 관찰자 사이에 경계는 더 이상 없다. 다시 고티에를 읽어보자. "어떤 괴이한 기적으로, 몇 분 동안의 응시 끝에, 나는 주시하던 대상과 융합되면서 나 자신이 그 대상으로 변하고 있었다."

두 사람이 서로를 이해하기 위해 말을 나눌 필요는 더 이상 없다. 각자는 상대방이 되어, 서로가 생각하는 것을 알 수 있기 때문이다. 《오렐리아》의 화자는 삼촌을 만날 때 그런 경험을 하고 있다. "그가 나를 옆에 앉혔고, 우리 사이에 일종의 교감이 이루어졌다. 왜냐하면 내가 그의 목소리를 들었다고는 말할 수 없지만, 나의 생각이 어느 한 점을 향해감에 따라 곧 그것에 대한 설명이 내게 명확해졌기 때문이다"(p. 261). 혹은 "내 안내인에게 아무것도 묻지 않고서도 나는 높고도 깊숙한 그곳이 산악지대 원주민들의 은밀한 주거지라는 사실을 직관으로 이해했다"(p. 265). 주체가 대상과 더 이상 분리되어 있지 않으므로, 소통은 직접적으로 이루어지고 세계 전체가 보편화된 소통망 속에서 파악된다. 네르발에게서 그러한 확신이 어떻게 표현되는지 읽어보자. "그러한 생각은, 세계를 그것 본래의 조화 속에서 복원시키기 위해 살아 있는 모든 존재들이 어떤 광범위한 공모를 꾸미고, 천체들의 자기력을 통해 소통이 이루어지며, 하나의 단절 없는 사슬이 그 총체적인 소통에 헌신하는 지성들을 지구 둘레로 하나로 연결시킨다는 생각으로 나를 이끌었다. 그리고 노래들, 춤들, 시선들이 점점 더 가까이 서로를 자기력으로 끌어당기며 그 같은 소통의 열망을 표현하고 있었다"(p. 303).

환상문학의 테마 상수와 동심의 세계(혹은 더 정확히는, 앞서 언급했던 것처럼, 성인이 만든 이것의 모조품)의 근본적인 특징 사이에 발견되는 유사성에 다시 한번 주목하자. 피아제는 이렇게 쓰고 있다. "정신발달의 출발점에는 분명 자아와 외부세계 사이에 어떤 구별도 존재하지 않는다"(《6개의 심리학 연구Six études》, p. 20). 환각제의 세계에 대해서도 마찬가지의 말을 할 수 있다. "인체와 주변 세계는 유일하고 완전한 하나의 행위 도식을 구성하며, 그 속에는 주체도 대상도, 능동자도 수동자도 없다"(와츠의 책, p. 62). 혹은, "나는 세상이 내 머리의 안과 밖에 동시에 있다고 느끼기 시작한다. (…) 나는 세상을 바라보지 않으며, 그것과 마주하여 나 자신을 위치시키지 않는다. 나는 그것이 나 자신의 내부에서 변형되는 하나의 지속적인 과정을 통해 세상을 경험한다"(p. 29). 마지막으로, 정신병자들에게도 마찬가지이다. 골트슈타인Goldstein은 "그[정신병자]는 정상적인 사람과는 달리, 대상을 자신과 분리된 어떤 조직적인 외부세계의 일부분으로 여기지 않는다"(카사닌의 책 재인용, p. 23). "자아와 세계 사이의 정상적인 경계들이 사라지고, 그 대신 우리는 일종의 우주적인 융합을 발견한다……"(p. 40). 이러한 유사점들에 대한 해석은 뒤에 가서 시도해볼 것이다.

물질세계와 정신세계가 상호 침투함에 따라 그것들의 근본적인 범주들이 변용된다. 여기서 다루고 있는 환상적인 텍스트 그룹에서 기술하고 있는 바와 같이, 초자연적인 세계의 시간과 공간은 일상생활의 시간과 공간이 아니다. 여기서 시간은 정지된 것처럼 보이며, 우리가 가능하다고 믿는 것보다 훨씬 더 길게 연장된다.《오렐리아》의 화자의 경우가 바로 그러하다. "그것은 세계의 새로운 소유자들을 인정하고 싶지 않았던 정신들 사이에 하나의 완전한 혁명의 신호였다. 나는 지구를 피로 물들인 그 전투들이 몇 천 년 동안 지속되었는지 알지 못한다"(p. 272).

시간은 또한 〈해시시 애호가 클럽〉의 주요 테마 중 하나이다. 화자는 마음이 급하다. 하지만 그의 움직임은 믿어지지 않을 정도로 느리다. "나는 아주 고통스럽게 몸을 일으켜 살롱의 문을 향해 걸어갔고, 상당한 시간이 흐른 후에야 거기에 도달했다. 어떤 미지의 힘이 세 걸음에 한 번씩 뒤로 후퇴하도록 나를 강제했던 것이다. 내 계산으로는 내가 그 거리를 가는 데 십 년이 걸렸다." 그다음, 그는 계단을 내려간다. 하지만 층계가 끝이 없는 것처럼 보인다. "나는 최후의 심판 다음날에나 저 아래에 도달할 것이다"라고 그는 말한다. 그리고 도착해서는 이렇게 말한다. "내가 헤아린 바로는, 이러한 회전목마 같은 짓을 천 년 동안 지속했다"(p. 208-209). 그는 열한 시에 도착해야 하지만, 어느 순간 사람들은 그에게 "너는 절대 열한 시에 도착하지 못할 것이다. 네가 떠난 지는 천오백 년이나 되었다"(p. 210)라고 말한다. 이 작품의 아홉 번째 장은 시간을 매장하는 장면을 이야기하는데, 이런 제목이 달려 있다. "시계를 믿지 마십시오." 사람들이 화자에게 밝힌다. "시간은 죽었습니다. 이제부터 더 이상 년年, 월月, 시時 같은 것은 아무것도 없습니다. 시간은 죽었고 우리는 그 장례식에 갑니다. (…) 어떤 돌연한 생각에 사로잡힌 나는 외쳤다 — 위대한 신이시여! 더 이상 시간이 없으면 언제 열한 시가 될 수 있을까요……"(p. 211). 시간이 '정지된' 것 같은 환각제의 경험 속에서, 또 과거와 미래에 대한 관념도 없이 영원한 현재 속에 사는 정신병자에게서 같은 변신이 또 한 번 더 관찰된다. 공간 또한 같은 방식으로 변형된다. 여기에 〈해시시 애호가 클럽〉에서 발췌한 몇몇 예가 있다. 어떤 계단의 묘사이다. "그늘에 파묻힌 그것〔계단〕의 양쪽 끝이 천당과 지옥이라는 두 깊은 심연 속으로 빠져드는 것처럼 느껴졌다. 고개를 들자, 광대한 전망 속에 첩첩이 쌓아올린 수많은 층계참들과 릴라크 탑⁵ 꼭대기에 이르기 위한 것인 듯 힘들게 올라야 할 비탈들이 보였다. 그리고 고개를 떨구었다. 나는 여러 층의 심연들, 급선회하는 나선형 계단들, 현기증 나는 소용돌이들을 직감적으로 간파했다"(p. 208). 어떤 안마당의 묘사는 이렇다. "마당은 육군사관학교 연병장처럼 엄청난 규모를 가졌는데, 몇 시간 만에 로마와 바빌론에 버금가는 첨탑들과 둥근 지붕들, 종루들, 합각머리들, 피라미드들로 꾸며졌다"(p. 209).

여기서 우리는 하나의 특정 작품이나 하나의 테마를 철저하게 기술하려고 애쓰지는 않을 것이다. 예컨대 네르발의 공간은 그 하나만으로도 아주 광범위한 연구를 요할 것이다. 우리에게 중요한 것은 초자연적인 사건이 등장하는 세계의 주된 특징을 부각시키는 것이다.

요약하자. 우리가 발견한 원칙은 물질과 정신 사이의 경계에 대한 문제 제기처럼 간주된다. 그 원칙은 몇 가지 근본적인 테마들을 낳는다. 어떤 특별한 인과관계, 즉 범결정론과 인격의 증식, 또 주체와 대상 사이의 경계 파괴, 마지막으로 시간과 공간의 변형이 그것이다. 비록 이 목록이 완벽하지는 않지만, 우리는 그것이 환상 장르의 첫 번째 테마 망의 핵심적 요소들을 모았다고 말할 수 있다. 우리는 이 테마들에 '**나**의 테마들'이라는 명칭을 부여했는데, 그 이유는

---

5 바벨탑을 말한다.

앞으로 알게 될 것이다. 아무튼 우리는 이 분석이 진행되는 내내, 한 편으로는 여기에 모인 환상 장르의 테마들과, 다른 한편으로는 마약 중독자, 정신병자, 혹은 어린아이의 세계를 기술하면서 사용된 범주들 간의 상응을 부각시켰다. 그러한 관점에서, 피아제의 지적은 우리의 주제에 그대로 빠짐없이 적용되는 것 같다. "생애 최초의 2년 간 이루어지는 그 지적 변혁은 네 개의 근본적인 과정에 의해서 특징지어진다. 그것은 대상, 공간, 인과관계, 시간이라는 네 개 범주의 구축 과정들이다"(《6개의 심리학 연구》, p. 20).

이 테마들의 또 하나의 특징은, 그것들이 본질적으로 인간과 세계 사이의 관계 구조화에 관련되어 있다는 것이라고 말할 수 있다. 프로이트의 용어로 표현하자면, 우리는 **지각 – 의식** 체계 속에 있다. 그리고 그 관계는 특별한 행위들이 아니라 오히려 하나의 관점을 내포한다는 점에서, 또 세계와의 상호작용이 아니라 세계의 어떤 지각을 내포한다는 점에서 비교적 정태적이다. 여기서 지각이라는 용어가 중요하다. 즉 그 모든 테마를 '시선의 테마들'로 지정할 수 있을 정도로 그 테마들의 그물망에 연결된 작품들이 지각의 문제를, 특히 근본적인 감각인 시각의 문제를("다섯 가지 감각은 오직 하나의 감각 기능, 즉 보는 능력일 뿐이다"라고 루이 랑베르는 말했다) 끊임없이 부각시키는 것이다.

시선. 이 단어는 우리로 하여금 지나치게 추상적인 고찰을 신속히 포기하고 잠시 관심을 접었던 환상적인 이야기로 되돌아올 수 있게 해준다. 열거된 테마들과 시선 사이의 관계를 호프만의 《브람빌라 공주》에서 확인하기란 쉬운 일일 것이다. 이 환상소설의 테마는 인격의 분열, 즉 둘로 쪼개짐이며, 더욱 일반적으로는 꿈과 현실, 정신과 물질 사이의 유희이다. 의미심장하게도, 초자연적인 요소의 출현은 언제나 시선의 영역에 속하는 어떤 요소의 동시적인 발생을 동반한다. 경이의 세계 속으로 침투해 들어갈 수 있게 해주는 것은 특히 안경과 거울이다. 그리하여 사기꾼 약장수 첼리오나티는 공주가 거기 있다는 사실을 알린 다음, 군중에게 큰 소리로 외친다. "그 유명한 브람빌라 공주님이 여러분 앞을 지나갈 때 여러분은 그분을 알아 볼 수 있을까요? 아닙니다. 위대한 인도 마술사 루피아몬테가 만든 안경을 쓰지 않으면 여러분은 그럴 수 없을 것입니다. (…) 그리고 사기꾼은 상자 하나를 열더니, 엄청난 양의 큼지막한 안경들을 끄집어냈다……"(《환상적인 이야기》 제3권, p. 19). 오직 안경만이 경이의 세계에 이르는 출구를 열어주는 것이다.

거울도 마찬가지이다. 피에르 마비유는 이 사물이 한편으로 '경이', 다른 한편으로 시선("se mirer"[6])과 친연성이 있음을 지적했다. 이야기의 등장인물이 초자연적인 세계를 향해 결정적으로 한 걸음 내딛는 순간이면 거울은 어김없이 나타난다(이 관계는 거의 모든 환상 텍스트들에서 증명된다). "갑자기 코르넬리오 키아페리 왕자와 브람빌라 공주, 이 두 연인이 깊은 잠에서 깨어났다. 그들은 자신들이 샘가에 있음을 발견하고는 물속에 비친 자신들의 모습을 열렬히 바라보았다. 그 거울 속의 모습을 보자마자 그들은 마침내 서로를 알

---

6 'se mirer'는 '자신을 응시하다', 반들거리는 표면에 모습이 '비치다'라는 뜻이다. '거울'(miroir)은 원래 '주의 깊게 바라보다'를 의미하는 동사 'mirer'에서 파생된 명사이다.

아보는 것이었다……"(p. 131). 진정한 풍요, 진짜 행복은(이것들은 경이의 세계 속에 있다) 거울 속을(거울 속 자신의 모습을) 바라보게 되는 자들만이 손에 넣을 수 있다. 즉 "우리처럼 자신을 바라보고 자신을 알아볼 수 있는 그들은 모두 풍요롭고 행복해요. 그들의 삶이, 그리고 그들의 존재 전체가 우르다르 샘의 맑은 마술 거울 속에 있어요"(p. 136-137). 지글리오가 브람빌라 공주를 알아볼 수 있는 것은 오로지 거울 덕분이었고, 두 사람이 경이로운 삶을 시작할 수 있는 것도 거울 덕분이다.

경이를 거부하는 '이성', 다시 말해 거울을 부정하는 '이성'은 그 사실을 잘 알고 있다. "많은 철학자들이 물거울 속을 들여다보는 행위를 단호하게 금지했다. 왜냐하면 세상과 자기 자신을 그렇게 뒤집어보면 현기증을 느낄 수 있기 때문이다"(p. 55). 그리고 "거울 속에서 모든 자연과 자신의 모습을 본 많은 사람들이 일어서더니 고통과 분노로 고함을 질렀다. 그들은 그렇게 세상과 자기 자신을 뒤집어보는 것이, 그토록 길고 고통스러운 경험을 통해 얻은 지혜를, 인류의 존엄성을, 이성을 거스르는 일이라고 말했다"(p. 88). 여기서 '이성'은, 세계가 아니라 세계의 이미지 즉 비물질화된 물질을 제공하는, 요컨대 무無모순성의 법칙에 모순을 제공하는 거울에 반대한다고 선언하고 있다.

따라서 호프만의 작품에서 경이의 세계에 연결되어 있는 것은 시선 자체가 아니라 간접적이고 왜곡되고 전복된 시선의 상징들, 즉 안경과 거울이다. 이러한 시각 현상의 두 가지 유형 간 대립 및 그것들과 경이 사이의 관계를 설정하는 자는 지글리오 자신이다. 첼리오나티가 그에게 어떤 '만성적인 이중성'을 앓고 있다고 알려주자, 지글리오는 그 표현이 '알레고리적'이라며 거부하고 자신의 상태를 이렇게 규명한다. "나는 안경을 너무 일찍부터 썼던 탓에 안질眼疾을 앓고 있습니다"(p. 123). 안경을 통해 바라보는 행위는 다른 세계를 발견하게 하고, 정상적인 광경을 왜곡시킨다. 혼란은 거울이 일으키는 것과 유사하다. "대개의 경우 모든 것이 내겐 거꾸로 보이니, 알 수 없는 뭔가가 내 눈 안에서 흐트러진 게지요"(p. 123).

순수하고 단순한 영상은 신비가 없는 평범한 세계를 우리에게 드러내준다. 간접적인 영상만이 경이를 향한 유일한 길이다. 시선의 그 초월, 시선의 그 위반이야말로 경이의 상징 자체이자 경이에 대한 가장 커다란 찬사이지 않은가? 안경과 거울은 더 이상 공간의 한 지점에 눈을 가 닿게 하는 단순한 수단이 아니며, 더 이상 단순히 기능적이지만도 않다. 다시 말해 투명하지도 않고 타동사적 성질을 띠지도 않은 어떤 시선의 이미지가 된다. 안경과 거울은 어떤 의미에서, 물질화된 혹은 불투명한 시선이자, 시선의 정수이다. 게다가 우리는 '견자見者'라는 단어 속에서도 마찬가지로 풍부한 의미가 내포된 애매성을 발견한다. '견자'란 보면서 보지 않는 자이며, (눈을 통한) 지각 작용의 상위 차원인 동시에 그것의 부정이다. 그렇기 때문에 눈을 찬미하기를 원할 때, 호프만이 그것을 거울과 동일시할 필요를 느끼는 이유가 바로 거기 있다. "그녀의 눈[한 전능한 요정의 눈]은 모든 사랑의 광기가 반사되고, 그 존재가 인정받고, 기쁨으로 찬미되는 거울이다"(p. 75).

호프만의 작품은 현미경, 확대경, 가짜 눈 혹은 진짜 눈 등으로, 말 그대로 뒤덮여 있으며,《브람빌라 공주》가 시선을 지배적인 테마로 하는 유일한 이야기는 아니다. 더구나 호프만이 우리의 테마 망과 시선 사이의 관계를 설정할 수 있게 해주는 유일한 이야기꾼도 아니다. 하지만 그러한 상관관계 연구에는 신중을 기해야 한다. 설령 '시선', '영상', '거울' 등의 단어들이 하나의 텍스트 속에 등장한다 해도, 아직 그것이 우리가 '시선의 테마'의 한 유형과 대면하고 있음을 의미하지는 않는다. 그것이야말로 문학 담론의 각각의 최소 단위에 대해 유일하고 결정적인 하나의 의미를 전제로 내세우는 것일 게다. 그런데 이것은 정확히 우리 스스로가 금지한 것이다.

어쨌든 호프만에게는 '시선의 테마'(우리의 기술記述 어휘 속에 자리 잡은 그대로)와 그의 텍스트 자체에서 발견되는 '시선의 이미지들' 사이에는 분명 상응하는 부분이 있으며, 그 점에서 그의 작품은 특히 시사적이다.

우리는 이 첫 번째 테마 망을 각자가 위치한 관점에 따라 여러 방식으로 규정지을 수 있다는 것 또한 알게 되었다. 그 방식들 중에서 선택하거나 혹은 단순히 그것들을 명시하기에 앞서, 우리는 또 다른 테마 망을 먼저 살펴보아야 할 것이다.

08

너의
테마들

발자크의 소설《루이 랑베르Louis Lambert》는 우리가 **나**의 테마들이라 불렸던 것에 대한 탐구를 가장 멀리 밀고 나간 작품 중 하나라고할 수 있다. 루이 랑베르는《오렐리아》의 화자처럼, 우리의 분석에서 도출된 모든 원칙을 구현하는 존재이다. 랑베르는 관념의 세계에서 살고 있다. 하지만 거기서 관념은 감각으로 느낄 수 있는 것이되었고, 그는 미지의 섬을 탐험하듯 보이지 않는 세계를 탐험한다.

앞선 테마 망에 속하는 다른 텍스트들에서는 한 번도 부딪혀본 적이 없는 어떤 사건이 발생한다. 루이 랑베르는 결혼하리라 결심한다. 그가 사랑에 빠진 대상은 하나의 공상이나 추억 혹은 꿈이아니라 분명히 실재하는 한 여인이다. 그리고 그때까지 비가시적인 것만을 지각하던 그의 감각에 육체적 쾌락의 세계가 천천히 열리기 시작한다. 랑베르 자신은 감히 그 사실을 믿으려 하지 않는다.

"아! 그토록 순수하고 그토록 심오한 우리의 감정이 내가 꿈꾼 수천 가지 애무들의 달콤한 형태를 띠게 될 것이라니요! 당신의 작은 발은 나를 위해 신을 벗을 것이고, 당신의 모든 것은 내 소유가 될 것이오!"라고 그가 약혼녀에게 쓴다(p. 436). 그리고 화자는 그 놀라운 변신을 이렇게 요약한다. "게다가 우연히 남아 있는 이 편지들은 과거에 견지해오던 관념주의에서 극도로 날카로운 감각주의로의 그의 이행을 꽤 잘 드러내 보여준다"(p. 441). 육체의 인식이 정신의 인식에 더해질 것이다.

갑자기 불행한 일이 일어난다. 결혼식 전날, 루이 랑베르가 미쳐버리는 것이다. 그는 먼저 강경증적 상태에 빠졌다가 그다음엔 깊은 멜랑콜리 속으로 빠지게 되는데, 그 직접적인 원인은 자신의 불능에 대한 생각인 것 같다. 의사들은 치유가 불가능하다고 선언하고, 랑베르는 어느 시골집에 칩거하여 침묵과 무력감과 순간적인 명철함으로 점철된 수년의 세월을 보내고는 숨을 거둔다. 그러한 비극이 전개되는 이유는 무엇인가? 그의 친구인 화자는 여러 가지 설명을 시도한다. "그의 흥분은 최고의 육체적 쾌락에 대한 기대가 일으켰음이 틀림없다. 그리고 그 흥분이 육체의 순결함과 영혼의 힘에 의해 더욱 강렬해진 탓에, 원인만큼이나 결과 또한 잘 알려지지 않은 그 위기를 분명 야기시킬 수 있었다"(p. 440-441). 그러나 그러한 심적 혹은 육체적 원인 외에도, 거의 형식적인 것으로 규정지을 수 있을 이유가 하나 암시되어 있다. "아마 그는 결혼의 환희 속에서 자신의 내적 감각의 완성과 영적 세계를 통한 비상을 방해하는 어떤 장애물을 보았던 것이다"(p. 443). 따라서 우리는 외적 감각의 만족이냐, 내적 감각의 만족이냐를 선택해야 할 것이다. 그것들 모두를 만족시키기를 원하는 것은, 사람들이 광기라고 부르는 이 형식의 스캔들로 이끌어간다.

더 나아가, 이 책에서 증명된 그 형식의 스캔들은 엄밀히 문학적인 위반이기도 한데, 그것은 양립이 불가능한 두 테마가 동일한 텍스트 속에 나란히 놓이기 때문이다. 우리는 그 양립불가능성에서 출발하여, 두 테마 망 사이의 차이를 정당화할 수 있을 것이다. 이때 두 테마 망이란, 먼저 우리가 **나**의 테마들이라는 이름으로 알고 있는 것이 있고, 두 번째 것은 '**너**의 테마들'이라는 이름으로 지칭되는 것인데 지금까지는 성性이 여기에 속해 있다. 다른 한편으로, 고티에는 〈해시시 애호가 클럽〉에서 그 같은 양립불가능성을 언급한 바 있다. "어떤 물질적인 것도 그 황홀경에 끼어들 수는 없었고, 어떤 지상의 욕망도 그것의 순수함을 손상시키지 못했다. 게다가 사랑조차도 그 황홀경을 증대시키지 못했을 것이며, 로미오라도 해시시에 중독되면 줄리엣을 잊어버렸을 것이다. (…) 해시시 중독자에게는 베로나의 가장 어여쁜 아가씨조차 쾌락을 위해 굳이 다가가려고 애쓸 가치가 없다는 것을 인정해야 한다"(p. 201).

이렇듯, **나**의 테마들만으로 구성된 테마 망을 드러내는 작품 속에는 절대 나타나지 않겠지만, 반대로 다른 환상적 텍스트 속에는 집요하게 등장하는 테마가 하나 있다. 이 테마의 존재 혹은 부재는, 환상문학의 내부에 각각 상당수의 요소들로 구성된 두 테마 영역을 구분하기 위한 하나의 형식적인 기준을 제공한다.

《루이 랑베르》와 〈해시시 애호가 클럽〉은 **나**의 테마들을 제시하는 작품들이지만, 이 **성**이라는 새로운 테마를 외부로부터 간접적으로 정의한다. 이제 두 번째 테마 망에 속하는 작품들을 검토하면,

이 테마가 그 속에서 겪는 분화分化를 관찰할 수 있을 것이다. 성적 욕망은 예기치 않던 위력을 가질 수 있다. 그것은 그저 평범한 하나의 경험이 아닌, 삶에 가장 본질적인 것이다. 〈사랑에 빠진 죽은 여인〉의 사제, 로뮈알드는 이렇게 증언한다. "한 여인을 향해 단 한 번 눈길을 돌렸던 탓에, 겉보기에는 너무도 가벼운 실수 하나 때문에, 나는 수년간 가장 비참한 동요를 겪었다. 내 삶이 영원히 혼란에 빠져버린 것이다"(p. 94). 또 있다. "여인을 절대 쳐다보지 말라. 그리고 언제나 눈을 땅에 고정시킨 채 걸으라. 왜냐하면 그대들 마음이 아무리 정숙하고 고요해도 그대들로 하여금 영원을 상실하게 하는 데는 단 일 분만으로도 충분하기 때문이다"(p. 17).

여기서 성적 욕망은 주인공에게 놀라운 영향력을 발휘한다. 매슈 그레고리 루이스의 《몽크The Monk》는 특히 욕망의 예리한 묘사들로 현대인의 관심을 여전히 끌고 있는데, 우리는 그에 관한 가장 훌륭한 예를 이 작품에서 찾을 수 있다. 수도승 암브로시오는 먼저 마틸다의 유혹으로 시련에 빠진다. "그녀는 팔을 들어 자신의 몸을 때리는 몸짓을 했다. 공포에 사로잡힌 수도승의 눈이 그녀가 든 흉기의 움직임을 좇았다. 벌어진 그녀의 옷깃 틈 사이로 반라半裸의 가슴이 보였다. 쇠붙이의 끝이 그녀의 왼쪽 젖가슴을 짓눌렀다. 오! 맙소사, 이 얼마나 놀라운 젖가슴인가! 그녀의 몸을 비추던 달빛 덕분에 수도승은 그 눈부시게 흰 빛깔을 찬찬히 들여다볼 수 있었다. 지칠 줄 모르는 탐욕에 휩싸인 그의 눈동자가 매혹적인 가슴 봉우리 위를 맴돌았다. 그때까지 모르고 있던 어떤 감각이 불안과 혼합된 관능으로 그의 가슴을 가득 채웠다. 부글거리는 불꽃이 그의 사지 끝까지 퍼졌고, 절제되지 않은 수많은 욕망들이 그의 상상세계를 사로잡았다. 그가 열에 들뜬 목소리로 외쳤다. '그만해요! 더 이상은 못 견디겠어요.'"(p. 76).

암브로시오의 욕망은 나중에 대상을 바꾸지만 그 강렬함은 여전하다. 안토니아가 목욕할 채비를 하고 있는 동안 이 수도승이 마술 거울 속으로 그녀를 관찰하는 장면이 한 증거이다. 다시 한 번 더, "그의 욕망이 광란의 상태로 돌변했다"(p. 227). 그리고 또다시 미수에 그친 안토니아의 강간 장면에서, "곧 자신의 먹잇감이 될 그 형체를 그가 집어삼킬 듯 바라보는 동안, 그의 요동치는 맥박은 혀끝까지 방망이질했다"(p. 249). "그는 광란의 지경에까지 자신을 불태우는 강렬하고 급작스런 쾌감을 느꼈다."(p. 250) 등. 그 강렬함에 있어서 이 경험은 어떤 다른 것과도 비교될 수 없을 것이다.

이제부터는 초자연적인 것과의 관계를 발견하는 것이 놀랍지 않을 것이다. 우리는 초자연적인 것이 언제나 경계들의 경험 속에서, '최상급의' 상태들 속에서 나타난다는 것을 이미 알고 있다. 관능적 유혹으로 등장하는 욕망은 초자연적인 세계에서 가장 흔하게 출현하는 몇 가지 형체 가운데 특히 악마의 모습 속에 구현되고 있다. 단순화시켜 말하자면, 악마는 **리비도**를 지칭하기 위한 다른 단어일 뿐이라고 말할 수 있다. 《몽크》에 나오는 유혹적인 마틸다는 루시퍼의 충실한 종복으로서 "중요성이 떨어지는, 그러나 교활한 정령"이라는 사실이 밝혀질 것이다. 그런데 악마와 여자, 혹은 더 정확히 악마와 성적 욕망의 동일성에 대한 명확한 예는 이미 《사랑에 빠진 악마》에서 보았다. 카조트의 악마는 알바로의 불멸의 영혼을 점령하려 하지는 않는다. 악마는 마치 여인처럼, 이 세상 즉 지상에서만 그를 소유하는 것에 그친다. 독자의 독해가 애매한 채 유지되는 것은 대부분 비온데타의 행동이 사랑에 빠진 여인의 것과 다르지 않다는 사실에 기인한다. 다음의 문장을 보자. "많은 편지들이 퍼뜨린 소문에 따르면, 장난기 많은 조그만 악마 하나가 나폴리 왕립 근위대의 한 대위를 납치해 베니스로 데려갔다는 거예요"(p. 223). 이 문장은 사교계의 한 사건을 확증하는 것처럼 들리지 않는가? 여기서 '조그만 악마'라는 단어는 초자연적인 존재를 가리키기는커녕, 오히려 한 여인에 너무도 잘 어울리는 말처럼 들린다. 그리고 카조트는 에필로그에서 그 사실을 확인시켜 준다. "더없이 진실한 모습에 유혹된 한 신사에게 일어날 수 있는 일이 이 악마의 희생자에게 벌어진다"(p. 287). 흔히 있는 연애사건과 알바로가 겪은 악마와의 사건 사이에는 차이가 없다. 악마는 욕망의 대상으로서의 여성이다.

《사라고사에서 발견된 원고》에서도 이야기는 다르게 진행되지 않는다. 지베데가 알퐁스를 유혹하려고 할 때, 그는 아름다운 사촌 누이의 이마에 뿔이 자라는 광경을 보는 것만 같다. 티보 드 라 자키에르는 오를랑딘을 소유하고 있고 "남자들 중에 가장 행복하다"(p. 172)고 믿는다. 그러나 쾌락의 정점에서 오를랑딘은 벨제뷔트[1]로 변신한다. 삽입된 이야기들 중 다른 하나에는 악마의 사탕, 다시 말해 악마가 주인공에게 호의로 제공하는, 성적 욕망을 부추기는 사탕이라는 투명한 상징이 등장한다. "조릴랴가 내 사탕상자를 발견했다. 그녀는 두 알을 먹고 자신의 여동생에게도 주었다. 곧이어 내 눈

---

[1]   원어 (프랑스어)는 'Belzébuth.' 영어로는 'Beelzebub'으로 표기되며, 한국어 성경에서는 '바알세불'로 나타난다. 가톨릭 귀신학 연구에서는 악마의 다른 이름으로, 혹은 지옥의 일곱 왕자 중 한 명으로 간주되고 있다.

앞에 펼쳐지고 있다고 믿었던 일이 얼마만큼의 현실성을 얻게 되었다. 두 자매가 어떤 내적 감정에 지배되어, 정체를 알지 못한 채 그 감정에 자신들을 내맡기고 있었던 것이다. (…) 자매의 어머니가 들어왔다. (…) 그녀의 시선이 내 눈길을 피하면서 그 운명의 사탕상자에 가 닿았다. 그리고 몇 알을 꺼내 들고는 가버렸다. 곧이어 그녀가 다시 와서는 나를 쓰다듬으며 아들이라 불렀다. 그리고 나를 품에 껴안았다. 그녀는 자제하기 위한 엄청난 노력 속에서 고통의 감정을 느끼며 나를 떠났다. 혼란에 빠진 내 감각들은 흥분상태에까지 이르렀다. 나는 불이 정맥을 타고 온몸에 퍼지는 것 같았고, 주변의 물건들이 간신히 눈에 들어왔다. 구름 한 점이 내 시야를 덮었다. / 나는 테라스를 향하는 길로 들어섰다. 처녀들의 방문이 반쯤 열려 있었고, 나는 자제하지 못하고 들어갔다. 그녀들이 겪는 감각의 혼란은 나보다 더 엄청난 상태에 있었다. 나는 그것이 두려웠다. 그녀들의 품에서 빠져나오고 싶었지만, 그럴 힘이 내겐 없었다. 그녀들의 어머니가 들어왔고, 질책은 그녀의 입에서 사라져 버렸다. 그녀가 우리를 질책할 권리를 곧 잃어버린 것이다"(p. 253-254). 일단 사탕상자가 비워지자, 감각들의 흥분은 멈추질 않는다. 악마의 선물은 욕망의 각성이었고, 이젠 어떤 것도 그것을 멈출 수 없다.

〈사랑에 빠진 죽은 여인〉에서, 엄격한 세라피옹 사제는 이 테마의 구성에서 더욱 멀리 나아갈 것이다. 쾌락을 직업으로 삼는 화류계의 여인 클라리몽드는 그에게 "벨제뷔트의 화신"일 따름이다(p. 102). 동시에 사제의 인품은 반대편의 대립항, 즉 신, 더 나아가 지상에서의 신의 대리자 혹은 종교에 봉사하는 시종의 좋은 본보기이다. 게다가 이것은 로뮈알드가 자신의 새 지위에 부여하는 정의定義

이기도 하다. "사제가 된다는 것! 그것은 순결을 지키는 것, 사랑하지 않는 것, 성도 나이도 구분하지 않는 것이다……"(p. 87). 그리고 클라리몽드는 그녀의 직접적인 경쟁자가 누구인지 알고 있다. "아! 내가 얼마나 신을 질투하는지! 당신이 사랑했고 여전히 나보다 더 사랑하는 신 말이에요!"(p. 105).

이상적인 수도승은, 루이스의 소설 첫 부분에서 암브로시오가 보여주는 바로 그 모습, 즉 무성無性 상태의 구현이다. "[다른 등장인물이 말한다]게다가 그는 자신의 순결 서약을 어쩌나 엄격하게 지키는지 한 남자와 한 여자 사이에 존재하는 차이조차 구분할 수 없을 정도라고 알려져 있습니다"(p. 29).

《사랑에 빠진 악마》의 주인공 알바로 또한 같은 대립 의식 속에서 살고 있다. 자신이 악마와 내통함으로써 죄악을 저질렀다고 믿자, 그는 여자를 모두 거부하고 수도승이 되리라 결심한다. "성직자가 되어버리자. 매혹적인 성이여, 나는 그대를 포기해야 하리……"(p. 276-277). 성을 긍정하는 것은 종교를 부정하는 것이다. 오로지 자신의 쾌락만을 고민하는 이슬람의 칼리프 바텍이 불경과 신성모독에서 만족을 느끼는 이유가 바로 거기에 있다.

《사라고사에서 발견된 원고》에서도 같은 대립 양상을 볼 수 있다. 두 자매에게 알퐁스와의 육체적인 결합을 방해하는 물건은 그가 목에 걸고 다니던 성유물 메달이다. "이건 내 어머니가 내게 선물한 보석이에요. 항상 지니고 있겠다고 약속했어요. 여기에는 진짜 십자가의 한 조각이 들어 있지요"(p. 58). 그리고 그녀들이 자기네들의 침대에 그를 맞아들이는 날, 지베데는 그 메달을 매단 리본부터 먼저 자른다. 십자가는 성적 욕망과 양립할 수 없다.

메달의 묘사에는 그러한 대립 관계에 속하는 다른 한 요소가 들어 있다. 즉, 어머니는 여성에 대립되는 존재인 것이다. 알퐁스의 사촌누이들이 자신의 정조대를 벗기 위해서는 어머니의 선물인 그 메달을 그에게서 떼어내야만 한다. 또 〈사랑에 빠진 죽은 여인〉에는 이런 흥미로운 문장도 있다. "나는 내가 내 어머니의 자궁 속에서 무엇을 했는지 알 수 없는 만큼이나 내가 사제였다는 사실을 기억할 수 없었다"(p. 108). 어머니 몸속에서의 삶과 사제 신분 사이에는 일종의 등가성이 있다. 다시 말해 욕망의 대상으로서의 여성이라는 존재에 대한 거부가 있다.

이 등가성은 《사랑에 빠진 악마》의 중심을 차지하고 있다. 알바로가 여성-악마 비온데타에게 전적으로 자신을 내맡기지 못하게 막는 힘은 바로 그의 어머니의 이미지이다. 어머니는 이야기의 결정적인 순간마다 어김없이 나타난다. 그 대립이 적나라하게 나타나는 알바로의 꿈이 하나 있다. "나는 꿈속에서 어머니를 보았다고 생각했다(…). 우리는 협소한 통로를 지나가고 있었고, 나는 자신 있게 그 길로 들어섰다. 그런데 갑자기 어떤 손이 절벽으로 나를 떠민다. 나는 그 손이 누구의 것인지 알아본다. 비온데타의 손이다. 내가 떨어지려던 찰나에 어떤 다른 손이 나를 잡아당긴다. 그리고 나는 어머니의 품속에 있다"(p. 190-191). 악마는 알바로를 관능의 절벽 아래로 떠밀고, 그의 어머니는 그를 붙잡는다. 하지만 알바로는 언제나 비온데타의 매력에 항복하고, 그의 추락은 임박해 있다. 어느 날, 베니스의 거리를 떠돌던 그는 갑자기 비를 만나 어느 교회 안으로 피신한다. 그는 조각상들 중 하나에 다가서면서 그 속에 자기 어머니의 모습이 보인다고 생각한다. 순간, 그는 싹트고 있던 비온데타에 대한 사랑 때문에 어머니를 잊어버리고 있었다는 사실을 깨닫고는, 그 여인을 떠나 어머니에게로 되돌아가기로 결심한다. "다시 한번 그 소중한 피신처에서 보호받기로 하자"(p. 218).

알바로가 어머니 곁에서 미처 보호받기 전에, 악마-욕망이 그를 사로잡는다. 알바로의 패배는 완벽할 것이다. 그러나 그것이 결정적이지는 않다. 마치 그 모든 일이 그저 단순한 사교의 문제였다는 듯, 케브라쿠에르노스[2] 박사는 그에게 구원의 길을 가르쳐줄 것이다. "한 여성과 합법적인 관계를 맺으세요. 나리의 훌륭하신 어머니께서 그러한 선택을 도와주실 것입니다……"(p. 285). 한 여성과의 관계가 악마적이지 않기 위해서는 어머니에 의해 감시되고 검열되어야 한다.

한 여인에 대한 이 사랑은 강렬하지만 '정상적'이다. 그런데 환상문학은 그러한 사랑을 넘어서는 욕망의 여러 변형을 보여준다. 그것의 대부분은 정말로 초자연적인 범주에 속하기보다는, 오히려 사회적 차원의 '기이함'에 속한다. 여기서 근친상간은 가장 흔한 유형 중 하나이다. 페로에게서는(〈당나귀 공주Peau d'ane〉) 딸을 사랑하는 아버지가 그 당사자이며, 《천일야화》는 오누이 사이의 사랑과(〈첫 번째 탁발승의 이야기〉) 어머니와 아들의 사랑을(〈카마랄자만의 사랑 이야기〉) 이야기한다. 《몽크》에서 암브로시오는 자신의 누이 안토니아에 대한 사랑에 빠져 어머니를 살해한 다음 누이를 강간하고

---

2   Quebracuernos. 스페인어로 풀어서 이해하면, 이 이름은 '(악마의) 뿔을 부러뜨리는 자'를 의미한다.

죽인다.《바텍》³의 바르키아로크 에피소드에서, 주인공은 딸에 대한 사랑에서 가까스로 벗어난다.

동성애는 환상문학이 종종 다루는 또 다른 유형의 사랑이다.《바텍》은, 칼리프에 의해 학살되는 청년들의 묘사나 굴첸루즈의 묘사에서뿐만 아니라, 특히 알라시와 피루즈의 에피소드에서 — 피루즈 왕자가 실은 피루즈카 공주라는 사실이 밝혀짐으로써 이 에피소드의 동성애적인 관계가 뒷부분에서 약화되긴 하지만 — 또 하나의 좋은 예를 제공한다. 그 시대의 문학은 (앙드레 파로André Parreaux가 벡퍼드에 관한 자신의 책에서 지적하듯) 사랑받는 사람의 애매한 성을 종종 다룬다.《사랑에 빠진 악마》의 비온데토 - 비온데타,《바텍》의 피루즈 - 피루즈카,《몽크》의 로사리오 - 마틸다가 그러하다.

세 번째 유형의 사랑은 '두 사람 이상의 사랑', 다시 말해 가장 흔한 형태인 세 사람의 사랑으로 특징지을 수 있을 것이다. 이 유형의 사랑은 오리엔트의 이야기들에서는 전혀 놀랍지 않은데,《천일야화》에서 세 번째 탁발승은 마흔 명의 여인들과 함께 평온하게 살아간다. 앞서 인용한《사라고사에서 발견된 원고》의 한 장면에서 헤르바스는 세 명의 여인, 즉 어머니와 두 딸과 함께 침대에 누워 있다.

사실《사라고사에서 발견된 원고》는 지금까지 열거된 유형들을 조합하는 몇몇 복합적인 예들을 제공한다. 지베데, 에미나와 알퐁스의 관계도 그러한 경우이다. 이들의 관계는 우선 동성애적이다. 왜

---

3   한국어 번역판《바텍》(정영목 옮김, 이삭줍기, 2003)은 영문판에서 번역되었고(5장의 주 2번 참고), 등장인물들의 이름이 토도로프의 책에 인용된 프랑스어판의 이름들과 조금씩 다른 듯하다.

냐하면 두 아가씨는 알퐁스를 만나기 전부터 이미 함께 살고 있었기 때문이다. 에미나는 그녀들 자신의 어린 시절에 대해 펼쳐놓는 이야기 속에서 스스로 '우리의 성향'이라 부르는 것, '서로 멀리 떨어져 살아가는 불행', 이별을 강요받지 않기 위해 '같은 남자와 결혼하려는' 욕망에 대해 끊임없이 말한다. 지베데와 에미나는 자매이므로(게다가 알퐁스 또한 그녀들의 사촌이다) 그 사랑은 또한 근친상간적인 성질을 띤다……. 요컨대 그것은 언제나 세 사람의 사랑이며, 자매 중 어느 누구도 홀로 알퐁스를 만나지 않는다. 이네질랴와 카밀랴의 잠자리를 함께 나누는 파체코도 마찬가지이다(카밀랴는 이렇게 말한다. "오늘 저녁엔 우리 모두가 한 침대를 썼으면 좋겠어요", p. 75). 그런데 카밀랴와 이네질랴는 자매이다. 카밀랴가 파체코 아버지의 두 번째 부인, 다시 말해 어떤 의미에서는 그의 어머니이며, 따라서 이네질랴가 그의 이모라는 사실로 상황은 더욱 복잡해진다.

《사라고사에서 발견된 원고》는 사디즘에 가까운, 다른 유형의 욕망을 보여준다. 몬테살레르노 공주는 자신이 "내(공주) 소유의 여인들의 순종심에 대한 갖가지 시험들"을 어떤 방법으로 즐겼는지 이야기한다. 공주는 "그녀들을 꼬집거나 그녀들의 팔이나 허벅지에 핀을 찔러 벌을 주곤 했다."(p. 208) 등등.

거기에는 순수한 잔혹성이 관련되어 있으며, 성적 근원이 항상 드러나지는 않는다. 그러한 성적 근원은 가학적인 희열을 묘사하는 《바텍》의 한 구절에서 확인할 수 있다. "암흑세계 권력자들의 마음에 들기 위해 카라티스는 가벼운 만찬을 열었다. 가장 아름답기로 명성이 나 있는 부인들이 그곳에 초청되었다. 그녀는 특히 가장 희고 가장 섬세한 부인들을 찾고 있었다. 어떤 만찬도 그 만찬보다 더 우아하지는 않았다. 하지만 연회가 한창 무르익었을 때 그녀의 환관들이 테이블 위로 독사들을 흘려 내보냈고, 전갈로 가득 찬 항아리들을 그곳에다 쏟았다. 그것들이 일제히 그 부인들을 절묘하게 무는 장면이 충분히 상상될 것이다. 카라티스는 그 사태를 알아차리지 못하는 척했다. 그리고 아무도 감히 움직이지 못했다. 초대된 여인들이 숨겨가는 모습을 보며, 그녀는 자신이 제조한 특효의 테리아카[4]를 묻힌 붕대를 몇몇 여인의 상처에 감는 놀이를 즐겼다. 왜냐하면 그 선량한 공주는 무료함을 혐오했기 때문이다"(p. 104).

《사라고사에서 발견된 원고》 속 잔혹성을 띤 장면들 또한 비슷한 정신의 산물들이다. 여기서는 고통을 가하는 자에게 어떤 쾌감을 일으키는 고문이 관건이다. 잔혹성이 어찌나 강렬한지 그것을 초자연적인 힘의 탓으로 돌리는 첫 번째 예가 여기 있다. 파체코는 교수형에 처해진 두 악마에게 고문을 당한다. "그때 다른 악마는 나의 왼쪽 다리를 잡고 있었는데, 발톱 놀이도 하고 싶어 했어요. 먼저 악마는 잡고 있던 내 발바닥을 간질이는 것으로 시작했지요. 그리고는 그 괴물이 피부를 벗기고 거기서 신경을 모두 분리시켜 완전히 노출시키더니 악기처럼 퉁겼지요. 하지만 내가 그를 만족시킬 소리를 내지 않자, 그는 며느리발톱을 내 오금에다 집어넣더니 힘줄들을 꼭 쥐고는 비틀기 시작했어요. 마침내 그는 내 다리를 프살테리움[5]처럼 연주하기 시작했어요. 악마의 악랄한 웃음이 터져 나왔어요"(p. 77-78).

---

4   아편을 함유한 해독제이다.
5   현악기의 일종이다.

잔혹성의 장면이 또 하나 있는데, 이번에는 집행자가 인간 존재이다. 잔혹성은 가짜 종교재판관이 알퐁스에게 들려주는 고문 장면 속에 들어 있다. "내 친애하는 신도여, 지금 내가 너에게 하게 될 말에 겁먹지 말라. 사람들이 너를 조금 아프게 할 것이다. 여기 이 두 나무판자 사이에 너의 두 다리를 놓고, 밧줄로 단단히 묶을 것이다. 그다음 여기 보이는 쐐기들을 네 다리 사이에 놓고, 그것들을 망치로 박아넣을 것이다. 먼저 두 발이 부어오를 것이다. 그다음엔 엄지 발가락에서 피가 솟구칠 것이고, 다른 발가락들에서 발톱들이 모두 떨어질 것이다. 그다음엔 발바닥이 갈라질 것이고 으깨진 살점들과 뒤얽힌 지방질이 빠져나오는 것을 보게 될 것이다. 이것이 너를 많이 아프게 할 것이다. 너는 아무 대답도 하지 않는다. 그렇다면 이 모든 것이 아직 평범한 고문에 불과한 게다. 하지만 너는 기절할 것이다. 여기 물병들이 여러 정령들로 가득 차 있다. 그것들이 너의 정신을 되돌아오게 할 것이다. 네가 감각을 되찾았을 때 이 쐐기들을 제거할 것이다. 대신, 훨씬 더 굵은 저 쐐기들을 박을 것이다. 첫 번째 망치질에서 너의 무릎과 발목이 부러질 것이다. 두 번째 타격에서 다리가 길이로 쪼개질 것이다. 골수가 뼈에서 빠져나와 피범벅이 되어 이 짚단 위로 흐를 것이다. 말하고 싶지 않느냐……. 자, 저자의 두 엄지손가락을 죄어라"(p. 101).

이 구절이 효과를 거두는 방식들을 문체 분석을 통해 연구할 수도 있을 것이다. 육체 부위를 가리키는 표현의 정확성만큼이나, 취조자의 침착하고 용의주도한 어조가 어떤 역할을 하고 있는 게 틀림없다. 또한 마지막 두 예에서 보듯이, 이것이 순전히 언어의 폭력이라는 사실에 주목하자. 이 이야기들이 책 속의 세계에서 정말 일어난 사건을 묘사하고 있지는 않다. 하나는 과거에 있었고 다른 하나는 미래에 있을 이야기이지만, 이 둘 모두 실은 현실적이지 않은 잠재적 형태에 지나지 않는다. 다시 말해 그것들은 협박 이야기이다. 알퐁스는 그 잔혹한 행위들을 체험하지 않고, 그것들을 목격하지도 않는다. 사람들이 그것들을 묘사하고, 그의 면전에서 그것들을 이야기한다. 실제로 어떤 행동도 없었으므로 폭력적인 것은 행동이 아니라 말이다. 폭력은 언어를 (문학에서는 이것 외에 어떤 것도 문제되지 않는다) 통해서뿐만 아니라, 바로 언어 속에서도 행사된다. 잔혹성을 띤 행위는 실제적인 행위의 연쇄 속에 있는 게 아니라, 몇몇 문장의 유기적인 결합 속에 있다.

《몽크》는 우리에게 다른 유형의 잔혹성을 보여준다. 여기서 잔혹성은 그것을 행사하는 자의 결정에 따르지 않으므로, 등장인물에게서 가학적인 희열을 일으키지 않는다. 그렇기 때문에 폭력의 언어적 특성과 독자들에게 직접적으로 작용하는 폭력의 기능은 더욱더 명백해진다. 여기서 잔혹성을 띤 행위는 등장인물의 성격을 특징짓는 데 목적을 두지 않는다. 그러나 그러한 행위를 묘사하는 페이지들은 그 행위를 둘러싼 분위기의 관능적인 색채를 강화시키고 그것에 미묘한 변화를 준다. 암브로시오의 죽음이 한 예이다. 수녀원장의 죽음은 더욱더 끔찍한데, 앙토냉 아르토[6]에 의해 번역된 텍스트

---

6 Antonin Artaud, 1896-1948. 프랑스의 시인, 소설가, 배우, 연극이론가. 꿈과 그로테스크적 연극을 탐구했던 그는 '잔혹성의 연극'이라는 개념을 창안하고 두 번의 선언을 통해 문학, 연극, 영화에 새로운 변화를 일으키고자 했다. "어떤 스펙터클이건 그 바탕에 잔혹성의 요소가 없다면 연극은 가능하지 않다. 현재 우리가 처한 이 퇴락의 상태에서 형이상학을 정신들 속으로 다시 들여놓

가 그 폭력성을 강렬하게 부각시켜 준다. "폭도들은 복수심을 한가득 움켜쥐고 있었고, 그녀를 놔줄 용의가 없었다. 그들은 가장 추잡한 모욕을 수녀원장에게 아낌없이 퍼부었고, 그녀를 땅에 질질 끌고 다녔으며, 그녀의 몸과 입에다 배설물을 쑤셔넣었다. 그들은 그녀를 서로 던지며 주고받았고, 그녀를 고통으로 짓누르기 위해 각자 새로운 고문을 찾아냈다. 그들은 그녀의 울부짖음을 장화 신은 발로 짓밟았다. 그리고 그녀를 발가벗겨 포석 깔린 길 위로 그녀의 나신을 질질 끌고 다니며 채찍으로 때렸고, 그녀의 상처들은 가래침과 오물들로 채워졌다. 그녀의 두 다리를 잡고 끌고 다니며, 피범벅이 된 그녀의 머리통이 돌 위로 통통 튀는 것을 즐긴 다음, 그들은 그녀를 바로 세우고는 발길질을 하여 강제로 그녀를 달리게 했다. 그다음, 능숙한 한 손이 던진 돌멩이 하나가 그녀의 관자놀이에 구멍을 냈다. 그녀는 쓰러졌고, 누군가가 그녀의 머리통을 신발 뒷굽으로 으깨었다. 그리고 몇 초 후, 그녀는 숨을 거두었다. 사람들은 그녀를 악착같이 괴롭혔다. 비록 그녀는 아무것도 느끼지 못하고 대답할 수도 없었지만, 망나니들은 가장 추악한 이름들로 그녀를 계속 불렀다. 그들은 그녀의 몸을 여전히 백여 미터쯤 굴렸고, 군중은 그녀의 몸이 이름 없는 살덩이 외에 더 이상 아무것도 아닌 것이 되었을 때에

을 수 있는 길은 피부를 통해서이다."(《연극과 그것의 분신Le Théâtre et son Double》중) 그러나 그에게 잔혹성이란 오직 사디즘이나 고통을 일으키는 것만을 의미하지는 않는다. 그보다는 거짓 현실을 깨부수기 위한 격렬한 육체적 결단을 의미한다. 그는 텍스트를 의미의 억압자처럼 생각했던 반면, 생각과 몸짓의 중간에 위치한 독특한 언어로 만들어진 연극을 옹호했다. 그리고 연극은 공간 속에서의 육체적 표현이라는 신념으로, 육체적 표현으로 정신적인 것을 묘사하려고 노력했다.

야 비로소 싫증이 났다"(p. 293. '이름 없는' 언어도단의 단계에 이른 것은 파괴의 극치이다).

욕망에서 출발하여 잔혹성으로 이동하는 연결고리가 우리로 하여금 죽음과 만나게 했다. 그런데 이 두 테마의 친연성은 모두에게 꽤 잘 알려져 있다. 그것들의 관계가 언제나 같지는 않지만, 그것이 언제나 나타난다고 말할 수는 있다. 예를 들어 페로의 작품에는 성적 사랑과 죽음 사이에 어떤 등가성이 자리 잡고 있다. 이것은 〈빨간 모자Le Petit Chaperon rouge〉에 명확하게 나타나는데, 여기서는 옷을 벗는 것, 한 이성異性 존재와 침대에 눕는 것은 먹히는 것, 죽는 것에 필적한다. 〈푸른 수염La Barbe-Bleue〉 또한 같은 교훈을 반복하고 있다. 여성의 월경을 연상시키는 응고된 피는 죽음의 판결로 이끌 것이다.

《몽크》에서, 이 두 테마는 등가성보다는 인접성의 관계에 있다. 암브로시오는 안토니아의 육체를 소유하려고 시도하다가 그녀의 어머니를 죽이고, 안토니아를 강간한 다음 그녀를 죽이지 않으면 안 되는 상황에 처하게 된다. 게다가 이러한 강간의 장면은 욕망과 죽음의 의미작용상의 근접성이란 징후 아래 놓여 있다. "순결하고 새하얀, 잠든 안토니아의 몸은 완전히 부패된 두 시체 사이에 누워 있었다"(p. 317-318).

이처럼 탐스러운 육체가 시체와 가까이 있는 관계 유형은 포토츠키의 작품에서 주류를 이룬다. 그러나 거기서는 다시 인접성에서 치환으로 관계 양상이 이동한다. 탐스러운 여인이 시체로 변하는 것이다. 《사라고사에서 발견된 원고》의 전개 도식은 그런 식으로 끊임없이 반복된다. 알퐁스는 두 자매를 품에 안고 잠이 든다. 하지만 그는 깨어나면서, 그녀들이 있던 바로 그 자리에서 시체 두 구를 발견한다. 파체코, 우제다, 레베카, 그리고 벨라스케즈의 경우도 마찬가지이다. 티보 드 라 자키에르의 모험은 훨씬 더 심각하다. 그는 한 탐스러운 여인과 사랑을 한다고 믿는데, 이 여인이 악마와 시체로 변한다. "오를랑딘은 더 이상 없었다. 티보는 그녀 대신, 생전 처음 보는 추악한 형태들이 결합된 끔찍한 광경만을 보았다. (…) 다음날 아침 농부들이 …… 그곳에 가서 반쯤 썩은 짐승 시체 위에 누워 있는 티보를 발견했다"(p. 172). 여기서 우리는 페로와의 차이를 본다. 그의 작품에서 죽음은 욕망에 자기 자신을 내맡기는 여인을 직접적으로 징벌한다. 반면, 포토츠키의 작품에서 죽음은 남자의 욕망 대상을 시체로 변화시킴으로써 남자를 징벌한다.

고티에에게서는 그 관계가 또 다르다. 〈사랑에 빠진 죽은 여인〉의 사제는 클라리몽드의 죽은 몸을 응시하면서 관능적인 동요에 사로잡힌다. 죽음이 그로 하여금 그녀를 전혀 불쾌한 존재로 느끼게 하지 않을 뿐만 아니라, 그녀는 정반대로 그의 욕망을 증폭시키는 것 같다. "내가 그대들에게 고백해도 될까? 비록 죽음의 그림자에 의해 정화되고 신성화된 것이긴 하지만, 나는 그 완벽한 모습에 걷잡을 수 없이 동요되었다"(p. 98). 얼마 후, 어둠 속에서 그는 더 이상 응시하는 것으로만 만족하지 않는다. "밤이 깊어갔다. 영원한 이별의 순간이 다가옴을 느끼면서, 나는 내 사랑의 전부를 가졌었던 그 여인의 죽은 입술에 내 입술을 갖다 대고픈 마음을, 그 지고의 서글픈 감미로움을 도저히 억제할 수 없었다"(p. 99).

여기서 이 죽은 여인에 대한 사랑은 살짝 베일에 가린 형태로 소개되는데, 이것은 고티에에게서 조각상에 대한 사랑, 그림 속의 한 이미지에 대한 사랑 등등과 짝을 이루며, 시간증屍姦症이라는 명칭으로 불린다. 환상문학에서 시간증은 보통 흡혈귀와의 사랑이나 산 자들의 세계로 되돌아온 죽은 자들과의 사랑이라는 형태를 띤다. 이 관계는 또다시 과도한 성적 욕망에 대한 징벌처럼 제시될 수 있다. 그러나 그것이 부정적인 가치를 부여받지 않을 수도 있다. 예를 들어 로뮈알드와 클라리몽드의 관계가 그러하다. 로뮈알드 사제는 클라리몽드가 여자 흡혈귀라는 사실을 알아차리지만, 그 발견은 전혀 그의 감정을 변화시키지 않는다. 로뮈알드가 잠들어 있다고 믿은 클라리몽드는 그 앞에서 피의 영광을 위해 홀로 중얼거린 다음, 행동에 나선다. "마침내 그녀는 결심했다. 그녀는 침針을 내게 살짝 꽂고는 흘러나오는 피를 빨아먹기 시작했다. 그녀는 겨우 몇 방울만 마셨을 뿐이지만, 행여 나를 소진시킬까 걱정에 사로잡혔다. 그녀는 즉시 상처를 아물게 하는 연고를 상처에 문지른 다음, 작은 붕대를 내 팔에 정성스럽게 감아주었다. / 나는 더 이상 의혹을 품을 수가 없었다. 세라피옹 사제가 옳았다. 하지만, 그 확신에도 불구하고, 나는 클라리몽드를 사랑하지 않을 수 없었다. 게다가 나는 그녀가 인위적으로 삶을 지탱하기 위해 필요로 하는 피를 얼마든지 기꺼이 주었을 것이다. (…) 나는 스스로 내 팔에 상처를 내고는 그녀에게 말했을 것이다. '자, 마셔요! 내 사랑이 내 피와 함께 당신 몸속으로 스며들도록!'"(p. 113). 여기서 죽음과 피, 사랑과 생명 사이의 관계는 명백하다.

흡혈귀와 악마가 '선량한 쪽'에 있을 때는, 오히려 사제와 신앙심이 단죄되고, 최악의 이름들로, 심지어 악마라는 이름으로 취급될

212

것이라고 예상해야 한다! 이 같은 전적인 전복 또한 〈사랑에 빠진 죽은 여인〉에서 벌어진다. 세라피옹 사제는 기독교 도덕의 화신으로서 클라리몽드의 사체를 파헤치고 그녀를 또 한 번 죽이는 의무를 짊어진다. "세라피옹의 열성은 사도나 천사보다는 오히려 악마의 모습을 떠올리는 거칠고 야만적인 무언가를 지니고 있었다……"(p. 115). 《몽크》에서 암브로시오는 천진난만한 안토니아가 성경을 읽고 있는 장면을 보며 놀란다. "이럴 수가, 그녀가 성경을 읽고 있다니! 그녀의 순결이 그 일로 상실되지 않았다는 말인가?"(p. 215).

이처럼 우리는 다양한 환상문학 텍스트에서 상이한 가치를 부여받았으나 동일한 하나의 구조를 발견한다. 강렬한, 과잉되기까지 한 관능적인 사랑과 그것의 변형이, 기독교의 원칙이라는 이름으로 단죄되거나 혹은 찬양되거나 한다. 그러나 신앙심, 어머니 등과의 대립은 언제나 같다. 사랑이 단죄되지 않는 작품에서 초자연적인 힘은 그것이 실현되도록 돕기 위해 개입한다. 이에 관해서는 《천일야화》에서 벌써 한 예가 발견되는데, 거기서 알라딘은 바로 반지와 램프 같은 마술적인 도구의 도움으로 결국 그의 욕망을 실현하게 된다. 초자연적인 힘의 개입이 없었다면, 술탄의 딸에 대한 알라딘의 사랑은 영원히 꿈으로 남았을 것이다.

고티에의 텍스트에서도 마찬가지이다. 죽은 다음에도 보존되어 온 생명을 통해 클라리몽드는 로뮈알드에게, 비록 그 사랑이 공식적인 종교에 의해 단죄되긴 하지만, 어떤 이상적인 사랑을 실현할 수 있게 해준다(그리고 우리는 세라피옹 사제 자신이 악마와 거의 닮았다는 사실을 보았다). 그리고 로뮈알드의 영혼을 마지막에 지배하는 것은 또한 회한이 아닌가. 그는 이렇게 말한다. "나는 몇 번이고 그녀를 그리워했다. 그리고 여전히 그녀가 그립다"(p. 116-117). 이 테마는 고티에의 마지막 환상 단편소설인 〈강신술사Spirite〉에서 최고조의 발전을 보게 된다. 이 이야기의 주인공, 기 드 말리베르는 한 죽은 처녀의 혼백을 사랑하게 된다. 그리고 그들 사이에 확립된 소통 덕분으로 그는 지상의 여인들에게서 헛되이 찾고 있던 이상적인 사랑을 발견한다. 이 사랑의 테마의 승화는 우리로 하여금 여기서 우리의 관심을 사로잡고 있는 테마들의 망을 떠나 다른 것, 즉 **나**의 테마 망으로 들어가게 한다.

지금까지 우리가 밟아온 과정을 요약하자. 이 두 번째 테마 망의 출발점은 시종일관 성적 욕망이다. 환상문학은 특히 극단적인 형태들과 그것들의 상이한 변형들, 혹은 이렇게 말해도 괜찮다면 도착증을 그리는 데 열중한다. 다른 한편으로 잔혹성과 폭력을 위한 자리 하나가 따로 마련되어야 한다. 설령 이것들과 욕망 사이의 관계가 의심할 여지 없이 자명하더라도 말이다. 마찬가지로 죽음, 죽음 이후의 삶, 시체, 흡혈귀 현상과 관련된 관심이 사랑의 테마에 연결되어 있는데, 초자연적인 것은 이 경우들 각각에 동등한 강도로 나타나지 않는다. 그것은 특히 강력한 성적 욕망의 진가를 보이기 위해, 그리고 죽음 이후의 삶 속으로 우리를 끌어들이기 위해 나타난다. 반면, 인간의 잔혹성이나 도착증들은 전반적으로 가능성의 한계를 벗어나지 않으며, 말하자면 우리는 오직 사회적으로 개연성이 없는 기이한 것에 직면할 뿐이다.

우리는 **나**의 테마들을 그 수만큼의 인간과 세계 사이의 관계의 적용, 다시 말해 지각 – 의식 체계의 적용으로 해석할 수 있음을 보왔다. 여기에는 어떤 것도 유사하지 않다. 만약 우리가 **너**의 테마들을 같은 일반성 수준에서 해석하려 한다면, 우리는 인간과 그의 욕망 사이의 관계, 즉 인간과 그의 무의식 사이의 관계가 문제된다고 말해야 할 것이다. 욕망과, 잔혹성을 포함한 욕망의 다양한 유형은 인간 존재 사이의 관계들을 반영하는 그 수만큼 다양한 형상들이다. 그리고 동시에, 대략 '본능'이라고 부를 수 있는 것에 사로잡힌 인간의 상태는 인격의 구조, 그의 내면 조직의 구조에 대해 문제를 제기한다. **나**의 테마들이 본질적으로 수동적인 태도를 전제로 했다면, 여기서는 반대로 주변의 세계에 대한 강력한 **작용**이 관찰된다. 여기서 인간은 더 이상 고립된 관찰자의 위치에 머물러 있지 않고, 다른 인간들과의 어떤 역동적인 관계 속으로 들어간다. 마지막으로, 눈과 지각이 전반적으로 갖는 중요성으로 인해 첫 번째 망에 '시선의 테마들'을 부여할 수 있었다면, 여기서는 차라리 **'담론의 테마들'**에 대해 말해야 할 것이다. 실제로 언어는 인간이 타인과 맺는 관계의 대표적인 형태이자 그 관계를 구조화하는 동인動因이기 때문이다.[7]

---

7 [저자 주] 혹은, 헨리 제임스는 *The Question of Our Speech*에서 다음과 같이 쓰고 있다. "모든 삶은 결국 우리 사이에 소통을 가능하게 해주는 매체인 우리들 말의 문제로 되돌아온다. 왜냐하면 모든 삶은 우리들 사이의 관계로 되돌아오기 때문이다."

09

환상적인
것의 테마들:
결론

방금 우리는 분포에 의해 구분되는 두 개의 테마 망을 확립했다. 첫
번째 망의 테마들이 두 번째 망의 테마들과 동시에 나타날 때, 그것
은《루이 랑베르》나 〈해시시 애호가 클럽〉에서처럼, 바로 양립불가
능성이 있다는 것을 가리키기 위함이다. 이제 이 분포에서 결론을
끌어내는 일이 남았다.

　지금까지 우리가 개괄적으로 접근한 테마들의 이해는 꽤 한정
된 양상을 띤다. 예를 들어《오렐리아》에 대한 우리의 견해를 같은
작품에 대해 테마 연구가 드러낸 내용과 비교해보면, 이 두 연구 사
이에 본질상의 어떤 차이가(물론 우리가 가할 수 있는 가치판단과는
별개로) 존재한다는 것을 알아차리게 된다. 일반적으로 테마 연구
에서 분신이나 여인, 시간이나 공간에 대해 말할 때, 사람들은 텍스
트의 의미를 더욱 명료한 용어로 다시 진술하려고 애쓴다. 즉 테마

들을 포착함으로써 그것들을 해석하는 것이다. 그리고 텍스트에 대한 설명적 환언을 통해 의미에 특정 이름을 붙이는 것이다.

우리의 태도는 완전히 다르다. 우리는 테마들을 해석하려 하지 않고 단지 그것들의 존재를 확인하려고만 했다. 우리는, 테마들을 연구하는 어떤 비평이 했을 것처럼, 《몽크》에 나타나는 바와 같은 욕망에 대해서나 〈사랑에 빠진 죽은 여인〉에 나타난 죽음에 대해서 해석을 내리려 애쓰지 않고, 그저 그 테마들을 알리는 것으로 만족했다. 그 결과 우리는 더욱 한정적이긴 하지만 이론異論의 여지가 더 적은 하나의 지식을 얻었다.

여기에 두 개의 다른 대상 즉 **구조**와 **의미**가, 두 개의 구분된 활동 즉 **시학**과 **해석**의 결과로 도출되었다. 모든 작품은 하나의 구조를 갖고 있으며, 그 구조는 문학 담론의 상이한 범주들에서 차용된 요소들의 관계맺음이다. 시학에서는 작품 속 몇몇 요소들의 존재를 밝히는 것으로 만족한다. 하지만 그 지식이 일련의 과정들에 의한 검증에 내맡겨질 때 고도의 확실성이 획득될 수 있다. 비평가는 더욱 야심찬 임무, 즉 작품의 의미를 특정 이름으로써 지시하는 임무를 스스로 짊어진다. 그러나 그러한 활동의 결과를 과학적이라거나 '객관적'이라고 주장할 수는 없다. 물론 다른 것들보다 더 정당성이 높은 해석들은 있다. 하지만 그 해석들 중 어떤 것도 유일한 진실이라고 선언할 수는 없다. 따라서 시학과 비평은 과학과 해석 사이의 한층 일반적인 대립 관계에 있다고 하겠다. 이 두 항목은 모두 동등하게 관심을 가질 가치가 있는데, 실제 텍스트 연구에서 이 대립은 절대적이지 않다. 하지만 이 둘 중 어느 하나를 선택적으로 강조할 때 그것들의 구분이 가능해진다.

우리가 하나의 장르를 연구하면서 시학의 관점에 선 것은 우연이 아니다. 장르는 정확히 하나의 구조를, 고유한 문학적 속성들로 구성된 하나의 총체를, 가능성들의 목록을 나타낸다. 그러나 한 작품이 어떤 장르에 속한다는 사실은 그 작품의 의미에 대해 여전히 아무것도 가르쳐주지 않는다. 그 사실은 단지 그 작품을 — 그리고 여러 작품을 — 관할하는 모종의 규칙이 존재한다는 사실을 확인시켜줄 따름이다.

이 두 활동은 각각 선호하는 대상이 따로 있다는 사실을 덧붙이자. 시학의 대상은 문학 일반이며 그 모든 문학 범주를 포함한다. 그러한 범주들의 상이한 조합들이 장르를 형성한다. 반면, 해석의 대상은 독특한 개별 작품이다. 비평가의 관심을 끄는 것은 그 작품이 갖는 여타 문학과의 공통점이 아니라 그 작품만의 특수성이다. 이처럼 겨냥하는 바의 차이점은 명백히 방법의 차이를 유발한다. 시학자에게는 자신 바깥에 있는 대상에 대한 인식이 문제인 반면, 비평가는 작품에 자신을 동일시하고, 자신이 그 작품의 주체가 되는 경향이 있다. 테마비평에 대한 우리의 논의를 다시 끌어들이자면, 이 비평은 시학의 관점에서는 결여되었다고 여겨지는 정당성을 해석의 전망 속에서 발견한다. 우리는 텍스트의 표층에서 이루어지는 이미지들의 구성을 기술하기를 포기했다. 하지만 그 구성이 존재하지 않는 것은 아니다. 텍스트 내부에서, 어떤 유령의 얼굴색깔, 그 유령이 바닥의 구멍을 통해 사라져갈 때의 뚜껑문의 형태, 그 사라짐이 남겨놓은 기이한 냄새, 그 모든 것 사이에 맺어지는 관계를 관찰하는 것은 정당하다. 그러한 노력은 시학의 원칙들과 양립이 불가능하지만, 해석의 틀 속에서 제자리를 찾는다.

여기서 마침 테마가 문제되지 않았다면 이러한 대립을 굳이 환기시킬 필요는 없었을 것이다. 일반적으로 작품의 언어표현적 혹은 통사적 양상들에 관련될 때는 비평과 시학이라는 두 개의 관점이 존재한다는 것이 받아들여지고 있다. 즉 작품의 음성적 혹은 리듬적 구성, 혹은 수사적 문채나 구성 기법들의 선택에 관한 것들은 오래 전부터 다소 엄격한 연구의 대상이 되어 왔다. 그러나 의미작용적 양상, 혹은 문학의 테마들은 지금까지 이 연구에서 벗어나 있었다. 언어학에서는 최근까지 오직 음운론과 통사론에만 전념하기 위해, 의미를, 따라서 의미론을 과학의 경계에서 배제하는 경향을 보였었다. 문학 연구에서도 이와 마찬가지로, 리듬과 구성 등 작품의 '형식적인' 요소들에 관해서는 그것에의 이론적 접근을 받아들이지만, '내용'이 문제되는 순간부터는 그러한 접근은 거부되고 만다. 하지만 우리는 형태와 내용 사이의 대립이 얼마나 타당하지 못한지를 보았다. 이에 비해, 다음과 같은 구별은 가능할 수 있을 것이다. 즉 한편으로 테마를 포함한 모든 문학적인 요소로 구성된 하나의 구조와, 다른 한편으로 비평가가 테마뿐만 아니라 작품의 모든 양상에도 부여하게 될 의미 사이를 우리는 구분할 수 있다. 예를 들어 시적 리듬(단장격, 장단격 등)이 어떤 시대에는 기쁨, 슬픔 등 정서적으로 해석되었다는 사실은 이미 잘 알려져 있다. 우리는 양태부여와 같은 문체적 기법이 《오렐리아》에서 하나의 명확한 의미를 가질 수 있다는 것을, 더 정확히 말해 이 작품에서 그 기법이 환상 장르에 고유한 망설임을 의미한다는 것을 관찰한 적이 있다.

그러므로 우리는 시적 리듬과 동일한 일반성 수준에 테마들을 위치시키는 테마 연구를 실행하려고 노력한 셈이다. 하지만 우리는 두 개의 테마 망을 확립하면서도 동시에 각각의 개별 작품에 나타나는 그대로의 그 테마들에까지 어떤 해석을 부여하겠다고 주장하지는 않았다. 그것은 모든 오해를 피하기 위한 것이었다.

다시 또 하나의 오류 가능성에 주의를 환기시켜야겠다. 그것은 지금까지 사람들이 지적했던 것들과 같은 문학적 이미지들의 이해 방식과 관련된 것이다.

우리는 테마 망들을 확립하면서, 성姓이니 죽음이니 하는 추상적인 항목들과, 악마니 흡혈귀니 하는 구체적인 항목들을 나란히 놓았다. 이렇게 함으로써 우리는 이 두 그룹 사이에 양립성, 공존성을 확립하고자 했을 뿐, 의미작용의 관계(이를테면 악마는 성을 의미하고 흡혈귀는 시간증을 의미한다는 것 따위)를 세우려 하지는 않았다. 한 이미지의 의미는 그와 같은 번역이 암시해줄 수 있는 것보다 언제나 더 풍부하고 더 복합적인데, 거기에는 여러 이유가 있다.

먼저 이미지의 다의성에 대해 말해야겠다. 분신分身의 테마(혹은 이미지)를 예로 들어보자. 이것은 수많은 환상문학 텍스트에 관련된 문제이다. 각각의 개별 작품에서 분신은 다른 의미를 갖고 있으며, 그 의미는 이 테마가 다른 것들과 맺는 관계가 어떠한가에 달려 있다. 심지어 동일한 테마의 의미작용이 서로 반대될 수도 있는데, 그 예는 호프만과 모파상의 작품에서 볼 수 있다. 호프만의 작품에서 분신의 출현은 물질에 대한 정신의 승리이므로 기쁨의 원인이다. 반대로 모파상의 작품에서 분신은 위협의 화신이다. 그것은 위험과 공포의 조짐이다. 《오렐리아》와 《사라고사에서 발견된 원고》에서도 대립된 의미를 발견할 수 있다. 네르발의 작품에서 분신의 출현은 무엇보다 고립의 발단, 세상과의 단절을 의미한다. 반면, 포토츠키의 작품에서 분신은 책 전체를 관통하며 자주 나타나는데, 타인과의 더욱 긴밀한 접촉, 더욱 총체적인 통합의 수단이 된다. 그러므로 우리가 확립한 두 테마 망 모두에서 분신의 이미지를 발견하는 것은 놀랍지 않다. 즉, 그러한 이미지는 상이한 구조에 속할 수 있고, 여러 의미를 가질 수 있다.

다른 한편, 이미지에서 의미로의 직접적인 번역을 모색하겠다는 생각 자체가 폐기되어야 한다. 왜냐하면 첫째로 각각의 이미지는 무한한 관계맺기 움직임 속에서 언제나 다른 이미지를 의미하기 때문이며, 둘째로 그 이미지가 자기 자신도 의미하기 때문이다. 다시 말해 이미지는 투명하지 않고 농밀한 두께를 갖기 때문이다. 그렇지 않다면 모든 이미지는 알레고리로 취급해야 할 것이다. 그런데 우리는 알레고리가 다른 한 의미에의 명료한 지시를 전제로 한다는 사실을 보았다. 이것은 알레고리를 아주 특수한 경우로 만든다. 따라서 우리는 병에서 튀어나오는 정령(《천일야화》)에 대한 펜졸트의 다음과 같은 생각에는 동의하지 않을 것이다. "그 정령은 명백히 욕망의 의인화인 데 반해, 병마개는 조그맣고 단단하지 못한 만큼 인간의 도덕적 불안감을 나타낸다"(p. 106). 여기서 시니피에는 시니피앙의 관념이 되는데, 우리는 이미지를 그와 같은 시니피앙으로 축소시키기를 거부한다. 게다가 이것은 시니피앙과 시니피에 사이의 단호한 경계가 존재함을 전제로 한다. 앞으로 보게 되겠지만, 이것은 생각할 수 없는 일이다.

과정을 명료하게 설명하려는 시도가 있었으니, 이제는 그 결과를 이해시키기 위한 노력이 있어야겠다. 이를 위해, 우리는 두 테마 망의 대립이 무엇으로 구성되는지, 그리고 그 대립이 어떤 범주를 연관시키는지 알아볼 것이다. 앞서 우리는 이 두 테마 망과, 웬만큼 알려져 있는 다른 조직 사이의 연관성을 어렴풋이나마 짐작해 보았는데, 먼저 그것들을 다시 살펴보자. 이 비교는 아마 대립의 본질을 좀 더 깊이 통찰하고 그것을 좀 더 정확하게 기술할 수 있게 해줄 것이다. 하지만 그로 인해, 우리는 우리의 주장을 확신을 갖고 단언할 수는 없게 될 것이다. 이것은 그저 형식적으로 하는 말이 아니다. 우리가 보기에, 지금부터 살피게 될 모든 것은 순전히 가정적인 성질을 띠며, 또 그렇게 받아들여야 할 것이다.

첫 번째 망, 즉 **나**의 테마 망과 성인成人에게 나타나는 모습 그대로의(피아제의 설명에 따르면) 유년기의 세계 사이에 관찰된 유사성에서 출발하자. 이 유사성의 이유가 무엇인지 궁금할 것이다. 그 대답은 우리가 이미 참조한 바 있는 바로 그 발달심리학의 연구에서 찾을 수 있다. 즉 일차적인 정신 조직에서 (일련의 중간단계들을 거친) 성숙된 단계로의 이동을 부추기는 본질적인 사건은 언어에 주체가 도래하는 것이다. 정신과 물질 및 주체와 객체 사이의 구분 부재, 그리고 인과관계 및 시간과 공간에 대한 지적 발달 이전의 이해들, 다시 말해 정신적 삶의 첫 시기에서의 이 독특한 특성들을 사라지게 하는 것이 바로 그 사건인 것이다. 피아제 이론의 장점은 비록 이러한 변화가 단번에 나타나지는 않더라도, 바로 언어 덕택으로 이루어진다는 사실을 보여주었다는 것이다. 시간의 예를 들어보자. "아이는 언어 덕분에 자신의 과거 행동을 이야기 형태로 재구성하고 언어 표상을 통해 미래의 행동을 예견할 수 있게 된다"《6개의 심리학 연구》, p. 25). 또 그에 따르면, 초기 유년기 동안 시간은 과거 · 현재 · 미래의 세 점을 연결하는 선이 아니었고, 오히려 탄력적이거나 무한한 어떤 영원한 현재였다(물론 이것은 우리가 알고 있는 언어 범주의 하나인 현재와는 아주 다르다).

이렇게 하여 앞서 수행한 바 있는 두 번째 비교, 즉 환각제의 세계와 위의 해당 테마 망의 연관성 문제로 되돌아왔다. 우리는 환각제의 세계에서도, 미분화된 그리고 늘일 수 있는 시간의 관념을 발견했다. 게다가 언어 없는 세계가 또다시 문제되고 있다. 환각제는 언어표현을 거부하기 때문이다. 마찬가지로, 여기서 **타자**는 자율적으로 존재하지 않는다. **나**는 그를 독립된 존재로 생각하지 않으면서 그에게 동일시된다.

유년기의 세계와 환각제의 세계라는 이 두 세계에 공통된 또 하나의 사항은 성과 연관되어 있다. 알다시피, 우리가 두 테마 망을 확립시킬 수 있는 근거였던 대립은 바로 성과 관련이 있었다(《루이 랑베르》에서). 성(더 정확히는, 그것의 기본적이고 일반적인 형태)은 신비주의자들의 세계만큼이나 환각제의 세계에 배제되어 있다. 유년기에 관해서라면 문제는 더욱 복합적인 것 같다. 젖먹이라고 해서 욕망이 없는 세계에 살고 있는 것은 아니다. 하지만 그 욕망은 먼저 '자기성애적'이다. 대상을 향한 욕망이 발견되는 것은 그다음의 일이다. 사람들이 환각제를 통해 이르게 되는 그리고 범凡성애적이라고 부를 수 있을, 열정의 초월 상태(이는 신비주의자들이 목표로 하는 것이기도 하다)는 '승화'와 같은 부류에 속하는 성의 변형이다. 첫 번째 경우는 욕망이 외부 대상을 갖지 않고, 두 번째 경우는 대상이 세계 전체이다. '정상적인' 욕망은 이 둘 사이에 위치한다. **나**의 테마 연구 도중에 지적되었던 세 번째 연관성, 즉 정신병에 관련된 테마로 오자. 여기서도 논의의 장은 여전히 불확실하다. 우리는 '정상적인' 인간의 세계를 기준으로 해서 이루어지는 (정신병적 세계의) 기술에 기댈 수밖에 없다. 거기서 정신병자의 행동은 일관된 체계가 아니라 어떤 다른 체계의 부정처럼, 어떤 빗나간 상태처럼 그려진다. '정신분열증자의 세계'나 '아이의 세계'에 대해 말하면서, 우리는 정신분열증에 걸리지 않은 성인이 만든 그 상태들의 모조만을 다룰 뿐이다. 알려진 바에 따르면, 정신분열증자는 소통과 공통주관성[1]을 거부한다. 그리고 그렇게 언어를 거부함으로써 그는 어떤 영원한 현재 속에서 살아간다. 공통 언어 대신, '사적인 언어'를 새로 만들어내는 것이다(이것은 물론 언어 차원의 모순이므로, 또한 반反언어이다). 공통의 어휘에서 차용된 단어들은 정신분열증자가 개인적으로 고착시킨 새로운 의미를 떠안게 되는데, 이때 문제는 이것이 단순히 단어들의 의미를 다양화시키는 게 아니라, 그 단어들을 통한 자동적인 의미 전달을 보장할 수 없게 방해한다는 데 있다. 정신의학자 카사닌은 이렇게 쓴다. "정신분열증자는 자신의 극히 개인적인 소통 방법을 변화시킬 의도가 전혀 없으며, 여러분이 그를 이해하지 못한다는 사실을 즐기는 것처럼 보인다." 그러므로 언어는 원래의 매개자로서의 기능에 반하는, 세계로부터 단절시키는 수단이 된다.

유년기, 환각제, 정신분열증, 신비주의와 같은 세계들은 모두 **나**의 테마들을 포함하는 하나의 패러다임을 형성한다(이것이 그 세계들 사이에 중요한 차이점이 존재하지 않는다는 것을 의미하지는 않는

---

1 공통주관성은 간(間)주관성, 상호주관성이라고도 한다. 모든 사람들의 주관에 의해 공통적으로 의식되는 특징을 말한다.

다). 그런데 이 항목들 사이의 관계는 종종 둘씩 짝지어 다루어지면서 주목을 받아왔다. 발자크는 《루이 랑베르》에서 이렇게 쓰고 있다. "야코프 뵈메[2]나 스베덴보리[3] 혹은 마담 귀용[4]의 몇몇 책들에 대한 통찰력 있는 독서는 아편의 효과로 생성된 꿈들만큼이나 형태가 다양한 몽상들을 솟아나게 한다"(p. 381). 다른 한편으로 사람들은 정신분열증자의 세계와 아주 어린 아이의 세계를 종종 비교하기도 했다. 결국, 신비주의자 스베덴보리가 정신분열증 환자였다는 사실도, 몇몇 강력한 환각제의 사용으로 사람들이 다양한 정신병적 상태로 이끌릴 수 있다는 사실도 우연은 아니다.

이 지점에 이르러, 우리의 두 번째 테마 망인 **너**의 테마들을, 다른 커다란 정신질환들의 범주, 즉 신경증과 비교해보는 것도 흥미로운 일일 것이다. 이 비교는 표면적인 것이긴 하지만, 두 번째 테마

---

2 Jakob Böhme, 1575-1624. 독일의 신비주의 신지학자(神智學者). 근대의 대표적인 신비주의자들 중 한 명.

3 Emanuel Swedenborg, 1682-1772. 원래 이름은 Emanuel Swedberg. 18세기 스웨덴의 과학자이자 신학자, 철학자. 생애 전반부에는 자연과학자였으며, 북부의 레오나르도 다빈치, 혹은 스웨덴의 아리스토텔레스라는 별명이 붙을 정도로 왕성한 발명가였다. 쉰여섯이 되던 해, 그는 자신의 삶이 영적 국면에 들어섰다고 밝혔고, 천사들이나 정령들과 대화를 나누는 꿈을 꾸거나 신비로운 광경을 본다고 말했다. 과학자에서 신비주의자로의 그의 이행은 칸트, 괴테, 코넌 도일, 발자크, 보르헤스, 융에 이르기까지 많은 사람들의 관심을 끌었다.

4 Jeanne-Marie Bouvier de la Motte-Guyon (1648~1717): 흔히 '마담 귀용'으로 불린다. 프랑스의 신비주의자로서 정적주의를 옹호한 핵심인물 중 한 명이다. 당시, 정적주의는 로마교회에서 이단으로 간주했고, 그녀 역시 1696년에서 1703년 사이에 투옥되기도 했다. 그녀가 남긴 글로는, 그녀를 따르던 평신도들이나 성직자들, 수녀들의 요청으로 쓴 《짧고 아주 쉬운 기도 방법Moyen court et très facile pour l'oraison》과 《성서 해설Explications de la Bible》이 있다.

망 속에서 성과 그것의 변이들에 부여된 결정적인 역할이 신경증에서도 목격되는 것 같다는 사실에 근거할 수 있을 것이다. 그런데 도착증은, 프로이트 이래 충분히 언급되어 왔듯이, 신경증의 정확한 '음화陰畫'이다. 앞서도 그랬지만 여기서도 마찬가지로 차용된 개념들이 단순화되고 있다는 사실을 우리는 충분히 의식하고 있다. 그러나 정신병과 정신분열증 사이에서 그리고 신경증과 도착증 사이에서 우리가 이처럼 과감하게 편의적으로 넘나드는 것은, 우리의 논의가 충분히 높은 일반성 수준에 위치해 있다고 우리 스스로 믿고 있고, 우리의 주장이 어림잡은 것이라는 사실을 우리가 알고 있기 때문이다.

유형학을 확립하기 위해 정신분석 이론에 도움을 요청하는 순간부터, **너**의 테마들과 신경증의 비교는 훨씬 더 의미심장해진다. 프로이트는 심적 구조에 대한 두 번째 공식을 제안한 직후 이 문제에 접근했다. "신경증은 자아와 그거(이드) 사이에서 생겨난 갈등의 결과[Erfolg]인 반면, 정신병은 자아와 외부세계 사이의 관계에서 생겨난 비슷한 장애의 유사한 결과이다"(《프로이트 전집Gesammelte Werke》 13권, p. 391).[5]

이 대립을 설명하기 위해 프로이트는 한 가지 예를 든다. "형부와 사랑에 빠진 한 젊은 여자는 언니의 임종을 지켜보다가 '이제 형부가 자유로운 상태에 처했으니 나와 결혼할 수 있어.'라는 자신의

---

5 지크문트 프로이트, 〈신경증과 정신증〉, 《정신병리학의 문제들》(프로이트 전집 10, 황보석 옮김, 열린책들, 2004 p.185-194) 참고. 임진수(10장의 주 8번 참고)는 자신이 옮긴 《정신분석 사전》에서 'Id'에 대응하는 한국어 용어로 '그거'를, '정신증' 대신 '정신병'을 제안한다.

생각에 충격을 받는다. 그 생각은 즉시 잊히고, 그 여파로 그녀에게 히스테리의 고통을 안겨준 퇴행과정이 시작되었다. 그러나 이 사례는 신경증이 어떤 경로를 통해 갈등을 청산하려 하는지 가르쳐준다. 신경증은 문제되는 욕동의 요구를, 형부에 대한 사랑을 억압함으로써 현실의 변화가 지니는 가치를 축소시킨다. 정신병적 반응은 언니의 죽음이란 사실을 부정하는 것이었을 게다"(《프로이트 전집》 18권, p. 410).[6]

지금 우리는 우리가 세운 분류에 아주 가까이 와 있다. 우리는 **나**의 테마들이 심적인 것과 육체적인 것 사이의 경계 파괴에 근거한다는 사실을 살펴본 적이 있다. 한편으로 누군가가 죽지 않았다고 생각하기, 죽지 않았기를 바라기, 그리고 다른 한편으로 현실 속에서 죽지 않았다는 그 사실을 지각하기. 이와 같은 두 사항은 하나의 동일한 움직임의 두 국면이며, 그것들 사이의 이동은 아무런 어려움 없이 이루어진다. 다른 테마 망에서, 형부에 대한 사랑이 억압당한 결과로서 생겨나는 히스테리적 증상은 **너**의 테마들의 목록을 만들 때 만난 적이 있는, 성적 욕망에 연결된 그 '과도한' 행위들과 유사하다.

게다가 **나**의 테마들을 논할 때 우리는 감각적 인식, 곧 외부 세계와의 관계가 본질적인 역할을 하고 있음을 이미 말했다. 그리고 정신병의 기저에서 그 관계를 다시 발견했다. 우리는 무의식과 신

---

6 지크문트 프로이트, 〈신경증과 정신증에서 현실감의 상실〉, 《정신병리학의 문제들》(프로이트 전집 10, 황보석 옮김, 열린책들, 2004 p.195-203) 참고. 한국어 번역본에 대한 용어 수정이 약간 있었다.

경증을 생성시키는 억압된 욕동들을 고려해볼 목록에 올리지 않고서는 **너**의 테마들을 이해할 수 없다는 것 또한 보았다. 그러므로 우리는 정신분석 이론의 차원에서 **나**의 테마 망은 지각 – 의식 체계에 상응하고, **너**의 테마 망은 무의식적 욕동들의 체계에 상응한다고 주저 없이 말할 수 있다. 여기서, 환상문학과 관련된 수준에서는 타인과의 관계가 이 후자 쪽에 있다는 사실을 지적해야겠다. 다만, 이 유추에 주목함으로써 신경증과 정신병이 환상문학에서 발견된다거나 혹은 역으로 환상문학의 모든 테마들을 정신병리학 교과서에서 찾아낼 수 있다고 말하려는 것은 아니다.

하지만 여기에는 위험이 또 하나 있다. 이 모든 언급들이 우리가 결정적으로 소위 정신분석적 비평과 가깝다고 믿게 할 수도 있을 것이다. 우리의 입장을 더 잘 위치시키고 차별화하기 위해 그러한 비평적 접근에 대해 잠시 머물기로 하겠다. 기이함에 대한 프로이트 자신의 연구와 초자연적인 것에 대한 펜졸트의 책, 이렇게 두 본보기가 이 맥락에 특히 어울릴 것 같다.

기이함에 대한 프로이트의 연구에서, 우리는 오직 정신분석적 연구의 이중적인 특성만을 확인할 수 있을 뿐이다. 정신분석은 구조의 과학인 동시에 해석의 테크닉인 것 같다. 첫 번째 경우, 정신분석은 하나의 메커니즘, 말하자면 심적 활동의 메커니즘을 기술한다. 두 번째 경우, 정신분석은 그렇게 기술된 구성들의 궁극적인 의미를 밝혀준다. 정신분석은 '어떻게'라는 질문과 '무엇을'이라는 질문에 동시에 대답한다.

이 두 번째 태도에 대한 예가 하나 있다. 여기서 분석가의 활동은 하나의 암호 해독처럼 정의될 수 있다. "누군가가 어떤 지역이

나 경치에 대해 꿈을 꾸고 꿈속에서 생각한다. '나는 이곳을 알고 있고, 이미 여기 온 적이 있어'라고 말이다. 이러한 경우, 그 장소를 성기나 어머니의 몸으로 대체하는 해석이 정당화된다"(《응용 정신분석 에세들Essais de psychanalyse appliquée》, p. 200).[7] 여기서 묘사된 꿈속의 이미지는 개별적으로 선택되어, 그것이 속한 메커니즘과는 독립적으로 이해되었다. 그 대신, 우리에게 건네지는 것은 그것의 의미이다. 그 의미는 이미지 자체와는 질적으로 다르고, 그 궁극적인 의미의 수는 제한되고 확고부동하다. 다른 예도 있다. "많은 사람들이 혼수상태에서 산 채로 매장되는 상상에 불안한 낯섦[das Unheimliche]이라는 표현을 쓸 것이다. 그렇지만 정신분석은 우리에게 다음과 같은 사실을 가르쳐주었다. 즉, 이 무서운 환상fantasme[8]은 다른 어떤 환상의 변형일 뿐, 그것의 근원에는 공포를 일으키는 것이라곤 전혀 없으며, 오히려 모종의 쾌락, 즉 어머니 자궁에서의 삶에 대한 환상이 있었다"(《응용 정신분석 에세들》, p. 198-199). 여기서 우리는 다시 하나의 번역과 마주하고 있다. 즉, 이러저러한 환상적인 fantasmatique 이미지는 이러저러한 내용을 갖는다는 것이다.

그렇지만 정신분석에는 한 이미지의 궁극적인 의미를 제공하는 게 아니라 두 이미지를 서로 연결하려고 하는 다른 태도도 존재

---

7   지크문트 프로이트, 〈불안한 낯설음〉, 《예술, 문학, 정신분석》(프로이트 전집 14, 정장진 옮김, 열린책들, 2004) 참고.
8   한국어에서는 '환상문학', '환상소설', '환상적인 이야기' 등의 표현에 쓰이는 '환상/환상적'과, 정신분석에서 말하는 무의식적인 욕망 성취의 각본을 일컫는 '환상(fantasme)'과 관련된 형용사 '환상적'이 모호하게 사용되고 있다. 프랑스어에서는 전자의 경우 'fantastique'라는 표현을 쓰는 반면, 후자의 경우는 'fantasme'에 상응하는 형용사 'fantasmatique'라는 표현을 쓴다.

한다. 프로이트는 호프만의 《모래 사나이Der Sandmann》를 분석하며, 이렇게 쓴다. "이 자동인형[올림피아]은 나타나엘의 자기 아버지에 대한 여성적 태도의 물질적 구현 외에 아무것도 아니다"(《응용 정신분석 에세들》, p. 183). 프로이트가 확립한 방정식은 단지 하나의 이미지와 하나의 의미만을 관련짓는 게 아니라(비록 그 방정식이 여전히 그것을 하고는 있지만), 텍스트의 두 요소 ― 인형 올림피아와 나타나엘의 어린 시절은 모두 호프만의 단편소설의 구성 요소이다 ― 를 관련짓는다. 여기서 프로이트의 지적은 이미지 언어에 대한 해석보다는 그 언어의 메커니즘, 즉 그것의 내적 작동을 밝혀준다. 첫 번째 경우 정신분석가의 활동을 번역가의 활동과 비교할 수 있었다면, 두 번째 경우 정신분석가의 활동은 언어학자의 것과 유사하다. 이 두 유형의 수많은 예들이 《꿈의 해석》에서 발견될 수 있을 것이다.

이 두 가지의 가능한 연구 방향에서 우리는 한 가지만 채택할 것이다. **번역가**의 태도는 지금까지 충분히 말해왔던 것처럼, 문학에 대한 우리의 견해와는 양립이 불가능하다. 우리는 문학이 그것 자체 외에 다른 것을 의미한다고는 생각하지 않는다. 따라서 번역이 필요할 것이라고 믿지 않는다. 우리가 하고자 하는 것은 문학 메커니즘의 **작동**을 기술하는 것이다(번역과 기술 사이에 넘기 어려운 경계는 없다 하더라도……). 정신분석의 경험이 우리에게 유용할 수 있는 것은 바로 이 방향에서이다(여기서 정신분석은 오직 기호학의 한 분야일 뿐이다). 우리가 심적 구조에 대해서 운운하는 것도 그 유형의 차용에 속한다. 르네 지라르[9]의 이론 전개 방식은 그 점에서 모범적인

9   René Girard, 1923-2015. 프랑스의 철학자, 사학자, 인류학자. 2005년에 아

것으로 간주될 수 있다.

　정신분석가들은 문학 작품에 관심을 가질 때, 그 차원이 무엇이든 간에 작품을 기술하는 것으로만 만족하지 않았다. 프로이트를 필두로 그들은 언제나 작자의 심적 세계를 통찰하기 위한 통로처럼 문학을 간주하는 경향이 있었다. 그러면 문학은 단순한 증상의 지위로 축소되고, 작자는 그야말로 연구해야 할 대상이 되는 것이다. 그처럼 프로이트는《모래 사나이》의 구성을 기술한 다음, 중간 과정도 없이 갑자기 작자의 전기에서 관련 사항을 지적한다. "E. T. A. 호프만은 불행한 결혼으로 태어난 아이였다. 그가 세 살 때 아버지는 가족을 떠나 영원히 돌아오지 않았다."(p. 184) 등. 이후, 이러한 태도는 자주 비판받았고 요즘에는 더 이상 성행하지 않는다. 그럼에도 우리가 그러한 태도를 거부하는 이유들을 명시할 필요는 있다.

　실제로 우리는 문학, 오직 문학에만 관심을 가진다. 따라서 우리가 작자의 생애에 대한 모든 정보를 거부한다고 말하는 것으로는 충분하지 않다. 문학은 언제나 문학 이상의 것이며, 작자[10]의 전

카데미 프랑세즈 회원이 되었다. 그 는《낭만적 거짓과 소설적 진실Mensonge romantique et vérité romanesque》에서 모방이론을 제시했고, 그다음엔 모방의 인류학적인 양상들, 즉 '희생양'의 문제에 대해 고찰하기 시작했는데, 이것이 그의 가장 유명한 저서《폭력과 성스러움La violence et le sacré》(1972)의 주제이다. 자신을 '폭력과 성스러움'의 인류학자로 스스로 정의하면서 새로운 인류학의 토대를 제시했다.

10　'작자'(l'auteur)와 '작가'(l'écrivain)의 개념이 구분되어야 할 것 같다. 전자는 신문기사이든 책이든 시이든 자신의 집필을 책임지고 자신의 '작품'에 사인을 하는 사람, 즉 그 작품에 대해 사회적으로 친권을 갖는 사람이다. 그는 자신만의 독특한 생애와 의식, 무의식을 내포하는 정신세계와 역사를 가진 인간이다. 이에 상응하는 한국어로는 (특히 작품과 관련하여, 예를 들어 '작자미상'이라

기가 그의 작품과 정당한 관계를 맺고 있는 경우도 분명 있다. 다만, 그 관계가 사용될 수 있기 위해서는 그것이 작품 자체의 특성 중 하나로 주어져야 할 것이다. 호프만은 불행한 아이였기 때문에 유년기의 두려움을 묘사한다. 하지만 그러한 관찰이 설명적인 가치를 지니기 위해서는 어린 시절에 불행했던 모든 작가들이 마찬가지의 글을 쓴다든가, 혹은 아이가 가진 두려움에 대한 모든 묘사들이 어린 시절이 불행했던 작가들에게서 유래한다든가 하는 것을 증명해야만 할 것이다. 이 둘 중 어느 한 관계를 설정하지 못하면, 호프만이 아이였을 때 불행했다는 사실을 지적하는 것은 설명의 가치가 없는 것, 단순히 우연의 일치를 제시하는 것 이상의 아무것도 아니다.

이 모든 것으로 보아, 정신분석이 문학을 다룰 때보다 일반적인 인간 주체의 구조를 대상으로 할 때 문학 연구의 측면에 있어서는 더 많은 도움을 얻을 수 있다고 결론지어야만 한다. 하나의 방법을 그것의 원래 영역과는 다른 곳에 지나치게 직접적으로 적용하는 것은 최초의 전제들을 되풀이하기만 할 뿐이다.

환상문학에 대한 다양한 평론들 속에서 제안된 테마 유형론들을 떠올리면서, 우리는 펜졸트의 유형론을 다른 것들과 질적으로 다르

는 표현을 쓰는 것처럼) '작자'라는 단어와 (어떤 책의) '저자'라는 단어가 있다. 후자는 '글쓰기'라는 개념과 관련이 있다. 이 단어는 그 이전에는 아무도 말하지 않았던 것을 말하기 위해 언어표현의 한계를 극복하려고 애쓰는 누군가를 가리킨다. 이렇듯, '작가'는 때로는 관습적으로 '문필가'라는 신분을 가리키기도 하지만, 이와 같은 개념 대립 속에서는 작품의 주제나 내용이 아닌 '글쓰기 행위 자체'에 존재 의미가 있으며 '텍스트' 속에서 글쓰기의 흔적으로 발견되는 자를 가리킨다. 글쓰기에 대한 토도로프의 관점은 이 책의 말미에서 확인할 수 있다.

다는 이유로 따로 떼어두었다. 실제로 대부분의 저자들이 테마들을 흡혈귀, 악마, 마녀 등과 같은 항목들로 분류하는 데 반해, 펜졸트는 그것들을 심리적인 근원에 따라 그룹을 지을 것을 암시한다. 그에 따르면, 그 근원은 집단 무의식과 개인 무의식, 이렇게 이중의 발생지를 갖는다. 첫 번째 경우, 테마 요소들은 시간의 암흑 속으로 사라진다. 그것들은 인류 전체에 속하며, 시인은 단지 다른 사람들보다 그것들에 더 민감할 뿐이다. 그리고 그 덕분으로 그는 그것들을 표출하는 데 성공한다. 두 번째 경우는 심적 상처를 남긴 개인적인 경험들이 문제된다. 신경증이 있는 작자는 작품에 자신의 증상들을 투사할 것이라는 말이다. 펜졸트가 구분한 하위 장르들 중, 그가 '순수 공포 이야기'라고 부르는 것에서 특히 그러하다. 이 하위 장르에 결부시킨 작자들에 대해 그가 한 말에 따르면, "환상소설은 불쾌한 신경증적 경향들의 분출 외에 다른 아무것도 아니다"(p. 146). 그러나 이 경향들이 작품 바깥에서 언제나 선명하게 나타나는 것은 아니다. 이를테면, 아서 매켄[11]의 신경증적 글들이 청교도적인 교육으로 설명될 수도 있을 것이나 "다행히도, 매켄은 청교도의 삶을 살지 않았다. 그를 잘 알고 있던 로버트 힐리어[12]는 그가 좋은 포도주와 좋은 친구, 유쾌한 농담을 좋아했고, 전적으로 정상적인 부부생활을 했

---

11 Arthur Machen, 1863-1947. 영국의 소설가. 초자연적인 공포소설로 잘 알려져 있다. 그의 첫 번째 소설 《위대한 신 판The Great God Pan》(1890-1894)은 공포소설의 고전이라는 명성을 얻었으며, 러브크래프트에게 커다란 영향을 끼쳤다.
12 Robert Hillyer, 1895-1961. 미국의 시인. 1934년, 시집 *Collected Verse*로 시 부문에서 퓰리처상을 수상했다.

다고 말한다."(p. 156), "사람들은 그를 상냥한 친구이자 아버지처럼 묘사한다."(p. 164) 등.

작자들의 전기에 입각한 유형론을 받아들일 수 없는 이유가 무엇인지 우리는 이미 말한 바 있다. 게다가 펜졸트는 여기서 반례反例를 제공하기까지 한다. 매켄의 교육이 그의 작품을 설명한다고 말하고서는 곧장 다음의 사실을 덧붙이지 않으면 안 된다고 생각한 것이다. "다행히, 인간 매켄은 작가 매켄과 상당히 달랐다. (…) 그렇듯, 매켄은 자신의 작품 일부가 무서우리만큼 신경증의 표현이 되었지만, 정상적인 사람으로서 삶을 살았다"(p. 164).

우리의 거부에는 아직 또 하나의 동기가 있다. 하나의 구분이 문학에서 유효하려면, 그 구분은 각기 다른 하나의 장場을 차지하는 심리학파들의 존재가 아니라 문학적 판단기준에 근거해야 한다(펜졸트에게서는 프로이트와 융을 양립시키기 위한 노력이 문제된다). 펜졸트의 분석을 따라가면, '집단 무의식'의 요소들이 '개인 무의식'의 요소들과 자유롭게 혼합된다. 다시 말해, 집단 무의식과 개인 무의식 사이의 구분은, 심리학에서 그것이 유효하든 유효하지 않든, 어떤 문학적 타당성도 **선험적으로** 갖지 않는다.

이제 우리가 설정한 두 테마 망으로 돌아올 수 있게 되었다. 환상 테마들의 분포가 두 개의 패러다임을 정립하기 위한 길을 열어주긴 했지만, 우리는 그 둘 중 어떤 것도 철저하게 고찰하지 못했다. 예컨대, 몇몇 사회구조들(혹은 심지어 몇몇 정치체제들)과 두 테마 망 사이에 어떤 유사성을 발견할 수 있다. 또 마르셀 모스[13]가 정립

---

13 Marcel Mauss, 1872-1950. 프랑스의 사회학자. 프랑스 인류학의 아버지라고

했던 종교와 주술 사이의 대립은 우리가 설정한 **나**의 테마들과 **너**의 테마들 사이의 대립과 아주 가깝다. "종교가 형이상학을 지향하고 이상적인 이미지들의 창조에 전념하는 반면, 주술은 신비주의적인 삶 속에서 힘을 기르고 수많은 틈새를 통해 그 신비주의적인 삶으로부터 흘러나와 세속적인 삶에 파고들어가 그것에 봉사한다. 종교가 추상적인 것을 지향한다면, 주술은 구체적인 것을 지향한다"(p. 134). 이에 대한 여러 증거 가운데 특히 하나를 들면 다음과 같다. 신비주의적 묵상은 비언어적인 반면, 주술은 언어 없이는 이루어질 수 없다. "진정한 침묵의 제례라는 것이 있었는지 의심스럽다. 반면, 전적으로 말로만 이루어지는 제례들은 아주 많았다"(p. 47). 이제 **시선**의 테마들과 **담론**의 테마들에 대해 말함으로써(하지만 이 단어들을 신중하게 다루어야 한다), 앞서 도입했던 이 다른 대립쌍을 더 잘 이해할 수 있게 되었다. 다시 한번 말하건대, 환상문학은 스스로 자신의 이론을 만든다. 예를 들어, 호프만의 작품에는 이에 대한 선명한 대립적 인식이 있다. 그는 이렇게 쓴다. "말이란 무엇인가? 말은 그저 말에 불과할 뿐! 그녀의 경이로운 시선은 세상의 그 어떤 언어보다 더 많은 것을 말해준다"(《환상적인 이야기》 제1권, p. 352), 혹은 "당신은 세상에 으뜸가는 광경이라 부를 수 있을 멋진 광경을 보았다. 말의 도움 없이도 그토록 심오한 감정을 표현하고 있으니"(《환상적인 이야기》 제3권, p. 39). 호프만은 **나**의 테마들을 활용

___

할 수 있으며 에밀 뒤르켐의 제자였다. 대표적인 저서《증여론forme archaïque de l'échange》(1932-1934)에서, 사회현상을 전체 속에서 파악하고, 레비스트로스에 따르면 "모든 행위의 육체적, 심리적, 정신적, 사회적 양상들을 설명하려고" 노력했다.

하는 짧은 이야기들을 쓴 작가로서, 담론과 마주하여 자신이 시선을 선호한다는 사실을 감추지 않는다. 여기서, 다른 어떤 의미에서는 이 두 테마 망이 똑같이 언어에 연결되어 있는 것으로 간주될 수 있다는 사실을 덧붙여야겠다. '시선의 테마들'은 심적인 것과 육체적인 것 사이의 경계의 파괴에 근거를 둔다. 그러나 그러한 견해를 언어의 관점에서 다시 표명할 수도 있다. 이미 보았듯이, **나**의 테마들은 여기서 본래 의미와 비유적인 의미 사이의 경계를 끊을 수 있는 가능성을 포함한다. **너**의 테마들은 담론 속에서, 즉 대화의 두 참여자들 사이에 확립되는 관계로부터 형성된다.

이와 같은 대립의 연속은 무한대로 계속할 수 있을 것이다. 그렇지만 그 대립쌍들 중 한 쌍이 다른 쌍보다 더 '진정하다'거나 더 '본질적이다'라고 말하는 것은 결코 정당하지 않다. 정신병과 신경증은 유년기와 성년 사이의 대립만큼이나 환상문학 테마들의 설명이 되지 않는다. 한편에는 의미를 나타내는 단위들(시니피앙), 다른 한편에는 의미되는 단위들(시니피에), 이렇게 두 번째 단위들이 첫 번째 단위들의 항구적인 잔류물을 이루는, 상이한 성질을 띤 낱낱의 구성 단위들로 된 두 유형이란 존재하지 않는다. 우리는 상응들과 관계들로 이루어진 사슬을 마련했고, 그것은 환상문학의 테마들을 도착점('설명')만큼이나 ('설명해야 할') 출발점으로 제시할 수 있을 것이다. 그리고 다른 대립 관계들에 대해서도 마찬가지이다.

지금까지 우리는 환상문학 테마들의 유형론을 대략적으로나마 그려보았다. 이제, 문학 테마들의 일반적인 유형론과의 관계 속에서 환상문학 테마들의 위치를 명확히 하는 일이 남은 것 같다. 세부적

238

으로 들어가지 않으면서(우리는 오직 그 유형론을 구성하는 항목들 각각에 잘 정의된 하나의 뜻을 부여할 때에만 이 문제가 정당화된다는 사실을 보여주어야 할 것이다), 우리는 이 논의의 출발점에서 제기된 가정을 여기에 다시 끌어올 수 있다. 우리의 테마 분류는 문학 전체를 둘로 나누는 것이 사실이다. 하지만 그 분류는 환상문학에서 특히 선명하게 나타나며 분류의 최고 등급에 이른다. 환상문학은 문학 일반에 관련된 가정들을 끌어낼 수 있는 출발점으로서, 협소하지만 특혜적인 영역처럼 존재한다. 물론 이 점은 확인되어야 할 것으로 남아 있다.

이 두 테마 망들에 부여된 이름들을 새삼 설명할 필요는 없을 듯하다. **나**라는 것은 자신이 구성하는 세계와의 관계 속에 인간이 상대적으로 고립되어 있음을 의미하며, 강조점은 어떤 중개자가 지명되어야 할 필요가 없는 이 맞대결 위에 찍힌다. 반면, **너**라는 것은 참고해야 할 중개자를 정확히 지시하며, 그 망의 근저를 이루는 것은 삼자관계이다. 이 관계는 비대칭적이다. **나**는 **너** 속에 현존하지만 역은 성립되지 않는다. 마르틴 부버[14]는 이렇게 썼다. "그 자체로 **나**라는 것은 없다. 오직 단어 원칙 '**나** 대 **너**'의 **나**, 그리고 단어 원칙 '**나** 대 **그것**'의 **나**만 있을 뿐이다. 누군가 **나**라고 말할 때 그 말은 둘 중 하나, **너** 혹은 **그것**을 의미한다"(p. 7-8).

게다가 **나**라는 것과 **너**라는 것은 담화 행위의 두 참여자, 즉 발화자와 그의 말이 전달되는 상대자를 가리킨다. 우리가 이 두 대화

---

14   Martin Buber, 1878-1965. 오스트리아 태생으로 후에 이스라엘로 이주한 유대인 철학자이자 교육자. 주요 저작으로《나와 너Ich und Du》가 있다.

자를 강조한다면, 그것은 문학 안에서든 문학 밖에서든 상관없이 담화라는 상황이 지니는 본원적인 중요성을 우리가 믿기 때문이다. 인칭대명사들이 발화행위의 사행事行이란 관점에서 연구된다면 모든 언어 구조의 중요 특성들의 상당수를 설명할 수 있을지도 모르겠다. 이것은 앞으로 해야 할 작업으로 남아 있다.

이 테마 연구를 시작하면서, 우리는 발견해야 할 범주들에 대한 두 가지 주된 제약조건을 제시했다. 즉 이 범주들은 추상적인 동시에 문학적이어야 한다는 것이다. **나**와 **너**의 범주들은 고도로 추상화된 관념을 지니고 언어 안에 머물러 있다는 이중적인 특징을 지닌다. 사실, 언어의 범주들이 반드시 문학적 범주여야 하는 것은 아니다. 그러나 여기서 우리는 문학에 대한 모든 고찰이 부딪쳐야 하는 역설을 다루고 있다. 말로 구성되어 있지만 말보다 더 많은 것을 의미하고, 언어로 되어 있는 동시에 언어를 넘어서는 문학은, 그 자체로 역설적인 것이다. 바로 이 사실로 인해, 문학에 관한, 언어로 된 하나의 공식은 언제나 문학의 본질을 배반한다.

10

문학과
환상적인 것

환상 장르에 대한 우리의 도정이 끝났다. 우리는 먼저 이 장르의 정의를 하나 내렸다. 그것은 환상적인 것은 본질적으로 어떤 기이한 사건의 성질에 대해 독자 — 중심인물에 동일시된 독자 — 의 망설임을 근거로 한다는 것이었다. 그 망설임은 그 사건이 현실이라는 것을 받아들이거나, 혹은 그것이 상상이나 착각의 산물이라고 판정을 내림으로써 해소된다. 달리 말해, 우리는 그 사건이 있다 혹은 없다고 결정내릴 수 있다. 다른 한편으로, 환상적인 것은 모종의 독서 유형을 요구한다. 그것 없이는 알레고리나 시로 이동할 위험성이 있다. 마지막으로, 우리는 강제적이지는 않지만 충분히 의미심장한 빈도로 나타나는 환상문학 작품의 다른 특징들을 검토했다. 그 특징들은 문학 작품의 언어표현적 양상, 통사적 양상, 의미작용적(혹은 테마적) 양상, 이렇게 세 측면에 따라 나뉘었다. 우리는 개별 작품을 세부적으로 연구하기보다는, 그런 구체적인 연구들이 정확히 기입될 수 있을 하나의 일반적인 틀을 확립하고자 했다. 이 연구의 제목에 나타나는 '서설'이라는 표현은 관례적인 겸손의 표현이 아니다.

지금까지 우리의 연구는 장르의 내부에 위치했다. 우리는 오로지 내적 필연성에 입각하여, 장르에 대한 '내재적인' 연구를 제공하고 그것에 대한 기술記述의 범주들을 구분하고자 했다. 이제 결론 삼아 관점을 변화시켜야겠다. 일단 장르가 구성된 지금, 우리는 그것을 외부로부터, 즉 문학 일반의 관점, 혹은 심지어 사회적인 삶의 관점에서 검토할 수 있게 되었다. 그리고 우리의 원래 질문, 즉 "환상적인 것이란 무엇인가"를, 이제는 다른 형태로, 즉 "왜 환상적인 것인가"라는 물음의 형태로 제기할 수 있다. 첫 번째 질문은 장르의 **구조**에 관련되어 있었다. 그리고 두 번째 것은 그것의 **기능**을 겨냥한다.

기능에 대한 이 질문은 즉시 세분되어, 여러 개의 특별한 문제들로 귀착된다. 질문은 **환상적인 것**, 다시 말해 초자연적인 것 앞에서의 모종의 반응을 대상으로 할 수 있지만, 또한 초자연적인 것 자체를 대상으로 할 수도 있다. 후자의 경우, 우리는 다시 초자연적인 것의 **문학적 기능**과 **사회적 기능**을 구분해내야 할 것이다. 후자의 기능부터 시작하자.

피터 펜졸트의 고찰 속에는 해답이 하나 대략적으로 제시되고 있다. "많은 작가에게 초자연적인 것은 그들이 사실주의적인 표현으로는 감히 언급하지 못했을 내용들을 묘사하기 위한 핑계에 불과했다"(p. 146). 초자연적인 사건들이 핑계일 뿐인지에 대해 의혹을 품을 수는 있다. 하지만 다음의 주장은 확실히 일정 부분 맞는 말이라고 할 수 있다. 즉, 환상적인 것은 그것을 동원하지 않으면 접근이 불가능한 몇몇 경계들을 뛰어넘을 수 있게 해준다는 것이다. 우리가 앞서 열거했던 것들과 같은 초자연적인 요소들로 되돌아오면, 그러한 고찰의 정당성을 알게 될 것이다. 예를 들어, **너**의 테마들을 떠올려보자. 근친상간, 동성애, 여럿이 하는 사랑, 시간증, 과도한 관능……. 이는 어떤 검열에 의해 확립된 금지된 테마들의 목록을 읽는 듯하다. 이 테마들의 각각은 사실 종종 금지되었고, 오늘날에도 여전히 금지되어 있을 수 있다. 게다가 환상적인 색깔을 입힌다 하더라도 검열의 엄혹함에서 작품을 항상 구해낸 것도 아니다. 예컨대《몽크》는 재판再版 발행 때 금지되었다.

제도화된 검열 옆에 더 섬세하고 더 일반적인 다른 검열이 있다. 작자들의 정신 자체를 지배하는 검열을 말한다. 몇몇 행위에 대한 사회의 벌칙은 개인 자신의 내면에서 어떤 벌칙을 부추겨서 몇몇 금기 테마들에는 접근하지 못하게 하는 원인이 된다. 환상적인 것은 단순한 구실을 넘어 이 두 차원의 검열에 맞서 싸우는 수단이다. 성적 흥분은 악마의 몫으로 돌려질 경우 온갖 종류의 검열에도 훨씬 용이하게 받아들여질 것이다.

너의 테마 망이 직접적으로 금기들을 부각시킨다면, **나**의 테마 망의 경우는 덜 직접적인 방법을 통하긴 하지만, 사정은 역시 마찬가지이다. 이 두 번째 그룹이 광기와 결부되는 것도 우연은 아니다. 사회가 정신병자의 생각이라고 해서 금기를 위반하는 범죄자보다 덜 엄정하게 단죄하는 것은 아니다. 광인 또한 범죄자처럼 간힌다. 그의 감옥은 정신병원이라고 불린다. 사회가 환각제의 사용을 억제

하고 그것을 사용하는 자들을 가두는 것도 우연이 아니다. 유죄라
고 판정된 어떤 생각의 방식을 환각제가 부추기기 때문이다.

따라서 우리는 이 두 테마 망에 부과되는 유죄판결을 도식화하
고, 초자연적인 요소들의 도입을 그러한 단죄를 피하기 위한 방책
으로 간주할 수 있다. 이제 우리의 테마 유형학이 왜 정신질환들의
유형학과 일치하는지 더 잘 이해하게 되었다. 초자연적인 것의 기
능은 텍스트를 법의 영향력에서 벗어나게 하는 것, 그렇게 함으로
써 법을 위반하는 것이라 하겠다.

19세기의 한 작가가 지니던 개인적인 가능성들과 요즘의 한 작
가가 지니는 가능성들 사이에는 질적인 차이가 있다. 고티에가 자신
이 만든 등장인물의 시간증을, 다시 말해 흡혈광의 모든 애매모호
한 유희를 서술하기 위해 빌려야 했던 그 우회로를 기억하자. 조르
주 바타유[1]의 《하늘의 푸른빛Le Bleu du ciel》도 같은 도착증을 다루고
있는데, 차이를 드러내기 위해 거기서 발췌한 한 페이지를 여기서
읽어보기로 하겠다. 설명을 요구하는 질문에 화자는 이렇게 대답한
다. "내게 일어난 단 한 가지 일은 어떤 노파가 막 숨을 거둔 한 아파
트에서 내가 하룻밤을 보냈다는 것이지요. 그 노파는 여느 다른 노
파들이 그랬을 것처럼, 두 개의 촛불 사이에서, 손을 맞잡지 않고 두
팔을 몸 양 옆을 따라 나란히 편 채 침대에 누워 있었지요. 밤이 새

---

1   Georges Bataille, 1897-1962. 프랑스의 작가, 인문학자. 다양한 형태의 작품
활동을 통해 문학, 인류학, 철학, 경제학, 사회학, 예술사의 영역에 동시에 뛰어
들었다. '에로티시즘'과 '위반'은 그의 명성에 가장 공통되게 결부된 두 단어이
다. 그는 피에르 앙젤리크(Pierre Angélique), 루이 트랑트(Louis Trente) 등의
가명으로도 알려져 있다.

도록 방 안에는 아무도 없었습니다. 그 순간, 깨달았습니다. — 무슨 말씀이신지요? — 난 새벽 세 시경에 잠에서 깨어났습니다. 시체가 있는 방으로 갈 생각이었지요. 공포가 엄습해왔어요. 하지만 떨어봤자 소용없었어요. 나는 그 시체 앞에서 떠나지 않았습니다. 결국 잠옷을 벗었지요. — 어디까지 갔습니까? — 난 움직이지 않았어요. 하지만 걷잡을 수 없을 정도로 마음이 흔들리더군요. 그것은 멀리서부터 다가왔습니다. 단순히 바라보는 것만으로. — 아직 아름다움을 잃지 않은 여인이었나요? — 아니오. 완전히 시들어버린 여인이었습니다"(p. 49-50).

고티에가 간접적으로만 암시할 수 있었던 욕망을 바타유는 어떻게 직접적으로 서술할 용기를 낼 수 있었을까? 우리는 다음의 대답을 제안할 수 있다. 즉 두 책의 출판을 갈라놓는 시간적 간극 사이에는 정신분석의 출현이라는 너무도 잘 알려진 결실을 낳은 한 사건이 있었다. 정신분석이 초창기에 그 이론을 믿지 않던 지식인들뿐만 아니라 특히 사회로부터 부딪혔던 저항을, 요즘 사람들은 서서히 잊어가고 있다. 인간의 정신에는 어떤 변화가 생겼고, 정신분석이 그 징후이다. 몇몇 테마에의 접근을 금지했던, 그리고 19세기였다면 《하늘의 푸른빛》의 출판을 틀림없이 허락하지 않았을 그 사회적인 금기의 제거를, 바로 그 변화가 촉발했다(하지만 그때는 이런 책이 아예 쓰이지도 않았을 것이다. 하긴, 사드[2]는 18세기에 살았다. 하지

---

[2] Donatien Alphonse François de Sade, 1740-1814. 일명 사드 후작. 프랑스 소설가이자 철학자. 작품의 에로티시즘과 벌받지 않은 폭력과 잔혹성(채찍질, 고문, 살해, 강간, 근친상간 등) 때문에 오랫동안 파문의 대상으로 남아 있었다. 신랄한 무신론적 표명은 그의 가장 빈번한 테마들 중의 하나이다. 1834년,

만 18세기에 가능한 것이 19세기에도 반드시 가능하지는 않으며, 다른 한편으로 바타유의 묘사에 나타나는 건조함과 단순함에는 그전에는 상상할 수 없었던 화자의 태도가 깔려 있다). 이것이 정신분석의 도래가 금기들을 파괴했음을 의미하는 것은 아니다. 금기들은 단순히 이동했을 뿐이다.

좀 더 멀리 나아가보자. 정신분석은 환상문학을 대체했다(그리고 이를 통해 그 문학을 불필요한 것으로 만들었다). 이제는 과도한 성적 욕망에 대해 말하기 위해 악마를 동원할 필요가 없고, 시체들에서 풍겨나는 매력을 표현해내기 위해 흡혈귀를 동원할 필요도 없다. 정신분석은, 그리고 직접적으로든 간접적으로든 정신분석에서 영감을 얻는 문학은, 변장하지 않은 표현으로 그런 것들을 다룬다. 환상문학의 테마들은 문자 그대로 최근 50년간의 심리학적 연구의 테마 그 자체이다. 그에 관해 우리는 여러 예들을 보았다. 여기서는 예를 들어 분신이 프로이트의 시대부터 이미 고전적인 연구 테마였다는 사실을 언급하는 것으로도 충분할 것이다(오토 랑크[3]의 《분신Der Doppelgänger》). 그리고 악마의 테마는 수많은 연구

그의 작품에 묘사된 잔혹한 행위들에서 유래하는 '사디즘'이라는 단어가 한 사전에 등재되었고, 19세기 말, 타인에 가하는 고통과 모욕을 통한 만족감을 추구하는 성적 도착증을 가리키기 위해, 독일 의사 리하르트 폰 크라프트에빙이 이 단어에 마조히즘의 반대어로서의 학술적 지위를 부여했다.

3 Otto Rank, 1884-1939. 오스트리아 태생의 심리학자, 정신분석가. 프로이트의 초기 제자들 중 한 명이다. 정신분석을 신화나 전설, 예술의 연구로 확장시키는 데 기여한 바가 크다. 《영웅 탄생의 신화Der Mythus von der Geburt des Helden》(1907), 《탄생의 상처Das Trauma der Geburt》(1924) 등의 저자로서 알려져 있다.

주제가 되었다(테오도르 라이크[4]의 《토착민의 신과 이방인의 신Der eigene und der fremde Gott》, 어니스트 존스[5]의 《중세 미신의 몇몇 형태와의 관계에서 본 악몽Der Alptraum in seiner Beziehung zu gewissen Formen des mittelanterlichen Aberglaubens》) 등. 프로이트 자신도 17세기 악마 신경증의 한 사례를 연구하고는 장마르탱 샤르코[6]에 이어 다음과 같이 주장했다. "그 오랜 옛날에는 신경증들이 귀신학의 허울을 쓰고 나타난다는 사실에 놀라지 말자"(《응용 정신분석 에세들》, p. 213).[7]

여기에 환상문학의 테마들과 정신분석의 테마들이 비교되는 사

---

4   Theodor Reik, 1888-1969. 오스트리아 태생의 정신분석가. 의학을 배우지 않은 최초의 정신분석가들 중 한 명이다. 1910년, 프로이트를 만나 분석가가 되기로 결심하기 전에는 문학과 심리학을 공부했다. 나치즘이 기세를 떨치자 유대인이었던 라이크는 미국으로 망명한다. 그곳에서 분석가로서 활동하며, 의사가 아닌 분석가들의 협회를 창설한다. 사회현상, 특히 범죄현상에 대한 응용 정신분석 연구와, 마조히즘과 죄책감에 관한 글들(《현대인의 마조히즘 Masochism In Modern Man》(1941), 《신화와 죄책감Myth and Guilt》(1957) 등)을 그의 업적으로 꼽는다.

5   Ernest Jones, 1879-1958. 영국의 신경외과 의사. 프로이트의 제자들 중 한 명이다. 영어로 정신분석을 실천한 최초의 정신분석가로서 영국에 정신분석을 도입했으며, 《햄릿과 오이디푸스Hamlet and Oedipus》의 저자이자, 세 권으로 된 프로이트의 공식적인 전기, 《지크문트 프로이트: 생애와 작품Sigmund Freud: Life and Work》의 저자로 널리 알려져 있다. 그리고 영문판 프로이트 표준 전집을 위한 제임스 스트레이치의 번역을 기획하고 발행했다.

6   Jean-Martin Charcot, 1825-1893. 프랑스의 신경외과 의사, 병리 해부학 교수. 신경체계의 질환 연구에 몰두했으며, 기욤 뒤셴과 함께 현대 신경학의 창시자이며, 정신병리학의 선구자이다. 살페트리에르 요양원에서 30년에 가까운 세월을 바친 그의 히스테리 연구는 프로이트에게 영감을 주었다.

7   지크문트 프로이트, 〈17세기 악마 신경증〉, 《예술, 문학, 정신분석》(프로이트 전집 14, 정장진 옮김, 열린책들, 2004) 참고.

례가, 덜 명백한 것이긴 하지만 또 하나 있다. 앞서 우리는 범결정론의 작용이라 부른 것을 **나**의 테마 망에서 관찰했다. 그것은 대체로, 우리가 미처 알아차리지 못함에도 불구하고 모든 사실 사이에는 언제나 직접적인 관계가 있다는, 우연의 존재를 인정하지 않는 전면적인 인과관계를 주장한다. 그런데 정신분석은 최소한 인간의 심적 활동의 장에서만큼은 바로 이 균열 없는 범결정론을 인정한다. "심적인 삶에서, 결정론을 따르지 않는 임의적인 것이라곤 아무것도 없다"라고 프로이트는 《일상생활의 정신병리학Zur Psychopathologie des Alltagslebens》에서 쓰고 있다(p. 260). 바로 이러한 이유로, 범결정론에 대한 믿음일 뿐인 미신의 영역이 정신분석의 관심사의 일부가 되는 것이다. 프로이트는 정신분석에 의해 이 영역에 도입될 수 있는 전위轉位[8]를 해설하며 이렇게 지적한다. "불미스러운 새의 비상을 방금 보았다는 이유로 어떤 중요한 계획을 포기하려던 그 로마인은 그러니까 상대적으로 옳았다. 그가 그 나름의 전제에 따라 행동하고 있었기 때문이다. 하지만 방문턱 위로 발을 헛디뎠다는 이유로 자신의 계획을 포기했을 때 그는 우리처럼 의심이 많은 자들보다 우월한 모습을 보여주었고, 우리보다 더 훌륭한 심리학자임을 보여주었다. 왜냐하면 그에게 그 헛디딤은 어떤 의혹, 그 계획에 내재하는 어떤 대립, 즉 그 계획을 실행하는 순간에 그의 의지를 무화시킬 수 있는 힘을 가진 의혹과 대립이 존재한다는 증거였기 때문이

---

8 정신분석 용어로 정착된 개념이다. 《정신분석 사전》(장 라플랑슈, 장 베르트랑 퐁탈리스 공저, 임진수 옮김, 열린책들, 2005)의 '이동[전위]'를 참고하기 바란다.

다"(p. 277). 정신분석가의 태도는 겉보기에는 무관한 사실 사이에 인과관계가 존재한다는 사실을 입증하는 짧은 환상이야기 속의 화자의 태도와 유사하다.

따라서 프로이트의 아이러니컬한 지적을 정당화해 주는 이유는 여럿 있다. "중세는 풍부한 논리로써, 그리고 심리적인 관점에서 볼 때 거의 정확하게, 그 모든 병적인 징후들의 발현을 악마의 영향 탓으로 돌렸었다. 그 비밀스러운 힘들을 발견하는 일을 이제는 정신분석이 담당하고, 그로 인해 많은 사람들의 눈에는 정신분석 자체가 기이하게 불안한 것이 되었다고 내게 말해도 나는 놀라지 않을 것이다"(《응용 정신분석 에세들》, p. 198).

초자연적인 것의 사회적인 기능에 대한 검토가 있었으니, 이제 문학으로 돌아와서 이번에는 초자연적인 것의 문학 내적인 기능을 살펴보자. 우리는 이 질문에 이미 한번 대답한 적이 있다. 알레고리에서는 초자연적인 요소가 하나의 관념을 더 잘 해명하려는 목적을 갖는데, 우리는 그것을 제외한 세 가지 기능을 구분했다. 먼저, 화용론적 기능이란 초자연적인 것이 정서적으로 동요를 일으키고, 무섭게 하거나, 단순히 독자를 불확실성의 긴장 속에 붙들어두는 것을 말한다. 의미론적 기능에 대해 말하자면, 그것은 자기-지시이다. 다시 말해 초자연적인 것은 자기 자신을 드러내는 현상이다. 마지막으로 통사적 기능은 앞서 말했듯이, 초자연적인 것이 이야기의 전개 속으로 들어간다는 것이다. 이 세 번째 기능은 다른 두 기능보다 문학 작품 총체에 더욱 직접적으로 연결되어 있다. 이제 이 사실을 명확히 해야 할 때가 되었다.

초자연적인 것에 관심을 쏟는 작가들과 작품 가운데, 특히 사건의 전개에 애착을 갖는, 혹은 무엇보다 이야기를 풀어나가려고 하는 작가들 사이에는 흥미로운 일치점이 존재한다. 요정이야기는 가장 항구적인, 근본적인 이야기 형태를 우리에게 제공한다. 그런데 사람들이 초자연적인 사건들을 발견하는 것은 우선 요정이야기 속에서이다. 《오디세이》,《데카메론》,《돈키호테》에는 모두 경이 요소들이 다양한 정도로 들어 있다. 그리고 그것들은 동시에 과거의 가장 위대한 이야기들이다. 근대도 다르지 않다. 환상적인 이야기를 썼던 작가들, 발자크, 메리메, 위고, 플로베르, 모파상은 **이야기 작가들**이다. 여기에 논리적으로 함축된 어떤 관계가 있다고 확언할 수는 없으며, 초자연적인 것에 의존하지 않는 이야기를 쓴 작가들도 있다. 하지만 일치가 근거 없는 것이라 하기에는 빈도가 너무 잦다. 그 사실은 H. P. 러브크래프트도 지적했다. "대부분의 환상문학 작가들처럼, 에드거 앨런 포는 등장인물들을 그려내는 것보다 급전急轉이나 보다 광범위한 서사 효과를 추구할 때가 더 자연스럽다"(p. 59).

이러한 일치점을 설명하기 위해서는 잠시 이야기의 본성 자체에 대해 물어보아야 한다. 우리는 최소 이야기의 한 이미지를 구성하는 것으로 시작할 것이다. 다시 말해, 그것은 현대의 텍스트들 속에서 보통 보이는 이야기의 이미지가 아니라, 이야기가 있다고 말할 수 있기 위해 반드시 있어야 하는 핵심의 이미지를 말한다. 그 이미지는 다음과 같을 것이다. 즉 **모든 이야기는 비슷하지만 동일하지 않은 두 균형 사이의 움직임이다.** 이야기의 도입부에는 언제나 어떤 안정된 상황이 있고, 등장인물들은 유동적일 수는 없으나 어쨌든 얼마만큼의 근본적인 특성을 온전한 상태로 유지하는 하나의 구성을 이룬다. 예컨대, 한 아이가 가족에 둘러싸여 살고 있다고 하자. 그 아이는 그것 나름의 고유한 법칙을 갖는 하나의 미시사회와 관계해 있다. 그다음, 그 평온을 깨고 불균형을(혹은 부정적인 균형이라고 할 수도 있겠다) 끌어들이는 무언가가 불쑥 생긴다. 그렇게 아이는 이러저러한 이유로 집을 떠난다. 이야기의 결말에서, 수많은 난관을 극복한 다음, 다 자란 아이는 아버지의 집으로 되돌아온다. 이때 균형은 회복되지만 더 이상 처음의 것은 아니다. 왜냐하면 그 아이는 더는 어린아이가 아니라 성인이 되었기 때문이다. 기본적인 핵심 이야기에는 두 유형의 에피소드들, 즉 균형 상태나 불균형 상태를 서술하는 에피소드와, 한 상태에서 다른 상태로의 이동을 서술하는 에피소드가 포함된다. 다시 말해 정적인 것의 역동적인 것에 대한 대립, 안정적인 것의 변화에 대한 대립, 형용사의 동사에 대한 대립과 같이, 첫 번째 것들이 두 번째 것들에 대립되는 것이다. 모든 이야기는 그러한 기본 도식을 포함한다. 그러나 그 이야기의 처음이나 끝을 제거하고, 원래의 흐름을 벗어나는 여담이나 다른 완전한 이야기들이 그 속에 삽입될 수도 있어서, 그 도식을 알아보기가 종종 어려울 때도 있다.

이제 초자연적인 요소들을 이 도식 속에 위치시켜 보자. 《천일야화》의 〈카마랄자만의 사랑 이야기〉를 예로 들어보자. 카마랄자만은 페르시아의 왕자이다. 그리고 왕국에서뿐만 아니라 국경 바깥에서도 그는 가장 영리하고 가장 멋있는 청년이다. 어느 날, 그의 아버지는 그를 결혼시키려고 결심한다. 하지만 젊은 왕자는 돌연 여자들에 대한 억제할 수 없는 반감이 내면에 있음을 발견하고는 순종하기를 단호히 거부한다. 그의 아버지는 그를 벌하기 위해 탑에 가둔다. 이렇게 십 년은 족히 지속될 것 같은 (불균형의) 상황이 있다. 초자연적인 요소가 개입하는 것은 바로 이 순간이다. 요정 마이문은 먼 여행을 하던 어느 날, 그 젊은이를 만나 그에게 매료된다. 그다음, 그녀는 단하시라고 불리는 정령을 만나는데, 그는 중국의 공주를 알고 있다. 물론 그녀가 세상에서 가장 아름다운 공주임은 두말할 것도 없다. 두 주인공의 아름다움을 비교하기 위해, 요정과 정령은 잠자는 공주를 잠든 왕자의 침대에 옮겨놓는다. 그러고는 그들을 잠에서 깨워 관찰한다. 일련의 우여곡절이 뒤따른다. 이야기가 진행되는 내내 왕자와 공주는 그 짧은 밤의 만남 이후, 다시 만나려고 애쓸 것이다. 결국 그들은 재회하고 함께 가정을 꾸릴 것이다.

여기서 우리는 완벽하게 사실주의적인 최초의 균형과 최후의 균형을 알게 되었다. 초자연적인 사건은 가운데의 불균형을 깨고 두 번째 균형을 찾는 기나긴 탐색을 촉발하기 위해 개입한다. 초자연적인 요소는 한 상태에서 다른 상태로의 이동을 서술하는 일련의 에피소드 속에 등장한다. 사실 모든 참가자들의 노력이 처음의 균형 잡힌 상황을 공고히 하려는 경향을 띨 때, 상황 바깥에서, 더 나아가 세계 자체의 바깥에서 유래하는 사건이 아니라면 도대체 무엇이 그 안정적인 상황을 뒤흔들어 놓을 수 있겠는가?

고정된 하나의 율법, 확립된 하나의 규칙, 바로 이것이야말로 이야기를 정지시켜 버린다. 법의 위반을 통한 급속한 변화가 촉발되기 위해서는 초자연적인 힘들의 개입이 편리하다. 그렇지 않으면 이야기는 인간 세계의 한 심판자가 최초의 균형 파괴를 인식하도록 기다리며 지지부진해질 위험성이 있다.

여기서 《천일야화》의 〈두 번째 탁발승의 이야기〉를 다시 떠올리자. 탁발승은 공주의 지하 방에 있다. 그리고 그는 공주 곁에서 그녀가 베푸는 최고급의 맛깔스러운 음식을 즐기며 자신이 원하는 만큼 거기에 머물 수 있다. 그러나 그것만으로는 이야기가 죽어버릴 것이다. 다행히 금기 또는 규칙이 존재한다. 즉, 마신의 부적을 건드려서는 안 된다는 것이다. 물론 주인공은 즉시 그 일을 저지를 것이다. 그리고 심판자가 초자연적인 힘을 부여받은 만큼, 상황은 더욱더 급속도로 변화를 겪을 것이다. "그 부적이 깨지자마자 궁전이 뒤흔들리며 허물어질 지경에 이르렀다……"(제1권, p. 153). 혹은, 〈세 번째 탁발승의 이야기〉를 읽어보자. 여기서 법은 신의 이름을 내세우지 않는다. 초자연적인 요소의 개입 — 주인공의 뱃사공('청동 인간')이 물속으로 거꾸러진다 — 을 부추기는 것은 주인공의 법 위반이다. 나중에 법은 어떤 방에 들어가지 말라는 금기로 나타난다. 그것을 위반함으로써 주인공은 어떤 말 한 마리와 만나게 되는데, 그것이 그를 하늘로 납치해갈 것이다……. 그로부터 이야기는 굉장한 추진력을 얻게 될 것이다.

이 예들에서 보듯이, 안정적인 상황의 파괴에는 매번 초자연적인 개입이 뒤따른다. 앞선 상황에 어떤 변화를 가져오기, 그리고 확립된 균형(혹은 불균형)의 파괴라는 이 명확한 기능을 가장 잘 충족시키는 서사 소재가 바로 경이 요소임을 알 수 있다.

이 변화가 다른 수단에 의해 생성될 수는 있지만 덜 효과적이라는 사실을 분명히 말해야 할 것이다.

초자연적인 요소는 보통 한 이야기의 서사 자체에 연결되어 있긴 하지만, 오직 묘사나 심리분석에만 열중하는 소설에는 매우 드물게 나타난다(헨리 제임스의 예도 이와 모순적이지는 않다). 초자연적인 요소와 서사의 관계는 이제 선명해졌다. 즉 초자연적인 것이 들어가는 모든 텍스트는 하나의 이야기이다. 왜냐하면 이야기의 정의 자체에 따라, 초자연적인 사건이 우선 사전事前의 균형을 변화시키기 때문이다. 그러나 초자연적인 것이 가장 신속하게 서사의 변화를 실현하는 만큼 이 둘 사이에 어떤 친연성이 있는 것은 사실일지라도, 모든 이야기가 초자연적인 요소들을 포함하지는 않는다.

결국 우리는 초자연적인 것의 사회적인 기능과 문학적인 기능이 어떤 점에서 하나일 수밖에 없는지 알게 되었다. 이 두 경우 모두에서 문제되는 것은 법의 위반이다. 사회적인 삶에서 일어나는 것이든, 이야기 속에서 일어나는 것이든, 초자연적인 요소의 개입은 언제나 이미 확립된 규칙의 체계 속에 어떤 파열을 가져오며, 바로 그 점에서 그 개입이 정당화된다.

마침내 우리는 **환상적인 것 자체의 기능**에 대해, 다시 말해 초자연적인 사건의 기능이 아니라 그것이 불러일으키는 반응의 기능에 대해 물어볼 수 있게 되었다. 초자연적인 것과 그것을 글자 뜻 그대로 받아들이는 경이 장르가 문학에 늘 존재해왔고 지금도 계속 행해지고 있는 만큼, 이 질문은 더욱더 흥미로운 것 같다. 반면, 환상 장르는 상대적으로 짧은 수명을 누렸다. 이 장르는 18세기 말엽 카조트와 함께 체계적으로 등장하여, 한 세기 후 모파상의 단편소설에서 미학적으로 만족스러운 마지막 예들을 보여준다. 다른 시대에도 환상적인 망설임의 예들을 만날 수는 있지만, 그 망설임이 텍스트 자체에 의해 중심 주제가 된 것은 예외적이라 할 것이다. 이처럼 짧은 수명에 이유가 있을까? 달리 말해, 왜 환상문학은 더 이상 존재하지 않을까?

이 질문에 대답하려면, 환상적인 것을 기술할 수 있게 해준 범주들에 더욱 긴밀히 다가가 검토해야 할 것이다. 이미 보았듯이 독자와 주인공은, 그런 사건이나 현상이 현실에 속하는지 상상세계에 속하는지, 그것이 사실인지 아닌지를 판단해야 한다. 따라서 환상적인 것에 대한 우리의 정의에 토대를 제공한 것은 현실의 범주이다.

이 놀라운 사실을 깨달았으니, 우리는 즉시 멈추어야 한다. 문학은 그것의 정의 자체로 말미암아 현실세계와 상상세계, 있는 것과 없는 것의 구분을 넘어선다. 그러한 구분의 지지가 불가능해지는 것은 부분적으로 문학과 예술의 덕분이라고 말할 수 있으며, 문학이론가들은 거듭 그렇게 말했다. 예컨대 블랑쇼는 이렇게 말했다. "예술은 길이 될 만큼 충분히 진실하면서도 충분히 진실하지 않으며, 장애가 되기에는 지나치게 비실제적이면서도 지나치게 비실제적이지 않다. 예술은 하나의 '**마치** comme si'〔영어로는 'as if'〕이다"(《불의 기여 La Part du feu》, p. 26). 그리고 노스럽 프라이는 이렇게 썼다. "문학은, 수학처럼, 추론적 사고에 그토록 중요한 존재 대 비존재라는 대립의 일관성을 파괴한다. (…) 우리는 햄릿과 팔스타프에 대해 그들이 존재한다고도, 그들이 존재하지 않는다고도 말할 수 없다"(《비평의 해부》, p. 351).

더욱 일반적으로, 문학은 모든 이분법의 존재에 이의를 제기한다. 말로 표현할 수 있는 것을 불연속적인 조각들로 절단하는 것은 언어의 본질 자체이다. 이를테면 명사는 그것이 구성하는 개념에서 하나 혹은 여러 개의 속성을 선택함으로써 다른 모든 속성을 배제하여 그 개념과 그것의 반의어의 대립 관계를 설정한다. 그런데 문학은 언어에 의해 존재한다. 하지만 문학의 변증법적 소명은 언어가 말하는 것 이상으로 말하는 것이며, 언어표현들 간의 대립을 초월하는 것이다. 문학은 모든 언어의 본질에 내재한 존재론을 언어 내부에서 파괴하는 것이다. 문학 담론의 특성은 저 너머로 건너가는 것이며(그렇지 않으면 그것은 존재할 이유가 없을 것이다), 문학은 언어가 자살을 수행하는 데 동원되는 흉기처럼 존재한다.

하지만 그렇다면, 현실과 비현실 사이의 대립과 같은 언어적 대립에 기초한, 이러한 문학 유형이야말로 바로 문학이 아닐까?

사실, 사정은 더욱 복합적이다. 환상문학은 독서 속의 망설임을 통해 현실과 비현실 사이의 완강한 대립의 존재를 문제 삼는다. 그러나 하나의 대립을 부정하기 위해서는 우선 그 대립 항목들을 알아보아야 하며, 하나의 희생을 완수하기 위해서는 무엇을 희생시켜야 하는지 알아야 한다. 환상문학이 남기는 애매한 인상이 그렇게 설명되는 것이다. 즉 한편으로는, 현실과 비현실 사이의 경계에 대한 문제제기가 모든 문학에 고유한 동시에 환상문학의 명백한 중심인 만큼이나, 환상문학은 문학의 정수를 드러낸다고 하겠다. 하지만 다른 한편으로는, 환상문학은 문학의 준비단계에 지나지 않는다. 왜냐하면 환상문학은 일상 언어의 존재론과 맞서 싸움으로써 문학에 생기를 불어넣으며, 설령 그것이 언어를 부정하기 위해서일지라도 언어에서 출발해야 하기 때문이다.

한 권의 책이라는 우주 속에서 벌어지는 몇몇 사건들이 명백히 상상적인 것으로 주어진다면, 그로 인해 그 사건들은 그 책 나머지의 상상적인 성질을 부인하게 된다. 또한, 이런저런 상상적 환영幻影이 단지 지나치게 흥분된 어떤 상상력의 산물일 뿐이라면, 그것을 둘러싼 나머지 모든 것은 현실이라는 말이 된다. 따라서 환상문학은 상상세계의 찬양이기는커녕, 한 텍스트의 대부분을 현실세계에 속하는 것처럼, 더 정확히 말해 기존의 사물에 주어진 하나의 이름처럼, 현실세계에 의해 유발된 것처럼 제시한다. 환상문학은 현실과 문학이라는 두 개의 개념을 모두 똑같이 불만족스러운 상태로 우리 손안에 남겨두었다.

19세기는 현실세계와 상상세계를 구분 짓는 형이상학 속에서 살았던 것이 사실이고, 환상문학은 실증주의의 지배를 받던 그 19세기의 자격지심 외에 다른 아무것도 아니다. 그러나 이제 우리는 어떤 확고부동한 외적 현실도, 그 현실의 베껴 쓰기에 지나지 않는 어떤 문학도 더 이상 믿을 수 없다. 말은 사물이 상실한 어떤 자율성을 획득했다. 그러한 다른 비전을 항상 주장해온 문학이 진화를 추동해온 동기들 중 하나라 할 것이다. 환상문학은 이야기가 진행되는 내내 언어학적 범주화를 전복시킨다. 그리고 그로 인해 치명적인 타격을 받았다. 그러나 그 죽음, 그 자살로부터 하나의 새로운 문학이 태어났다. 20세기 문학이 어떤 의미에서는 다른 어떤 것보다 더 '문학'이라고 주장한다고 해도 그것을 지나치게 건방지다 하지는 않을 것이다. 물론 그것이 가치판단으로 취급되어서는 안 된다. 바로 그 사실로 인해 문학의 가치가 축소될 가능성조차 있기 때문이다.

20세기에 초자연적인 것의 이야기는 어떻게 변했을까? 이 범주에 포함될 텍스트들 중에서 아마 가장 유명하다고 할 카프카[9]의 〈변

9   Franz Kafka, 1883-1924. 체코 프라하 태생의 유대인 작가. 독일어로 글을 썼으며, 20세기를 대표하는 작가 중 한 사람으로 꼽힌다. 특히 《소송 Der Process》, 《성 Das Schloß》, 〈변신〉과 같은 소설로 알려졌지만, 프란츠 카프카는

신Die Verwandlung〉을 불러오자. 여기서 초자연적인 사건은 텍스트의 맨 첫 문장에서 이야기되고 있다. "어느 날 아침, 뒤숭숭한 꿈에서 빠져나오며, 그레고르 잠자는 침대 속에서 진짜 벌레로 변한 모습으로 잠에서 깨어났다"(p. 7). 가능한 망설임에 대한 몇몇 간략한 표시들이 이후 텍스트 속에 등장한다. 그레고르는 먼저 자신이 꿈을 꾸고 있다고 믿는다. 그러나 그는 곧바로 반대의 사실을 확신하게 된다. 그럼에도 그는 합리적인 설명 찾기를 즉시 포기하지 않는다. 다음의 구절을 읽어보자. "그레고르는 지금의 그 허깨비가 서서히 사라지지 않을까 초조하게 지켜보았다. 그의 목소리가 변한 것으로 말하자면, 그는 내심 외무사원의 직업병이라 할 독감의 징조일 뿐이라고 확신했다"(p. 14).

그러나 이 간략한 망설임의 표시들은 이야기의 전반적인 움직임 속에 완전히 파묻혀 있을 뿐, 여기서 가장 놀라운 일은 고골의 〈코〉에서처럼("이 놀람의 결여가 사람들에게는 정말 놀라울 것이다."), 이 믿어지지 않는 사건 앞에서 전혀 놀람이 없다는 사실이다. 그레고르는 자신의 상황이 예외적이긴 하지만 결국 가능한 것으로 조금씩 받아들인다. 그가 일하는 직장의 지배인이 그를 찾으러 올 때, 그레고르는 너무도 짜증이 나서 "언젠가 그 사람에게도 같은 종류의 불행이 좀 일어날 수 있지 않을까"(p. 19) 하고 스스로에게 되묻는다.

그보다 더 광범위한 작품을 미완의 상태로 남겼다. 음침하면서도 '극도로 기이한 객관성'을 띠는 악몽 같은 분위기가 특징적인 그의 소설에서는 비인간적인 사회와 관료주의가 점점 더 개인을 장악한다. 비평가들은 카프카의 작품들을 모더니즘, 마술적 리얼리즘 등 다양한 맥락에서 해석했다. 가시적으로 드러나는 절망과 부조리는 실존주의의 전형적인 표현처럼 간주되었고, 관료주의에 대한 그의 풍자에 대해 아나키즘의 관점에서 보기도 했다.

"여하튼 아무것도 그 일을 가로막지 않을 거야." 그는 모든 책임으로부터 해방되고 사람들이 그를 돌보아야만 하는 그 새로운 상태에서 모종의 위안을 발견하기 시작한다. 그는 생각했다. "나(그레고르) 때문에 그들이 기겁한다 해도 그건 불안해할 일이 아니지. 왜냐하면 그건 더 이상 내 책임이 아니니까. 또 만약 저들이 사태를 잘 받아들일까 마음 졸인들 무슨 소용이 있겠어?"(p. 25). 이제 체념이 그를 사로잡는다. 그는 마침내 "그가 해야 할 일은 일시적으로 잠자코 있는 것과, 그의 상황이 본의 아니게 가족들에게 부과한 근심거리들을 인내와 배려로, 그들에게 감내할 만한 것으로 만드는 것이라고 결론 내렸다"(p. 42).

이 모든 문장은 인간이 벌레로 변신하는 사건이 아니라 전적으로 가능한 어떤 사건, 예컨대 발목 골절에 관련된 이야기 같은 느낌을 준다. 그레고르는 자기가 동물이라는 생각에 조금씩 익숙해진다. 그는 먼저 육체적으로 인간의 음식과 쾌락을 거부할 뿐만 아니라, 정신적으로도 같은 일이 일어난다. 즉 기침이 인간의 것인지 아닌지를 판단하는 자기 자신의 판단력을 더는 신뢰할 수 없게 된다. 그는 어떤 사진 위에 누워 있기를 좋아하는데, 누이가 자신에게서 그것을 빼앗으려고 하지는 않을까 의심하여 "누이의 얼굴 위로 뛰어내릴"(p. 65) 각오까지 한다.

이제, 가족이 그토록 희망하는 자신의 죽음을 그레고르가 체념하며 받아들이는 것은 더 이상 놀랍지 않다. "그는 뭉클한 애정을 느끼며 가족에 대한 몽상에 다시 젖어들었다. 자신이 떠나야 한다는 사실, 그는 그 사실을 알고 있었다. 그리고 그 점에 관해서 그의 생각은 심지어 누이의 생각보다도 더 확고했는지도 모를 일이다"(p.

99).

가족의 반응은 유사한 전개를 따라간다. 먼저 놀람이 있지만 망설임은 없다. 그리고 즉시 아버지의 공공연한 반감이 온다. 첫 장면에서 이미 "비정한 아버지는 아들을 몰아세우곤 했다"(p. 36). 그리고 그때를 돌아보면서 그레고르는 "아버지가 오직 극도의 엄격함만이 그를 대하는 적절한 태도라고 생각한다는 사실을 그의 변신 첫날부터 알고 있었다"(p. 70)고 시인한다. 그의 어머니는 계속 그를 사랑하지만, 그를 도와주기 위해 할 수 있는 일이라곤 아무것도 없다. 그의 누이로 말할 것 같으면, 처음에는 그에게 가장 가까이 있었지만 곧 체념해 버리고는 결국 혐오감을 그대로 드러내기에 이른다. 그리고 그레고르의 죽음이 임박한 상황에 이르렀을 때, 그녀는 가족 전체의 감정을 이렇게 요약할 것이다. "우리에게서 저걸 치워버릴 궁리를 해야 해요. 우리는 저것을 돌보고 견뎌내기 위해 사람이 할 수 있는 일은 다 했어요. 우리를 눈곱만큼이라도 비난할 수 있는 사람은 아무도 없을 거예요"(p. 93). 가족의 유일한 수입원이었던 그레고르의 변신이 처음에는 그들을 침울하게 했지만, 그것이 긍정적인 효과를 갖는다는 사실이 조금씩 드러난다. 나머지 세 사람은 다시 일을 하기 시작하고, 삶에 다시 눈을 뜨게 된다. "그들은 의자 등받이에 느긋이 기대앉아 미래의 전망에 대해 얘기했다. 그 전망이란 것을 가까이 들여다보니, 맙소사, 그게 그렇게 나쁘지만은 않았다. 왜냐하면 — 이것은 그들이 아직까지 한 번도 서로 깊이 얘기해보지 않은 사항인데 — 그들 세 사람은 모두, 상황이 정말로 긍정적일 뿐만 아니라 훗날을 위해 많은 것을 기약해준다는 사실을 알게 되었기 때문이다"(p. 106-107). 그리고 이 이야기의 끝을 맺어주는 마지막 한 획은 블랑쇼가 그렇게 불렀듯 "그 끔찍함의 극치", 즉 새로운 삶, 곧 관능에 그의 누이가 눈뜨는 것이다.

앞서 설정한 범주들을 가지고 이 이야기에 접근한다면, 우리는 이 작품이 전통적인 환상소설과는 확연히 구별된다는 것을 알게 된다. 먼저, 여기서 기이한 사건은 하나의 점진적 상승의 절정처럼, 일련의 간접적인 조짐들의 결과로 나타나지 않는다. 그러한 사건은 이미 맨 첫 문장에 들어 있다. 환상소설은 전적으로 자연적인 상황에서 출발하여 초자연적인 상황에 이른다. 그러나 〈변신〉은 초자연적인 사건에서 출발하여 이야기가 진행되는 동안 그것에 점점 더 자연적인 분위기를 부여한다. 그리고 이야기의 끝은 초자연적인 것에서 가능한 한 가장 멀어져 있다. 따라서 전대미문의 해괴한 사건에 대한 지각을 준비시키고 자연적인 것에서 초자연적인 것으로의 이동을 특징짓던 망설임이 완전히 불필요해진다. 여기서 서술되는 것은 반대의 움직임이다. 즉, **적응**의 움직임이 설명 불가능한 사건을 뒤따르는 것이다. 이것은 초자연적인 것에서 자연적인 것으로의 이동을 특징짓는다. 망설임과 적응은 역방향의 대칭적인 두 과정을 가리킨다.

다른 한편으로, 망설임의 부재와 심지어 놀람의 부재, 그리고 초자연적인 요소들의 존재 때문에 우리가 주지하는 다른 한 장르, 즉 경이 장르 속으로 들어왔다고 말할 수는 없다. 경이 장르는 우리의 세계에 속하는 것들과는 전혀 다른 법칙의 세계 속에 우리가 빠져 있다는 사실을 전제로 한다. 그 사실로 인해 초자연적인 사건들이 발생해도 우리는 전혀 불안하지 않다. 반면, 〈변신〉에서는 충격적이고 비현실적인 사건이 문제되고 있다. 하지만 역설적으로 그 사건은 가능한 일로 변한다. 그런 의미에서 카프카의 이야기들은 경이 장르와 기이 장르에 동시에 속하며, 겉보기에는 양립이 불가능한 두 장르가 그 이야기 속에서 교차한다. 초자연적인 요소가 주어졌지만, 우리에게는 그것이 계속 용인될 수 없는 것처럼 여겨지는 것이다.

〈변신〉은 일견 알레고리적인 의미를 부여하고 싶어지는 작품이기도 하다. 그러나 그 알레고리적 의미를 명확하게 말하려고 하는 순간, 우리는 고골의 〈코〉에서 관찰했던 것과 매우 유사한 하나의 현상과 마주치게 된다(빅토르 에를리치Victor Erlich가 최근에 보여주었듯, 두 이야기의 유사성은 그것으로 멈추지 않는다). 물론 우리는 이 텍스트에 대해 여러 가지 알레고리적 해석을 제안할 수 있다. 하지만 카프카는 그것들 중 어느 하나를 확인시켜 줄 만한 어떤 명확한 정보도 제공하지 않는다. 그에 대해 사람들은 종종 이렇게 말했다. 즉, 그의 소설들은 무엇보다 이야기 그 자체로서, 축자적인 수준에서 읽혀야 한다는 것이다. 〈변신〉에 서술된 사건은 다른 어떤 문학적 사건들만큼이나 현실적이다.

여기서 훌륭한 공상과학 텍스트들이 유사한 방법으로 구성된다는 점을 지적해야겠다. 로봇, 외계인들, 우주적인 배경 등, 도입부에 등장하는 요소들은 초자연적이다. 이야기의 움직임은 우리로 하여금 겉보기에는 경이적인 이러한 요소들이 실은 얼마나 우리와 가까운지, 그리고 우리의 삶 속에 어느 정도로 깊이 들어와 있는지 보지 않을 수 없게 만든다는 데 있다. 로버트 셰클리[10]의 한 단편소설은

---

10 Robert Sheckley, 1928-2005. 미국의 공상과학 소설가. 100여 권의 단편소설과 10여 권의 장편소설을 발표했다. 2001년에는 미국 SF·판타지 소설가 협회에서 '명예작가'(Author Emeritus) 칭호를 받았다.

동물의 몸을 인간의 뇌에 접목시키는 놀라운 수술과 함께 시작한다. 그리고 마지막에는 가장 정상적인 인간에게서 발견되는 동물과의 모든 공통점을 보여 준다(〈육체The Body〉). 또 다른 단편소설은 달갑지 않은 사람들을 치워주는, 있음직하지 않은 어떤 조직의 묘사로 시작된다. 이야기가 끝났을 때 우리는 그런 상상이 모든 인간 존재에 익숙하다는 사실을 깨닫게 된다(〈처분 서비스Disposal Service〉). 여기서 적응 과정을 겪는 쪽은 독자이다. 즉 어떤 초자연적인 사실과 직면한 독자는 결국 그것의 '자연성'을 인정하기에 이른다.

이와 같은 이야기 구조는 무엇을 의미할까? 환상 장르에서, 기이하거나 초자연적인 사건은 정상적이고 자연적이라고 판단된 것을 기준으로 해서 지각되었다. 따라서 자연법칙들의 위반은 우리로 하여금 그 법칙들을 더욱더 확고하게 깨닫게 했다. 카프카에게서 초자연적인 사건은 더 이상 망설임을 유발하지 않는다. 왜냐하면 묘사된 세계는 온통 이상하기만 한 데다, 그 바탕 위에서 발생하는 사건 자체만큼이나 비정상적이기 때문이다. 따라서 우리는 환상문학 — 현실세계, 자연적인 것, 정상적인 것을 철저히 부숴버릴 수 있기 위해 그러한 것들의 존재를 전제로 하는 문학 — 의 문제를 여기서 (전도된 형태로) 다시 만나게 된다. 하지만 카프카는 그것을 넘어서기에 이르렀다. 그는 비합리적인 것을 유희의 일부분으로 다룬다. 그의 세계 전체가 현실세계와는 더 이상 아무런 관련이 없는, 악몽 혹은 몽환적인 어떤 논리에 순응한다. 설령 독자에게 어떤 망설임이 지속적으로 남아 있다 하더라도 그것은 결코 더 이상 등장인물에 영향을 끼치지 않는다. 그리고 과거에 관찰되었던 종류의 동일시는 더 이상 가능하지 않다. 카프카의 소설은 우리가 환상 장르의 두 번째 조건이라고 말했던 것, 즉 텍스트의 내부에 나타난, 그리고 특히 19세기의 예들을 더욱더 특징적으로 만드는 그 망설임을 버린다.

사르트르[11]는 블랑쇼와 카프카의 소설에 대해, 우리가 방금 내세운 것과 아주 비슷한, 환상적인 것에 대한 이론을 하나 제시한 적이 있다. 그 이론은 《상황Situations I》에 들어 있는 그의 논문, 《《아미나다브》[12] 혹은 하나의 언어처럼 간주된 환상적인 것에 대하여 Aminadab ou du fantastique considéré comme un langage》에 표명되어 있다. 사르트르에 따르면, 블랑쇼나 카프카는 더 이상 이상한 존재들을 그리려고 애쓰지 않는다. 그들에게는 "오직 하나의 환상적인 대상만 있을 뿐이며, 그것은 바로 인간이다. 그것은 단지 상반신만 세상에

---

11 Jean-Paul Sartre, 1905-1980. 프랑스 실존주의 철학자, 극작가, 소설가, 정치활동가, 문학비평가. 20세기 프랑스 철학을 이끈 주요 인물로, 자신의 철학적, 정치적 관점을 문학 속에서도 실천하고자 했으며, 마르크시즘이 그의 행동의 주요 지침이 되었다. "하루도 글쓰기를 거른 적이 없었다"(Nulla dies sine linea)는 그의 고백이 말해주듯, 그는 엄청난 분량의 저서를 다방면에 남겼다. 《존재와 무L'Être et le Néant》(1943), 《실존주의는 휴머니즘이다L'existentialisme est un humanisme》(1945) 등의 철학적 저서에서 확립된 그의 철학사상은 그의 소설들과 희곡들에서 잘 드러난다. 대표적인 희곡 《출구 없음Huis clos》 (1944)은 "지옥은 바로 타인"(L'enfer, c'est les autres)이라는 생각을 상징적으로 보여주고 있다. 소설 《구토Nausée》(1938)가 독자들에게 강력한 힘을 발휘했고, 3부작 소설 《자유의 길Les Chemins de la liberté》(1945-1949)에서는 실존과 선택에서의 근본적인 자유의 문제가 이론보다 실천적인 차원에서 접근되고 있다. 문학비평 분야에서 그가 남긴 업적은 참여문학에 대한 질문 외에도, 플로베르와 보들레르에 대한, 전기에 입각한 분석적 독서로 강렬한 인상을 남긴 것이 있다. 1964년 자전적 작품, 《말Les Mots》을 발표하면서 노벨상의 영예를 얻기에 이르렀지만, 본인은 수상을 거절했다.

12 블랑쇼의 두 번째 소설.

가담된, 종교와 유심론의 인간이 아니라, 있는 그대로의 인간, 자연의 인간, 사회적인 인간이며, 지나가는 영구차에 경의를 표하고, 교회에서 무릎을 꿇고, 어떤 깃발을 뒤따르며 박자에 맞추어 행진하는 자이다"(p. 127). '정상적인' 인간은 바로 환상적인 존재이며, 환상적인 것은 예외가 아니라 통례가 된다.

이 변환은 장르의 테크닉에 영향을 끼칠 것이다. 과거에는 독자가 자신을 동일시하던 주인공이 완전히 정상적인 존재였다면(동일시가 용이하고 또 사건의 기이함 앞에서 주인공과 함께 놀랄 수 있기 위해), 여기서는 주요 등장인물 자체가 '환상적'이 된다. 《성Das Schloß》의 주인공이 그 예가 되겠다. "우리는 이 측량사의 모험과 그의 관점을 함께 나누어야 한다. 하지만 금지된 도시에 남아 있겠다는 그 이해하기 힘든 고집 외에, 우리는 그에 대해 아는 게 아무것도 없다"(p. 134). 그 결과 독자는 등장인물에 자신을 동일시할 경우, 현실세계 바깥으로 축출된다. "그리고 세상을 반대 방향으로 다시 세우는 임무를 띠던 우리의 이성은 악몽 속으로 끌려가, 그 자신이 환상적이 된다"(p. 134).

카프카와 함께 우리는 책의 세계 전체와 독자 자신이 그 속에 편입되는 하나의 총체적인 환상세계와 대면하게 되었다. 이 새로운 환상세계에 대해 특히 명백한 예가 하나 있다. 사르트르는 자신의 생각을 예시하기 위해 즉흥적으로 상황을 꾸민다. "나는 앉는다. 그리고 밀크커피를 한 잔 시킨다. 종업원이 내게 주문을 세 번 반복하게 하고, 모든 실수의 가능성을 피하기 위해 자신이 그것을 반복한다. 그는 급히 달려가, 다른 한 종업원에게 나의 주문을 전달한다. 그는 그것을 수첩에 적은 다음 세 번째 종업원에게 전달한다. 마침내 네 번째 종업원이 내게 와서, 테이블 위에 잉크병을 내려놓으며 말한다. '여기 있습니다.' 나는 말한다. '하지만 나는 밀크커피를 시켰는데요.' 종업원은 떠나가며 말한다. '나 참. 바로 그거잖아요.' 만약 독자가 이런 종류의 이야기를 읽으면서, 이것이 종업원들의 짓궂은 장난이거나 무슨 집단 정신병[이것은 모파상이 예컨대 〈오를라〉에서 우리에게 믿게 하려던 것이다]에 관한 이야기라고 생각할 가능성이 있다면, 우리는 게임에서 졌다. 하지만 우리가 독자에게, 괴상망측한 표출이 정상적인 행위의 자격으로 나타나는 어떤 세계에 대해 말한다는 인상을 줄 줄 알았다면, 독자는 단번에 환상세계 한가운데로 빠져들 것이다"(p. 128-129). 한마디로, 고전적인 환상소설과 카프카의 소설들 사이의 차이가 바로 여기에 있다. 전자의 세계에서 예외였던 것이 후자의 세계에서는 통례가 된다.

결론적으로 카프카는 초자연적인 것과 문학 자체와의 희귀한 통합을 통해, 우리에게 문학 자체를 이해할 수 있게 해준다. 우리는 문학의 역설적인 지위를 이미 여러 번 지적해왔다. 문학이란 오로지 일상 언어가 자신과 관련하여 모순이라고 부르는 것 속에서만 생명력을 얻는다. 문학은 말에 의해 표현되는 것과 말을 넘어서는 것 사이의 대립, 현실과 비현실 사이의 대립을 떠맡는다. 그런데 카프카의 작품은 더 멀리 나아간다. 그것은 문학이 어떻게 그 중심에서 또 하나의 다른 모순을 체험시키는지 볼 수 있게 해준다. 모리스 블랑쇼가 문학이 무엇인지 표명하는 것도 바로 이 작품에 대한 고찰에서 출발한 그의 평론, 〈카프카와 문학Kafka et la littérature〉에서이다. 통상적이고 단세포적인 관점은 문학을 (그리고 언어를) '현실세계'의 한 이미지처럼, 현실 그 자체가 아닌 것의 전사轉寫처럼, 현실과 유사한 동종의 시리즈처럼 제시한다. 그러나 그 관점은 이중적으로 잘 못되었다. 왜냐하면 문학은 발화행위의 본성만큼이나 언표의 본성을 배반하기 때문이다. 단어들은 그것들과 관계없이 그 자체로 존재하는 사물들에 붙인 이름표가 아니다. 글을 쓸 때, 우리는 오직 쓰는 일만 한다. 그 행위의 중요성은 바로 그런 것이어서 다른 어떤 경험도 허용하지 않는다. 동시에, 내가 글을 쓴다면 나는 어떤 무엇인가에 대해 글을 쓰는 것이다. 설령 그 어떤 무엇이라는 게 글쓰기라 해도 말이다. 글쓰기가 가능하려면, 그 행위는 자신이 말하고자 하는 대상의 죽음에서 출발해야 한다. 그러나 그 죽음은 글쓰기 자체를 불가능하게 만든다. 왜냐하면 더 이상 쓸 거리가 없기 때문이다. 문학은 오직 자신을 불가능하게 만드는 한에서만 가능해질 수 있다. 즉, 우리가 말하는 것은 거기 있는데 문학을 위한 자리가 없거나, 혹은 우리는 문학에 자리를 내주는데 말할 거리가 더 이상 아무 것도 없거나 하는 것이다. 블랑쇼는 이렇게 썼다. "만약 언어가, 특히 문학적인 언어가 자신의 죽음보다 앞서, 자신의 죽음을 향해 부단히 돌진하지 않는다면, 그 언어는 가능하지 않을 것이다. 왜냐하면 자신의 불가능성을 향한 그 움직임이야말로 바로 언어의 존재 조건이자 근거이기 때문이다"(《불의 기여》, p. 322 참고).

가능과 불가능을 양립시키는 작업은 '불가능'이라는 단어 자체에 정의定義를 제공해줄 수 있다. 그럼에도 불구하고 문학은 존재한다. 바로 그것이 문학의 가장 위대한 역설이다.

1968년 9월

환상문학에서 '환상적인 것'으로 ─ 문학을 향하여

토도로프의《환상문학 서설》은 이른바 '본격문학'과 구분된 '유사문학paraliterature'이란 명목으로 소홀히 취급되어 오던 환상문학을, 마침내 순수 예술문학과 동등한 차원에 두고 '장르'의 관점에서 체계적인 문학연구의 대상으로 삼은 최초의 책이다. 이후 이 책은, 환상문학은 대량으로 복제되는 하위문학이라는 차별적 인식을 허물고, '환상적인 것'에 대한 새로운 인식과 함께 문학 연구자들의 관심을 촉발시켰다. 물론 이와 같은 인식 변화가 토도로프의 책 한 권으로 이루어졌다고 말할 수는 없다. 문학은 인간 정신의 동질성을 끊임없이 회의해왔고, 20세기 후반 토도로프 시대의 누보로망에 이르기까지, 그리고 그 이후에도 계속, 문학적 글쓰기는 세계와 마주한 인간의 모습에 대해 고민하며 때로는 알게 모르게, 때로는 의도적으로 환상적인 것을 문학 속에 통합시켜 왔다. 그리고 여기에는 프로이트의 정신분석 이론이 불러일으킨 인간 이해의 변화가 중요한 역할을 했다. 이와 같은 조건 속에서 토도로프는 환상문학에 장르라는 형식적 틀을 부여하고, 더 나아가 이를 통해 문학을 말하고 싶어 했다.

그는 그러한 계획을 과학적인 방법으로 실현하고자 했다. 러시아 형식주의의 영향을 받은 것으로도 유명한 토도로프는 20세기 후반 프랑스 사상의 동향을 지배했던 구조주의의 선봉에서 '환상문학'에 대한 자신의 접근 방식과 논거들을 자기반성적 태도로 면밀하게 전개하고 있고, 여기에는 우리가 본받아야 할 점들이 많다. 그는 문학 연구 또한 과학처럼 관점 및 실천 방법의 일관성과 체계성을 요구한다는 인식에서 출발한다. 방법론과 관련된 고찰을 책 곳곳에서 발견하게 되는 것도 이 때문이다. 이를 위해 그는 먼저 '장르'라는 개념의 이해를 시도하는데, 이것은 서로 긴밀하게 연결된 두 측면에서 이해되어야 할 개념이다. 즉 '장르'란, 요소들 각각의 개별적 특성을 모두 생략하고 오로지 일반적인 성질들만을 추려낸 '범주'를 가리키며, 따라서 그처럼 추상화 과정을 통해 정립된 개념은 하나의 '총칭' 자격을 가지면서 추상적 관념 체계인 '언어'와 동일한 성질을 띤다. 문학의 본질은 언어와 불가분의 관계를 맺고 있으므로, 언어를 사용하는 문학 형식의 범주인 장르야말로 문학 이해의 이정표라 할 것이다.

이로부터 도출된 연구 방법론의 기본 입장은 한마디로, 연구 대상 목록의 총망라와 그것들에 대한 개별적 관찰을 요구하는 경험적 실증주의의 거부로 요약할 수 있다. 그가 이 책에서 다루고 있는 대상 작품들과 그 선정 폭은 우리가 보기에 이미 상당히 다양하고 광범위하지만, 이 연구의 실천적 핵심은 특징적 표본들의 체계적인 관찰, 연역, 추상화라는 일련의 과정을 거쳐 일반성을 띤 하나의 관념체계로 장르의 정의를 구조화하는 것이다. 이것은 '과학적' 과정을 문학 연구에 온전히 적용하려는 시도이며, 문학 연구의 방법론상으로도 의미가 있다. 소위 '문학과학'이라 불리던 종래의 아카데믹 문학 연구는 작자와 작품 사이에 인과관계가 존재한다는 원칙 아래 작품을 작자의 인간 연구의 실증적 자료로 취급하거나, 그렇지 않으면 기존의 창작 규칙들을 작품의 평가 잣대로 삼고 경험적 검증을 일삼는 경향이 있었다. 이와 같은 연구 태도는, 잘 알려진 바와 같이, 작품을 작자의 영향력에서 분리시키고 텍스트의 의미작용을 하나의 인문학적 관점에서 해석하려는 '신비평'에 의해 맹렬히 거부되었다. 토도로프의 과학적 연구 방법은 마찬가지로 종래의 실증주의를 거부하지만, 비평 또한 과학의 이름으로 거부한다. 왜냐하면 비평은 최악의 경우 기존 사상의 번역으로 전락하여 문학 작품을 사상 확인의 도구로 축소시키거나, 최선의 경우 작품과 비평가 사이의 동일시를 통해 그 어디서도 존재하지 않는 새로운 의미를 실현시키면서 비평 자신이 다시 문학이 되려는 경향을 띠기 때문이다. 그의 목표는 문학 현상을 설명할 수 있는 일반적 규칙들을 찾아내는 것이었고, 그에 따르면 그것은 '해석'과 '비평'의 영역이 아니라 '시학'과 '과학'의 영역이다.

그의 과학적 문학 연구는 문학 텍스트를, 요소들이 상호 유기적인 관계를 맺음으로써 하나의 체계를 갖춘 구조로 간주하며, 작품을 통한 일반적인 문학 이론의 도출을 지향한다. 이것은 한편으로는 장르 내적인 구조 탐색을 불렀고, 다른 한편으로는 이웃 장르와의 상관관계를 파악함으로써 문학 전체 속에 장르를 위치시키는 작업으로 이어졌다. 이 책의 목표는 '환상적인 것'이란 무엇인가라는 질문에서 출발하여 환상장르의 정의를 세우고, 더 나아가 문학이란 무엇인가의 질문으로 발전함으로써 왜 환상문학의 이해가 문학 자체의 이해에 맞닿아 있는가를 보여주는 것이다. 그것만이 장르의 정의가 문학의 진화와 미래에는 무관심한 닫힌 규칙체계로 고착되는 것을 피할 수 있게 해줄 것이다.

그리고 체계성과 일관성을 추구하는 그의 방법의 정점에는, 언어예술로서의 문학의 한 형식적 특징을 기술하면서 문학 외적인 요소를 끌어들이지 않고 오직 언어의 관점에서, 그리고 문학 범주 내에서 해결해야 한다는 그의 원칙이 있다. 장르의 정의를 위해 스스로 채택한 세 가지 접근 중, 언어표현적인 측면이나 통사적인 측면은 물론이고, 특히 의미작용적 측면을 검토할 때조차, 그는 모든 의미 해석의 시도를 거부하고, 자신이 분류한 두 개의 테마 망을 '나'와 '너'라는 이름으로 부름으로써 언어의 범주에서 벗어나지 않으려고 애쓴다. 그런데 그러한 분류에는 설득력 있는 논거를 제시해야만 한다. 그는 결국 프로이트의 정신분석 이론을 끌어들이게 되고, 자신의 모든 논의가 철두철미하게 언어와 문학의 범주 안에 머물러 있어야 한다는 원칙이 위태롭게 비칠 수 있음을 직시한다. 그러나 형식과 내용의 이원론적 분리를 거부하는 토도로프의 관점에서 볼 때, 문학은 순수 형식으로도 순수 내용으로도 축소될 수 없음은 자명하며, 형식이 어떤 의미작용의 가능성을 지니는지에 대해 정당한 논거를 의미의 차원에서 제시하는 것은 당연하다. 테마 접근은 협소한 형식주의적 원칙의 한계를 뛰어넘으려는 그의 의지를 보여준다.

어쩌면 이 책의 진정한 가치는 그가 자신의 입장을 시종일관 유지하려는 노력만큼이나 그 한계를 인식하는 자기반성적인 열린 자세에 있다고 할 수 있을지도 모른다. 이 책에서 토도로프가 드러낸 포부는 크다. 그리고 그만큼 난점들도 해결하기 쉽지 않다. 한편으로는 글쓰기의 혁신이 창작과 비평의 주된 관심이 되면서, 현대문학은 특정 형식적 기준을 잣대로 작품들을 분류하는 장르 개념을 거부하기에 이르렀다. 그 이유는 문학사에 기억되는 작가들은 모두 기존의 장르를 배반한 자, 새로운 문학 어법을 찾아낸 자들이고, 하나의 장르는 아류들의 모방과 반복으로 성립되기 때문이라는 것이었다. '환상적인 것'이라고 하는 하나의 장르를 정의하고 분류하려는 토도로프는 그러한 부정과 맞서, 문학은 기존의 문학 관습 — 비록 파괴되기 위해 존재하는 것이라 할지라도 — 의 인식 없이는 존재할 수 없다는 데 주목했다. 다른 한편으로는 장르의 정의가 과학적으로 기술되어야 진정한 장르로서 인정받을 수 있다는 당위성을 충족시킬 기술 방법을 찾아야 했다. 그리고 이 두 문제 사이에는 언어의 이중성이란 난관이 버티고 있다.

방법론의 토대를 다지는 순간부터 언어의 문제는 필연적으로 부딪힐 수밖에 없는 것이었다. 그에게 과학은 궁극적으로 기술記述의 과학성의 문제이다. 왜냐하면 과학은 개별적인 것들의 관찰로부터 일련의 법칙들을 연역하여 가설을 세우고 어떤 총칭적 어휘의 조직을 통해 하나의 문법을 구성하는 언어 행위이기 때문이다. 언어는, 앞서 이미 언급했듯, 추상화된 개념들의 조직이자 규칙이며, 그것의 본질적 기능은 소통이다. 그런데 문학은 개인의 내적 움직임을 표현함에 있어서 일상적 소통 언어의 근본적인 불충분함에 불만을 품고 지금까지 어느 누구도 말하지 않은 것을 말하려는 욕구의 산물이며, 문학적 글쓰기는 언어의 가능성을 기존 질서의 극한까지 시험하고 때로는 그 질서를 위반하기까지 한다. 이렇듯, 그는 이중적 역설 앞에 놓여 있다. 한편으로는 통상적 언어를 사용하면서도 그것의 소통 기능을 초월해야 하는, 무엇에 대해 말하면서도 어떤 것도 말해주지 않는 문학을 특정 기준에 의해 분류해야 한다는 역설. 다른 한편으로는 모든 개별성을 추상화시킨 일반적 범주의 개념을 통해, 창작의 성질상 새로움을 지향하고 끊임없이 장르의 한계를 허물어뜨릴 기회를 노리는 그러한 문학의 본질에 다가가기. 이것은 근본적으로 실패할 수밖에 없는 무모한 시도는 아니었을까?

그는 어떻게 이 이중적 역설을 극복하려 했을까? 그는 환상 장르를 정의하기 위해 가장 먼저 '환상적인 것'이란 무엇인지를 묻는다. 그리고 그것을 텍스트 속에서 현실과 비현실, 실제와 상상 사이의 애매한 경계 경험이 솟아오르는 '순간'으로 규정함으로써, 환상 장르를 작품 전체 구조와 연계시키는 무모함을 범하지 않는다. 이 덕분으로, 이 장르는 특정 형식의 작품 그룹으로만 축소되지 않고, 모든 종류의 허구 작품에서 출현할 수 있는 가능성을 부여받게 되었다. 허구란 무엇인가? 그것은 언어가 빚어낸 문학 공간을, 그 자체로 부정할 수 없는 하나의 현실로서, 시적 혹은 알레고리적 2차 해석 없이 받아들이는 순수 언어세계이다. 그러나 그 속에서 벌어지는 어떤 일도 일상적 언어로 재현되었다고 하여 문학 바깥의 세상을 참조하지는 않는다. 이렇듯 문학은 현실의 일상 언어세계 속에 들어있지 않으면서, 그렇다고 그 언어를 온전히 부정할 수도 없는 경계 지점에 서 있다. 더구나 순수 언어구조물에 부과한 허구의 공간 속에서 독자가 체험하는 것은 순전히 상상적인 것이면서도 엄연한 심적 현실이 아닌가. 이 두 차원 중 어느 것도 부정할 수는 없다. 이것은 등장인물이, 따라서 독자가 이야기 속의 현실에서 초자연적 사건과 부딪히며 겪게 되는 경계 경험과 유사한 구조를 띤다. 문학공간의 체험이 언제든 '환상적인' 현상으로 설명될 수 있는 근거가 근본적으로 거기에 있다 할 것이다.

애초부터 문학은 현실과 상상세계를 구분 짓던 19세기의 형이상학에 반기를 들었고, 환상문학은 19세기 실증주의의 자격지심의 한 독특한 표현이었다. 그리고 그것은 또한 실증주의에 대한 조롱이기도 했다. 주인공이 경험한 괴이한 사건이 결코 환각이 아니었다는 것을 증명해주는 사물이 제시되었을 때 독서의 환상적 효과는 극대화된다. 있음직하지 않은 그 모든 요소들에도 불구하고 벌어진 사건이 현실이 아닐 것이라고 단정 지을 수 없게 만드는 실증적 증거가 이야기의 사실성을 담보해주어서, 이야기가 끝난 다음에도 독자에게 판단 불가의 긴장을 유지시키는 것이다. 마치 환영처럼 스쳐지나간 도마뱀이 결코 꿈이나 환각이 아니었다는 사실을 현장에 남아있는 꼬리가 방증해주듯, 현실 공간에 남아 있는 물질적 흔적은 환상과 현실 사이에 어떤 연속성을 보장해준다. 이러한 환상문학의 글쓰기 유희는, 물리세계와 초자연적 세계 사이의 단절을 원칙으로 하는 근대의 합리적 이성과 과학정신이 점점 더 유물론적 실증주의로 굳어져 가는 것에 대한 회의의 발로라 할 것이다.

그리고 현대인은 세계와 마주한 주체가 겪는 환상적 경험을 자신의 심적 경험으로 인식하고, 그것을 외부세계의 존재 여부가 아니라 자신의 내적 현실에 결부시키며, 현실과 비현실의 허물어진 경계를 더 이상 예외적인 현상으로 받아들이지 않는다. 19세기식의 형이상학적 틀이 인간 정신에 가하던 억압이 제거되면서 현대인은 환상적 경험을 자연스러운 일상으로 받아들이게 된 것이다. 환상문학이라는 특정 유형의 문학은 19세기 특유의 산물이었으나, '환상적인 것'은 현대적 인간과 그의 문학공간을 설명할 수 있는 개념으로 여전히 남게 된다. 이렇게 볼 때, 그의 연구는 일관된 방향성을 성공적으로 잘 지켰다고 할 것이다.

그렇다면 그의 이론을 연구자들은 어떻게 받아들였을까? 이 책을 시작하면서 그는 칼 포퍼를 인용하며 과학의 특징은 오류 증명에 있다고 말함으로써, 자신의 책이 내세우는 장르 정의가 하나의 가설로서 언제든지 부정될 수 있음을 인정했다. 실제로, 지적 '망설임'이란 기준이 만장일치로 수용된 것을 제외하면, 이 책의 어떤 부분들은 반박되거나 잊혀버렸다. 그러나 이 책의 어떤 부분들은 문화사적, 사상사적 맥락과 부합하며 유효성을 인정받는 것도 사실이다. 토도로프가 환상문학의 시작과 끝으로 대략 지목한 두 작품을 통해 그 사실을 확인해볼 수 있다. 가령, 최초의 환상소설로 인정받는 카조트의 《사랑에 빠진 악마》(1772년)는 개인의 정치적 사상뿐만 아니라 사생활 깊숙한 곳까지 검열을 가하던 가톨릭교회의 권력에 대한 저항이 극에 달했던 혁명 직전의 상황을 이해하면 더 잘 읽을 수 있다. 18세기 프랑스에는 '리베르티나주'라 불리는 특기할 만한 자유사상의 흐름이 있었다. 그 흐름은 자유연애와 감각적 쾌락추구를 적극적으로 옹호했고, 이 소설에서는 합리적 이성의 등장으로 중세적 신비를 벗어던진 악마가 매력적인 여인으로 변신하여 근대적 유혹자의 역할을 담당한다. 악마가 이토록 매혹적인 여인의 모습으로 등장한 적이 이전에는 없었다. 이와 같은 악마의 역할은 한편으로는 악마의 탈신비화로 맹목적인 두려움이 제거되었기 때문에 가능했고, 다른 한편으로는 쾌락의 유혹을 여전히 악마의 소행으로 표현하게끔 하는 어떤 사회적인 저항과 요구가 있었음을 의미한다. 탈신비화의 과정 속에서 그전까지의 근대 악마의 이야기가 주로 억압되었던 욕망을 들춰내는 데 주력했던 반면, 카조트의 악마는 유혹과 절제를 대립시킴으로써 '리베르티나주'에 음영을 드리우고 있다. 실제로 카조트는 이 작품의 결말을 두 번씩이나 다시 쓴다. 악마의 유혹의 완벽한 승리도, 순진한 청년 알바로의 완강한 저항의 승리도 독자들을 만족시키지 못한 것이다. 환상문학의 탄생 시점에서 벌써, 토도로프가 말한, 성(性)과 욕망의 표현을 위해 은폐가 필요했던 시대에 환상문학이 짊어졌던 사회적 기능을 엿볼 수 있으며, 정신분석의 출현이 왜 환상문학을 불필요하게 했는지 또 한 번 확인하게 된다.

여기에 근대과학의 발달을 견인한 중심축의 하나였던 광학은, 이 책에서도 보았듯이, 상상력에 영향을 끼친다. 18세기 말엽, 마술환등을 이용하여 유령을 외부에 투사하는 '환각기술fantasmagorie / phantasmagoria'의 발명은 현실 속으로 침투한 초현실적 사건을 상상하는 데 자극제가 되기에 충분했다. 마술환등은 환각적 현상에 대한 신비주의적 믿음을 타파하려는 과학적인 노력에도 불구하고 초자연적 세계를 현실세계 속에 끌어들이는 상상력의 통로 구실을 해주었다. 그러나 광학의 발달은 현미경의 발달로 이어졌고, 비가시적인 미시세계는 점점 더 합리적 사고에 의해 정복되어 갔다. 페스트나 콜레라와 같은 미생물의 악마적인 작용이 19세기 후반에 이르면 병원균의 이름으로 합리적으로 설명되어 버린다. 현재 설명될 수 없는 현상은 단지 그 원인이 아직 과학에 의해 탐험되지 않은 탓일 뿐이라고 생각하게 되자, 이제 비가시적인 존재를 근거로 하는 어떤 초현실적 세계의 상상도 불가능해진다. 모파상이 '환상문학의 종말'을 선언하게 된 배경에는 이러한 과학의 발달과 합리적 정신의 위세로 인해, 기존의 자연법칙으로는 설명할 수 없는 사건조차 현실 속에서 신비로운 위력을 발휘할 여지를 상실해버렸다는 현실의 파악이 있었다.

이를 계기로, 광기에 관한 지속적인 관심에서 시작된 몇몇 습작들 끝에 모파상은 외계에서 지구로 강림한 '오를라'라는 전혀 새로운 인물을 만들어내, 환상문학의 중심을 관습적으로 차지해오던 초자연적 사건을 그것으로 대체하기에 이른다. 이 외계 존재의 가장 중요한 특징은 그것이 '보이지 않는' 존재라는 사실에 있으며, 이것은 실증 가능한 세계의 한 중심에 구멍을 뚫어놓는다. 보이지 않는 존재를 이미지로 가시화함으로써 환각적 효과를 노리던 종래의 환상문학과는 달리, 그는 환상적인 효과를 거두기 위해 보이지 않는 존재를 보이지 않는 상태 그대로 두는 서사전략을 선택한 것이다. 광기의 두려움과 의혹 앞에 나타난 이 존재는, 다시 말해 결국 '나'의 정신 일부분이면서 '나'의 의식 밖에 존재하고 '나'의 통제를 벗어나는 이 타자 존재는, 다름 아닌 '나'의 무의식이다. 비등沸騰하던 무의식과 광기에 관한 관심이 프로이트 직전의 모파상에게서 이렇게 나타났다. 프로이트 이후, '보이지 않는 존재'가 무의식적 환상의 핵심으로 해석될 수 있는 이론적 장치가 마련됨으로써, 그것이 불러일으키는 악마적 힘에 대한 공포가 무의식적 회귀의 순간으로 이해되어, 중세 악마의 계보를 이어오던 '보이지 않는 존재'는 더 이상 초자연적 신비의 세계로 환원될 수 없게 된다. 이러한 관점에서 보자면 프로이트의 정신분석 또한 근대 탈신비화의 연장으로 이해될 수 있다. 이렇듯, 환상문학의 운명은 근대 문학 속으로의 악마의 등장이 보여주듯 합리화의 바탕 위에서 탄생하였고, 역설적으로 과학과 (논란의 여지가 있을 수 있지만)정신분석의 합리화에 의해 소멸된다. 결국, 토도로프의 이론에서 가장 강렬한 파급효과를 일으킨 것은 바로 프로이트의 정신분석과 환상문학 사이의 관계맺음이며, 이것은 '환상적인 것'의 제1 성립조건인 '망설임'에 결부되어 있다. 프로이트 미학의 핵심 개념인 '기이함의 감정Das Unheimliche'은 억압된 것이 회귀하여 올라오는 순간에 의식이 느끼는 감정을 가리키는데, 이것으로 환상적 '망설임'의 순간을 설명할 수 있다는 것이다. 문학비평가 장 벨맹노엘Jean Bellemin-Noël은 환상문학과 정신분석 사이의 연계성을 좀 더 적극적으로 받아들여, '환상적인 것fantastique'을 정의하는 양대 축으로서, 무의식/억압된 것의 회귀의 순간에 생겨나는 환상fantasme들이라는 테마적 측면과 그러한 시나리오의 이미 지적 연출방식이라고 할 '마술환등적fantasmagorique'인 형식적 측면을 내세움으로써, fantastique-fantasmatique-fantasmagorique의 삼각편대를 제안했다. 토도로프의 '나'와 '너'라는 독립적인 두 테마 망의 분류는, '너' 없는 '나'는 결코 있을 수 없다는 발화적 상황을 고려해볼 때, 벌써 그 유효성을 상실해 버렸다고 할 수 있다. 더구나 다른 형식적 측면, 즉 언어 표현적 측면이나 통사적 측면은 그가 결국 의미작용적 차원의 접근에서 동원한 정신분석적 근거와는 상관관계가 없다는 약점 또한 부인할 수 없다. 토도로프는 내용과 형식 사이의 내적 일관성을 완벽하게 실현하지는 못했다. 이러한 관점에서 장 벨맹노엘의 테마적 측면은 토도로프의 제안을 토대로 하는 동시에, 내용과 형식 간의 긴밀한 유대와 일관성을 보완했다는 데 의의가 있다. 또, 비평가의 입장에서 내린 정의이기에 가능했을지는 모르겠으나, 해석의 차원을 장르의 정의에 구조적으로 통합시켰다는 점에도 의의를 둘 수 있을 것이다. 그런데 장 벨맹노엘의 '환상적인 것'의 정의는 무의식이라는 인간 주체의 보편적인 한 측면에 노골적으로 기초하고 있다. 이것이야말로 환상문학 작품들의 검토에서 출발하여 문학 일반으로, 다시 말해 문학의 본질로 나아가고자 했던 토도로프의 시도가 온전히 인정받고 있음을 보여주는 게 아닐까. 왜냐하면 문학이 어떤 형식을 띠든, 글쓰기가 어떤 세계를 지향하든, 그 모두는 결국 인간을 말하기 위한 것이기 때문이다.

마지막으로 저자의 이름은 원래 '츠베탄'이지만 한국에 처음 소개되면서 굳어진 외래어표기법에 따라 '츠베탕'으로 표기했음을 밝혀둔다.

참고문헌

1. 환상문학과 이웃 장르 텍스트들

Arnim A. d', *Contes bizarres*, trad. par Théophile Gautier fils, Paris, Julliard (coll. « Littérature »), 1964.

Balzac H. de, *La Peau de chagrin*, Paris, Garnier, 1955.
   [이철의 옮김, 《나귀 가죽》, 문학동네, 2009.]

_____, *Louis Lambert*, in : *La Comédie humaine*, t. X, Paris, Bibliothèque de la Pléiade, 1937.
   [송기정 옮김, 《루이 랑베르》, 문학동네, 2010.]

Bataille G., *Le Bleu du ciel*, Paris, Pauvert, 1957.

Beckford W., *Vathek et les Episodes*, Paris, Stock, 1948.
   [정영목 옮김, 《바텍》, 열림원, 2003.]

Bierce A., *Contes noirs*, trad. par Jacques Papy, Paris, Losfeld, s.d.

Carr J. D., *La Chambre ardente*, Paris, le Livre de poche, 1967.
   [오정환 옮김, 《화형법정》, 동서문화사, 2003.]

Castex P.-G. (éd), *Anthologie du conte fantastique français*, Paris, Corti, 1963.

Cazotte J., *Le Diable amoureux*, Paris, le Terrain vague, 1960.
   [김계영 옮김, 《사랑에 빠진 악마》, 바다출판사, 2012.]

Christie A., *Dix petits nègres*, Paris, Librairie des Champs-Elysées, 1947.
   [이윤기 옮김, 《열 개의 인디언 인형》, 섬앤섬, 2010.]

Gautier T., *Contes fantastiques*, Paris, Corti, 1962.
   [노영란 옮김, 〈사랑에 빠진 죽은 여인〉, 《고티에 환상 단편집》, 지식을만드는지식, 2013.]

_____, *Spirite*, Paris, le Club français du livre, 1951.

Gogol N., *Récits de Petersbourg*, trad. par Boris de Schloezer, Paris, Garnier-Flammarion, 1968.

[조주관 옮김, 〈코〉,《뻬쩨르부르그 이야기》, 민음사, 2002.]

Hoffmann E. T. A., *Contes fantastiques* (3 vol.), trad. par Loève-Veimars et al., Paris, Flammarion, 1964.

[곽정연 옮김,《브람빌라 공주》, 책세상, 2004.] [권혁준 옮김,《모래 사나이》, 지식을만드는지식, 2008.]

James H., *Le Tour d'écrou*, trad. par M. Le Corbeiller, Paris, 1947.

[이승은 옮김,《나사의 회전》, 열린책들, 2011.]

Kafka F., *La Métamorphose*, trad. par A. Vialatte, Paris, Gallimard, 1955.

[이영희 옮김, 〈변신〉,《카프카 단편선》, 좋은생각, 2004.]

Lewis M. G., *Le Moine*, in: A. Artaud, *Œuvres complètes*, t. VI, Paris, Gallimard, 1966.

[김문유 · 한지영 옮김,《몽크》, 현대문화센터, 2002.]

Maupassant G. de, *Onze histoires fantastiques*, Paris, Robert Marin, 1949.

[한용택 옮김,《(모빠상 괴기소설)광인》, 장원, 1996.]

Mérimée P., *Lokis et autres contes*, Paris, Julliard (coll. « Littérature »), 1964.

[정장진 옮김,《마테오 팔코네: 메리메 단편선》, 두레, 2007.]

Les Mille et une nuits (3 vol.), Paris, Garnier-Flammarion, 1965.

Nodier C., *Contes*, Paris, Garnier, 1963.

Nerval G. de, *Aurélia et autres contes fantastiques*, Verviers, Marabout, 1966.

[이준섭 옮김,《오렐리아》, 지식을만드는지식, 2012.]

Perrault C., *Contes*, Verviers, Marabout, s.d.

Poe E., *Histoires extraordinaires* (H.E.), Paris, Garnier, 1962.

[전승희 옮김,《애드거 앨런 포 단편선》, 민음사, 2013.]

_____, *Histoires grotesques et sérieuses* (H.G.S.), Paris, Garnier-Flammarion,

1966.

_____, *Nouvelles Histoires extraordinaires* (N.H.E.), Paris, Garnier, 1961 (tous
les trois volumes, traduits par Ch. Baudelaire).

Potocki J., *Die Abenteuer in der Sierra Morena*, Berlin, Aufbau Verlag, 1962.
[임왕준 옮김,《사라고사에서 발견된 원고: 알퐁스 반 월덴의 14일》, 이숲,
2009.]

_____, *Manuscrit trouvé à Saragosse*, Paris, Gallimard, 1958.

Sheckley R., *Pèlerinage à la Terre*, Paris, Denoël (coll. « Présence du futur »),
1960.

Villiers de L'Isle-Adam, *Contes fantastiques*, Paris, Flammarion, 1965.

2. 다른 텍스트들

Blanchot M., *La Part du feu*, Paris, Gallimard, 1949.

_____, *Le Livre à venir*, Paris, Gallimard, 1959.
[심세광 옮김,《도래할 책》, 그린비, 2011.]

Buber M., *La Vie en dialogue*, Paris, Aubier-Montaigne, 1959.

Caillois R., *Au cœur du fantastique*, Paris, Gallimard, 1965.

_____, *Images, images.....*, Paris, Corti, 1966.

Castex P.-G., *Le Conte fantastique en France*, Paris, Corti, 1951.

Chklovski V., « L'Art comme procédé », in: *Théorie de la littérature*, Paris, Ed.
du Seuil, 1965.
[츠베탕 토도로프 편, 김치수 옮김,《러시아 형식주의: 문학의 이론》, 이화
여자대학교출판부, 1988.]

Eikhenbaum B., « Sur la théorie de la prose », in: *Théorie de la littérature*,
Paris, Ed. du Seuil, 1965.

Erlich V., « Gogol and Kafka: Note on Realism and Surrealism », in: *For Roman Jakobson*, La Haye, Mouton, 1956.

Fletcher A., *Allegory*, Ithaca, Cornell University Press, 1964.

Fontanier P., *Les Figures du discours*, Paris, Flammarion, 1968.

Freud S., *Essais de psychanalyse appliquée* (E.P.A.), Paris, Gallimard, 1933.
　　[정장진 옮김,《예술, 문학, 정신분석》(프로이트 전집 14), 2004. 참고]

_____, *Gesammelte Werke*, t. XIII, Londres, Imago Publishing Company, 1940.

_____, *Le Mot d'esprit dans ses relations avec l'inconscient*, Paris, Gallimard, 1953.
　　[임인주 옮김,《농담과 무의식의 관계》, 열린책들, 2003.]

_____, *Psychopathologie de la vie quotidienne*, Paris, Payot(coll. « Petite bibliothèque Payot »), 1967.
　　[황보석 옮김,《정신병리학의 문제들》(프로이트 전집 10), 열린책들, 2004. 참고]

Frye N., *Anatomy of Criticism*, New York, Atheneum, 1967.
　　[임철규 옮김,《비평의 해부》, 한길사, 1988.]

_____, *The Educated Imagination*, Bloomington, Bloomington University Press, 1964.
　　[이상우 옮김,《문학의 원형》, 명지대학교출판부, 1988.]

_____, *Fables of Identity*, New York, Harcourt, Brace & World, 1961.

_____, « Preface », in: G. Bachelard, *The Psychoanalysis of Fire*, Boston, Beacon Press, 1964.

Genette G., *Figures*, Paris, Ed. du Seuil, 1966.

_____, *Figures II*, Paris, Ed. du Seuil, 1969.

Girard R., *Mensonge romantique et Vérité romanesque*, Paris, Grasset, 1961.
　　[김치수 · 송의경 옮김,《낭만적 거짓과 소설적 진실》, 한길사, 2001.]

James M. R., « Introduction », in: V. H. Collins (ed.), *Ghosts and Marvels*, Oxford University Press, 1924.

Kasanin J. S., (ed.), *Language and Thought in Schizophrenia*, New York, W. W. Norton & C°, 1964.

Lévi-Strauss C., *Anthropologie structurale*, Paris, Plon, 1958.

Lovecraft H. P., *Supernatural Horror in Literature*, New York, Ben Abramson, 1945.

Mabille P., *Le Miroir du merveilleux*, Paris, les Editions de Minuit, 1962.

Mauss M., « Esquisse d'une théorie générale de la magie », in: M. Mauss, *Sociologie et Anthropologie*, Paris, P.U.F., 1960.

Ostrowski W., « The Fantastic and the Realistic in Literature, Suggestions on how to define and analyse fantastic fiction », in: *Zagadnienia rodzajow literackich*, IX (1966), 1 (16): 54-71.

Parreau A., *William Beckford, auteur de Vathek*, Paris, Nizet, 1960.

Penzoldt, P., *The Supernatural in Fiction*, Londres, Peter Nevill, 1952.

Piaget J., *Naissance de l'intelligence chez l'enfant*, Neuchâtel, Delachaux : Paris, Niestlé, 1948.

_____, *Six études de psychologie*, Paris, Gonthier, 1967.

Popper K., *The Logic of Scientific Discovery*, New York, Basic Books, 1959. [박우석 옮김, 《과학적 발견의 논리》, 고려원, 1994.]

Rank O., *Don Juan. Une étude sur le double*, Paris, Denoël et Steele, 1932.

Reimann O., *Das Märchen bei E.T.A. Hoffmann*, Munich, Inaugural-Dissertation, 1926.

Richard J.-P., *Littérature et Sensation*, Paris, Ed. du Seuil, 1954.

_____, *L'Univers imaginaire de Mallarmé*, Paris, Ed. du Seuil, 1962.

_____, *Poésie et Profondeur*, Paris, Ed. du Seuil, 1955.

Sartre J.-P., *Situations I*, Paris, Gallimard, 1947.

Scarborough D., *The Supernatural in Modern English Fiction*, New York & Londres, G. P. Putnam's Sons, 1917.

Schneider M., *La Littérature fantastique en France*, Paris, Fayard, 1964.

Todorov T., *Poétique*, Paris, Ed. du Seuil, 1968.

Tomachevski B., « Thématique », in: *Théorie de la littérature*, Paris, Ed. du Seuil, 1965.

Vax L., *L'Art et la Littérature fantastiques*, Paris, P.U.F., (coll. « Que sais-je »), 1960.

Le Vraisemblable (*Communications*, 11), Paris, Ed. du Seuil, 1968.

Watts A., *The Joyous Cosmology*, New York, Vintage Books, 1962.

Wimsatt W. K., « Northrop Frye: Criticism as Myth », in: M. Krieger (ed.), *Northrop Frye in Modern Criticism*, New York, Columbia University Press, 1966.

• 원주 이 참고문헌 목록에 인용된 책들 중, 다음 두 권이 본서가 출간된 이후에 프랑스어로 번역 출간되었다―노스럽 프라이의 *Anatomy of Criticism*(Gallimard, 1969)과 러브크래프트의 *Supernatural Horror in Literature*(Christian Bourgois, 1969)―우리는 이 번역본들을 참조하지 못했다(한국어판의 저본은 1976년판임).

• 역주 국내 번역본이 있는 경우에는 비교적 최근에 출간된 것을 병기했고, 단편소설의 경우에는 본문에 소개된 작품이 실린 번역본을 중심으로 소개했다.

환상문학 서설

초판 1쇄 발행 | 2022년 12월 5일

지 은 이 | 츠베탕 토도로프
옮 긴 이 | 최애영
펴 낸 이 | 이은성
기   획 | 김경수
편   집 | 이한솔
디 자 인 | 파이브에잇
펴 낸 곳 | 필로소픽
주   소 | 서울시 종로구 창덕궁길 29-38, 4-5층
전   화 | (02) 883-9774
팩   스 | (02) 883-3496
이 메 일 | philosophik@naver.com
등록번호 | 제2021-000133호

ISBN 979-11-5783-281-1 93800